有一种力量，叫文学；
有一种美好，叫回忆；
有一种感动，叫青春；
有一种生命，在鲁院！

鲁迅文学院·百草园文集

纸世界

杨 勇 ◎著

ZHI SHIJIE

知识出版社

以平实、细腻充满灵动的诗性文字，真实地展示个人生活的思考、心得。

图书在版编目（CIP）数据

纸世界／杨勇著. -- 北京：知识出版社，2017.8
（鲁迅文学院百草园文集）
ISBN 978-7-5015-9593-8

Ⅰ．①纸… Ⅱ．①杨… Ⅲ．①散文集—中国—当代
Ⅳ．①I267

中国版本图书馆 CIP 数据核字（2017）第 211806 号

纸世界　　杨　勇　著

出 版 人	姜钦云
责任编辑	周　玄　邢树荣
装帧设计	君阅书装
出版发行	知识出版社
地　　址	北京市西城区阜成门北大街 17 号
邮　　编	100037
电　　话	010-88390659
印　　刷	北京一鑫印务有限责任公司
开　　本	787mm×1092mm　1/16
印　　张	14.5
字　　数	280 千字
版　　次	2017 年 8 月第 1 版
印　　次	2020 年 2 月第 2 次印刷
书　　号	ISBN 978-7-5015-9593-8

定　　价　39.00 元

C目录
ontents

纸世界

　　很多的时候，在不同的城市里穿梭，我会让自己消磨于大大小小的书店中。对于书，对于那个迷人的纸世界，我似乎培养出了某种特异功能般的嗅觉。置身都市熙攘的人群和车流中，我会如德国作家帕特里克·聚斯金德的小说《香水》中的格雷诺耶先生，隔着重重的高楼商铺，准确地捕捉到它们藏身的方位。

　　没错，书也是一种气味。书是一座城市、一个人的心灵气味。读哲学书籍的人，他散发的气味会有刀锋般的锐利；读史书的人，会泌出青铜器的锈味；读诗歌的人，会绽出芬芳的花的味道；读小说的人，身上烟火的味道就多了；那些读童话的孩子，身上会满是水果的气味。当然，这种气味也会因岁月给人平添的刻痕而改变。读书人的气味是复杂的，甚至是高深莫测的。但我相信他时刻会带着油墨气味的标识。在人群中，我常常会依赖这项本领，迅速地辨识出哪位是骨质轻盈的读书人。

　　我没有追究我缘何会爱上这样的纸世界。可能，现实世界并不如纸世界来得真实。现实的每一瞬间都会暧昧地消失，变成过去。未来，也在远方的云烟里暧昧地闪烁。我们触摸不到它们。而过去，则像是坚实的泥土，凭借文字厚厚地积淀下来。文字是按照写作人的心灵意志，构筑那个纸世界的。在纸世界里，我们找到了人类和世界上曾经的一切。它们都在那里，智慧和文明在那里，良知和大美在那里，照亮世界的光芒也在那里。

在我的童年，姥爷家一本卷边且缺页的《西游记》，让我迷上了那个纸世界。从此，为了那个胆大有法力的猴子，童年的我开始想尽办法弄到硬币和小小的毛票，甚至可以从嘴里省下那些蜜甜的水果糖。十岁时，我拥有了一套上海人民美术出版社出版的《西游记》和《三国演义》连环画。在阳光灿烂的夏天，我常一个人爬上生产队大院的草垛，在全村最高最接近白云的地方坐下来，津津有味地蘸口水读它们。还有外国文学名著，现在我回想起来，先是大仲马的《基度山伯爵》绘画本，然后是绘制精美的小仲马的《茶花女》，再后来是《巴黎圣母院》。我常停下来，想象书中的世界，以至进入了梦乡。那时的纸世界，散发出如同夏日阳光的芬芳，我由神奇的插图引导，向里游走探望。遗憾的是，去外地读中学时，那些珍藏于小木箱的宝贝们，在黑暗的仓房里，全部成了老鼠们"咬牙切齿"的牺牲品。

阅读的趣味随年龄的增长而浓厚。二十世纪九十年代，刚步入社会工作，我的薪水微薄，除生计所需，我薪水的大多数都耗在纸世界的每一块"砖瓦"（或玉或石或金）上了。那年月，也是我青年时代的写作开始的时候。在寒冷的冬天，我和怀揣同样梦想的诗友杨拓一次次跑省城，坐十个多小时的火车硬板座，住半地下室的小旅店，然后大包小包地拎回各种收获。现在回头看，那时购买的书，多是基本的"建筑材料"。譬如，同行的诗集，西方现代派的各种小说和诗歌集，各种西方哲人的精致论述，各种美术流派的作品集。在省城大大小小的书店，我疯狂地挑选自己喜欢的材料，用它们来建造我的纸世界。

不惑之年，在四面书籍逼仄的小店铺里浏览，或者在书架纵横开阔敞亮的大书店逶巡，我多了一份从容和苛刻，我开始研究书的作者、译者和版本。在纸世界里，无论买或者不买，看到那些书籍，读那些诞生于不同种族、不同国度、不同时代作者的文字，都会有恍惚如身处迷宫的感觉。我在纸世界里走，纷纭的意境纷至沓来，我也被打开，我们融在了一处。有时我会变身为书中的人物，和他们一起经历风云，承担苦难。是的，命运在分岔，忽而山重水复，忽而柳暗花明，忽而坐看云起。我从来不用担忧没有出口，其实只要轻轻地合上书，我就从纸世界里走出来了。但也不全如此，有时走出迷宫的只是我的身体，而灵魂，或者某种神秘的东西，已经萦绕于那里了。要很多的时日，它们才可能会走出来，找到我的躯体。

四十一岁之后，有了独立的小书房后，我便不好意思歪躺在沙发和床榻上看书，重又恢复了良好的阅读姿态。空闲时间，我泡上茶，端坐于书桌前，取出笔和厚厚的笔记本，我边读边做笔记，这是我最忙碌最悠闲的时光。小书房除却窗和门，三面书柜壁立，我能感觉到书柜中来自纸世界里众多人的目光，它们在期待我。我们，其实都没有沉睡。只要打开书，我们的一切都会展现。光，上帝所说的光，就在那里。是纸世界，在引导着我和我们趋于澄明和上升。

近几年，在纸世界里，我大量地阅读中国古典的经史子集。对于这伟大的传统文化，我现在审视得更加认真和精心。我相信叶落归根，那传统是我的泥土，是我的纸世界最重的部分。是的，我诗歌的生成，我内心的日渐丰厚，我不断地越变越像自己的东方脸孔，都缘于那个神奇的纸世界。我喜欢镜中我那渐渐多皱纹且洁净的脸。我也幻想自己的文字，能铸成那个纸世界的一片砖瓦。

就是这样。用电脑写作多年，我却没有养成在电脑上阅读的习惯。朋友们的文章，或者一本好书，我总是要打印出来放在案上慢慢地看。买书也是如此，尽管有电子书，我还是去书店和网上书店购书。纸上的阅读，对于纸世界的钟爱，好像根深蒂固于我的体内了。

杜拉斯的脸

　　人生的每一瞬间都是静止的，但又不在静止的那一点上。因为，我们注定还要在这个世界上衰老直到消失。我曾想象，如果给一个人一生连续不断地录像，再连续播放，我们会看到令人吃惊且可怖的变化过程。当然，一个人不同时期的照片也会带来这样效果，杜拉斯的照片就是这样。我不是以此来说明衰老，而是吃惊于她那张越来越自己，越来越作家的脸。脸是内心铸造出来的风景，从脸上我们是可以读到心路的。

　　杜拉斯的脸早期是东方型的。第一次翻看《情人》那本书，她那张迷人的少女时代的照片，让我着实端详了许久。她戴一顶宽边的遮阳帽，脸略呈鹅蛋形，眼睛闪烁着天真清纯、略带憧憬的神情。这张照片中的她，很富于中国的古典美，青春的气息是无法掩饰的。少女时代杜拉斯的美，跟她生活在东方有关。20 世纪的 1914 年，杜拉斯出生于中南半岛西贡郊区嘉定，就是现在的越南，在那儿她生活到了 19 岁。少女时代杜拉斯的脸，没有西方少女的冷峻和优雅，倒是充满东方的恬淡，像一株蓝色雏菊，在西贡那片土地上，轻轻地无人知晓地摇曳着。当然，没有人知道明天她将是法国的大作家，包括她自己也没有想到会那样。虽然家庭生活有许多的阴云笼罩，但此时的杜拉斯，还是表现在脸上的杜拉斯。生活中，她简单、透明、纯粹，时而茫然，时而恬淡。她对生活没有过多奢望，开心就行。

　　那么，什么时候杜拉斯的表情开始变化了？我注意到一张她婚后在书房读书的照片，回到法国后，因为对现实的满足，她脸部被滋润得丰满，表情仍有东方的含蓄之美。这一时期，她似乎更迷人了，收束后紧挽的发髻，发丝梳理得光光洁洁，整个一娴静少妇的形象。这一时期她也参加了不少政治和公益活动，接触到了更真实的法国。1943年，她还写出了《无耻之徒》这部小说。

我不清楚她什么时候开始酗酒和抽烟的。同罗贝尔·昂泰尔姆生活近八年后，他们离婚了。这个时期她的照片里，昔日东方的表情基本找不到了，取而代之的是一副孤傲、苛刻、自我意识强烈的面目。

西方在改变她的面貌，法国社会的万象让她开始换上了一种越来越西方式的表情。她开始自信、固执。当然，这时的杜拉斯也真正找到了自己。从这以后，拍电影和写作这两样支撑她的东西，几乎再也没间断过，即使病中也如此。杜拉斯也变得更加古怪、粗野、轻率、贪婪，酒精和烟悄然破坏她曾美丽的面孔。观看杜拉斯的照片，中年前的杜拉斯注意自己的仪表，她烫短发，戴手镯，左手无名指戴戒指，用右手抽烟、写作和举杯饮酒，表情时有昔日的风采闪现。

因中年时期严重的酗酒和吸烟，老年的杜拉斯酒精中毒并出现谵妄症。加之失眠和长时期的熬夜写作，她的面孔看上去有些"妖"。瞧吧，她带黑边眼镜、布满岁月划痕的脸上，溢满固执和以自我为中心的表情。她待人生硬，手中时常夹着香烟，头发散乱，生活散漫，当然更深邃的思想和对人生的洞察也写在她的脸上。

老年杜拉斯的面孔让我望而生畏。然而，这张脸不妨碍她在70多岁时有了一位年轻的情人，并且真心地爱她。从东方至西方，杜拉斯的面孔跨越了两个世界，由恬静、清纯、青春，到苛刻、深邃、衰老。杜拉斯用写作、酗酒和抽烟完成了自己的面孔的转变。

关于杜拉斯的写作，我从不认为她是法国新小说派的一员。她几乎不可分类，她不属于同时代萨特的存在主义，也不属于罗伯·格里耶的新小说派。如果硬划为新小说派，她创作于1962年的《昂代斯玛先生的午后》，倒可以看作是向罗伯·格里耶致敬的作品，此后她这种手法的作品我几乎就没读到过。

杜拉斯的小说有传记的性质，她写爱情、写家庭、写死亡、写生命，题材大多如此。爱情和欲望是她作品的中心，杜拉斯一生几乎就是在写自己。她用自己散漫的语言，有点像电影台词的语言，写假想中的自己的历史。所以，读她的小说我们不能把小说中的主人公当成她自己，有时又不得不当成她自己，因为她是写自己的灵与肉。读杜拉斯的书，我分不清哪是作者的真实自己，哪是对自己的虚构。也就是说，后来的杜拉斯将生命和写作变成了同一件事情。

1996年，杜拉斯去世。她生前酗酒、抽烟、放纵，有谵妄症，并接受过戒毒治疗，却活到83岁的年纪，也是一件奇事。可能，是写作拯救了她。上帝让这位女性多给我们情感贫乏的世界添些色彩，所以就多给了她时间。杜拉斯说："对我而言，写作就是我的方向，这一点确定无疑……"她一生都听从了写作的召唤。

惠特曼的身体

美国诗人惠特曼的身体是庞杂的，是肉身和灵魂俱全的社会和大自然。我不知道有多少东西在那里面。在他的《草叶集》中，他写大海、船夫、森林、工人、男人、女人、肉体、爱情、士兵、将军、平民、伙计、战争……身体竟然承载下那么多事物。

什么都写的惠特曼，什么都入诗的惠特曼，他的诗歌装载着上升之初的美国大地和社会种种世象：

屠夫的小伙计脱下了他的屠宰服，或在市场的肉案前霍霍地磨着屠刀，

我徘徊着，欣赏着他敏捷的答话，和他的来回的移动和跳舞

胸脯污渍而多毛的铁匠们围着铁砧，
每个人用尽全力，挥动着他的大铁锤，烈火发着高温

从满是炭屑的门边我注视着他们的动作，
他们柔韧的腰肢与他们硕大的手臂动作一致，
他们举手过肩挥动着铁锤，他们举手过肩那样沉着地打着，又打得那样的准确，
他们不慌不忙，每个人都打在正合适的地方。

——《自己之歌　12》

这首《自己之歌之12》，如今读之我仍旧震惊。多年前，当我疯狂地迷恋斯蒂文斯时，我丝毫没有对大学写诗时期所迷恋过的惠特曼（1819—1892）再重拾兴趣。如今阅读《草叶集》，我突然又回到了对惠特曼的喜爱之中，而且这种喜爱让我持续地兴奋着。直到有一天，"诗歌应该有鲜活的肉体"这几个字突然从脑子中跳出来，我瞬间知道了自己为什么重新喜爱上了惠特曼。

在我迷恋语言、技艺、修辞的写作初期，我并不太买惠特曼的账。人是多变的。我不知道这前后发生了什么，是什么在改变着我。但的确，现在我开始喜欢这种不加修饰、随意、自然、粗糙，甚至于有点儿原始风格的诗歌。

这首诗通篇弘扬生命本身的东西，原始得没有丝毫的做作和晦暗的修辞，更没有高深的思想，诗中劳动的场面鲜活得就像在眼前。

看过惠特曼的一幅肖像画：结实的身体，戴牛仔帽，穿牛仔服，歪头看前方，一副桀骜不驯的样子。1819年出生于美国长岛的惠特曼，当过信差、排字工，任过乡村教师、报馆职员，后成为编辑。他生性喜欢游荡和冥想，无论大自然美景、城市大街小巷还是乡村，总之是美国大地上的一切。他交友的范围更广泛：船夫、领航员、马车夫、机械工、渔夫、杂工等都喜欢结交。惠特曼的个性和多年生活在底层的体验，成就了他广阔丰富的诗歌题材和冲击力强烈的写作风格。

阅读惠特曼，时刻能感受到他的诗歌绝不是克制，而是激情喷发。他讴歌肉身，强调肉身的力量和健康之美。在那个时代，他甚至大胆地赤裸地歌咏生殖、歌咏性，他的诗歌《亚当和他的子孙》与《我歌唱带电的肉体》中，这种情感倾向是淋漓尽致的。

从诗中，我看见了屠户小伙计磨刀，来回地移动和跳舞，看见了胸脯布满汗渍而多毛的铁匠，看见了大铁锤，看见了高温的烈火，看见了美丽的劳动和创造，这就是惠特曼给予诗歌的肉身。当然，这也就是惠特曼的肉身。他开阔，博大，时刻洋溢着创造的冲动，充满兴冲冲的抒情活力和昂扬的色调。

如同他的身体一样，惠特曼的诗本身就是一具坚实庞杂的身体。它承载着美国大地上的事物本身，然后展露着事物的灵魂，让其灵魂高蹈在事物和肉体之上。在惠特曼这里，诗和诗人的身体、诗人的灵魂，恰到好处地处在一起。像他在诗歌中表达的一样："我说这不仅是肉体的诗歌，肉体的各部分，也是灵魂的诗歌，灵魂的各部分，啊，我可以说，这些就是灵魂。"

一首好诗，就是要这样：有活生生的现场，有肉身，有呼吸，更要有缘于情感力量的灵魂。

在艺术作品中，情感的力量是最重要的，它就像海底的暗流，而技巧、思想和意蕴则是海面的波涛及波涛汹涌的程度。惠特曼用真正的情感和自我进入了诗歌。永远热情洋溢的惠特曼，不借助外在的知识及社会世俗的兴奋剂，只靠肉身生命的活力和激情来写作。惠特曼让诗歌有了身体，也为有身体的诗歌注入了有感染力量的灵魂。

可以肯定，艺术作品的完善，最需要的是情感的深度，而不是空洞理念伪装的深刻。诗人威廉斯曾说："无需理念，理念寓于事物中。"其实，肉体作为事物，本身会生发出一切，无需理念的介入，它就寓于身体当中。好的诗歌应该写出生命的激情，而不是克制的理性。我喜欢真情实感在诗中一眼即见的自然流淌，就像血液在身体中奔涌且势不可挡。当然，这种激情在他所处的时代和社会环境下，是他肉体自由生发的结果，而不是社会和环境碰撞他肉体的产物。如果每个人能够对自我的深度加以充实，那么这个世界就会更加宽厚和丰富多彩。

当下，许多人学到了一肚子观念，用于艺术创作和批评，但恰恰没有自己的观念和艺术。究其原因，就是缺少了肉身的在场性，没有自己的创造力。强者的歌唱不需要对事物本身附加意义，也不需要装模作样板起面孔吓唬人。身体就是身体，他的动作和言行就流露出了情感、思想和意蕴，这些都来自身体本身。换句话说，诗歌不用刻意去表达情感、思想和意蕴那些东西，只要遵从自己的激情和生命，艺术的力量自然会从中显现。

我写出物质的诗歌，因为我认为它们正是最有精神意义的诗歌，
我要写出我的肉体的和不能永生的常人的诗歌，
因为我认为那时我才可以有我的灵魂的和永生的诗歌。

——《从巴门诺克开始之六》

这几乎是惠特曼的诗歌宣言，他带有一种强者诗人的自信。尽管当时薄薄的一册划时代的《草叶集》受到了普遍的冷遇，但惠特曼对自己的诗集还是有着顽固的自信。这种顽固的自信缘于对自己身体的深度和宽度的信赖。《草叶集》，这部广阔丰富、洋溢着草根性和蓬勃生命力的诗集，真实有力，激情澎湃，透射出人本主义的力量和创造性的光辉。在那个时代，那个断了英国诗歌传统的北美大陆，因有了惠特曼和他的《草叶集》，才得以不荒芜甚至变得多姿多彩。

按照哈罗德·布罗姆的说法，惠特曼是位强者诗人。布罗姆的依据是：具有预见性是每一位强者诗人不可或缺的条件。在惠特曼那里几乎没有诗学传承的渊源，我们也很难找到他的传承。惠特曼不是简单地依赖单调的技艺、学识和思想，他深入到身体和生命的同时，也深入到了自己的灵魂，更深度地完成了自己。他让生命自我高扬和回归，使不可能的诗歌成为可能，从而展现出一个小宇宙中的大宇宙。

一百多年后，他后辈的诗人路易斯·辛普森强调美国诗歌时说："不管它是什么，它必须有一个胃能消化橡胶、煤、铀和众多的月亮的诗。"其实，惠特曼早就为美国诗歌开拓了这样的领域。在那个不理解他的时代，惠特曼真正代表了美国诗歌。他开辟的美国人自己的诗歌，一直影响着后人，这就是惠特曼的意义。

这样说吧，惠特曼首先是一个活生生的人，他进入了诗歌，而不是让诗歌进入人，然后他用生命和激情完成了诗歌，那诗歌好像自然而然地存在。如此，那个倾心于英国文学传统和标准的时代，对他冷落和不感冒也就见怪不怪了。惠特曼真是走得太远了！

契诃夫的眼光

连续几天读《萨哈林旅行记》，读到第十四章时，突然想到一个问题：好人的标准是什么？我用了几天时间去想，也没有想通，最后只能拿佛陀和上帝这两个榜样说事。可能是这样，在无限的时间里，好人的标准是难以定义的，加之国家、民族、地域、道德、伦理等的不同，好人的标准更无法定义。我相信，如果把人类带到上帝的审判台上，每个人都将是戴罪之身。但我也同样相信，每个人也都不是彻底的魔鬼。如此说来，好人是否没有了标准呢？

还是来谈《萨哈林旅行记》吧！这部文字亲切的游记，有着散文和小说般的细腻笔法。读它，我经历着契诃夫的所思所想所遇，就像我们是老朋友，就像我在跟随着他游走一样。作家契诃夫从西伯利亚一路走到萨哈林岛，锐利的眼光看到了俄罗斯的病症，他没有埋没自己，他如实写出了俄罗斯的真相。一生只活到四十四岁的契诃夫，在这部旅行记里，写他的所看、所想、所思、所做，很是鲜活，鲜活得如同黑暗中的光束，清晰地向着永恒放射。

严格说来，《萨哈林旅行记》是调查流放到萨哈林岛上政治犯和苦役犯们生存状态的报告。契诃夫的洞察力很深邃，他看到了犯人们的悲惨现状，看到了流放苦役们的灰色人生和心路历程，更从其中透视到了流放体制的弊端。针对这种流放制度的存在，他认为，这一切只会导致更糟情况的发生，给犯人的将是一个完全绝望的人生。因为在这里，黑暗和残酷现实衍生了种种新的不幸，流放犯们无力再改变自己的命运。契诃夫的萨哈林之行困难重重，在调查真相的过程中，受到过种种阻碍和威胁，但他仍直面和记录下了黑暗的现实，并为流放犯们的生存大声呼吁。这是个考验做人的道德感的问题，也是一个考验作家书写的伦理问题。在黑暗专制的沙皇时代，契诃夫是独立的。他敢于对所置身的时代的现实、政治和制度进行拷问，这需要勇气，这勇气来自他的良知，来自一颗人道主义的心。

如此，回到文中开头的问题上再来谈好人的标准，就会有答案了。我认为，穿越到任何一个时代，好人的标准都是有的。一个像契诃夫这样的人道主义者，肯定是好人。做一个人道主义者很难，就像做个好人一样难。人是趋利避害的动物，人自私的天性，在抹杀着一个个的心魂，让自我迷失在黑暗之中。但人也是有感情的生灵，现实社会里，尽管人卑劣自私，内心里还是喜欢"人人利我"，也就是说，每个人情感中都渴望着好人的存在以便利于自己。在"人人利我"的基点上，是扩大了的"我利人人"，每个人皆有可能穿过"自我"的窄门，走向"超我"的开阔境界。佛教、基督教等，就是人类构筑的美好目标。我相信，只要坚持做一个人道主义者，尽管一生中也沾染些黑暗，从生命的整个历程上来考查他，肯定还是个大写的"人"。

"人道主义"一词，有时它可能与"人本主义"重叠，但我不喜欢用"人本主义"一词，我觉得这词有点过于强调自己和自私的嫌疑。人道主义的"道"字是人要按"道"来行事，疆域更广阔。人道主义的本质是让人趋于自我超越。人道主义从人的本质和人性出发，来衡量社会的物质形态、上层建筑形态、意识形态，敢于坚持人之大道和人间大义大爱，捍卫人的尊严和生命。某种程度上说，宗教是人的"神道主义"，但也是更大的人道主义集成。《圣经》有云：打你的左脸，你将右脸也给他；佛家云：放下屠刀的人，也可能立地成佛。这都是更大的人道，它们超越了人类自我局限性而存在。真正的"人道主义"，肯定也是超越狭隘的阶级性的，雨果的《悲惨世界》正是因此种魅力打动着我。

在《萨哈林旅行记》中，对黑暗现实的直面和深入，让契诃夫的双脚落到了坚实的土地上。他看到了人世间所真正需要的，看到了自己要写的和不应该写的，最终，他拿出了令那个时代震动的《萨哈林旅行记》。人道主义的契诃夫后来的写作，很多都是从这次旅行中受益，如他的《第六号病室》《匿名者的故事》《三姊妹》等等，人道主义的高扬，奠定了他真正作家的地位。尼采曾说："高山的根基起于最幽深的大海深处，面对着我的最高迈的高山，面对着我和最遥远的途程，因此比之于以前的下降，我更要下降到更深的苦痛里，甚至于到苦痛最幽深的深渊!"深入到黑暗中去，寻找哪怕是一点的微光，这也是《萨哈林旅行记》的意义所在。

　　好的作家应该是归于批判现实主义的，因为"现存永远不合理"。好的作品也因此是对过去的承传和对将来的启示，最终是人道主义的高扬。人道主义，在西方国家的那些"资本主义"的大作家身上得到了验证和闪耀，如雨果、巴尔扎克、陀思妥耶夫斯基、托尔斯泰等。因为自由、平等、公正、友爱永远是人类需要的，只要有人类存在，就要有这样的人道主义。

　　一个好的作家，首先要写出"真"的作品，然后写出"善"的作品，像《萨哈林旅行记》一样，写出自己独立的眼光和世界。对于好的作品，从认知领域讲，"真"是第一位，然后是"善"。"真"是作品物质存在的基础，"善"是作品物质存在的大用，二者皆有皆可时，才能谈得到作品的"美"。而作品里的"真"，就是要求作家有真正的人道主义感情和态度。无论以前"万恶的吃人的旧社会"的作家，现在的"资本主义"作家，以后的"共产主义"作家，只要真正能从内心的人道主义出发，关心人类生存及精神境遇，关注人类社会正义公平和民主自由，并且为这个而坚定写作，就应该能写出超越性的好作品，就应该是跨越时空的好人。顺便补充一句，这里当然不否认才气、技术等外在手段在文学中的运用。

帕慕克的《雪》

　　我还从没有看见过这样让人感到寂静、恐怖，甚至于有点冗长、荒诞的雪。但帕慕克给我下了一场这样的雪。

　　这位 2006 年度诺贝尔文学奖的获得者，在小说《雪》中写道："卡一直认为雪是纯洁的，它能遮盖住城市的肮脏、污秽和黑暗，使人们暂时忘却它们，但在卡尔斯的第一天他就失去了关于雪的这种纯洁无瑕的感觉。是的，在这里，雪使人感到疲惫、厌烦和恐惧。"这是帕慕克为这部小说奠定的基调，阅读它，我自始至终就被这种氛围笼罩着，和诗人卡一样有点透不过气来。

　　卡尔斯小城的雪是突如其来的，但却是所有纷繁事件的生发点。一个诗人来到一个边境小城，大雪没日没夜地下了三天，雪大成灾，于是诗人和这儿的一切都与外界隔绝了。雪是美好的征兆，但这里却没有落雪后的安宁。这个由于地理位置和历史问题遗存下来的小城，随处充斥着警察暗探、伊斯兰教狂热分子、政教分离派分子、库尔德人和土耳其民族主义分子。他们之间无休止的矛盾和冲突，让前来采访的诗人卡陷入可怕的深渊之中，卡像片无助的雪花般不能自主甚至越陷越深，实际上一切都是蓄谋已久的。教育学院院长因反对学生包头巾被枪杀，事先写好而尚未发生的报纸上的新闻和军事政变都是如此。更可笑的是政变就在电视直播的一幕戏剧中公然进行——现场排除异己的枪杀发生了，无论是现场的人们还是观众，都还以为是在演戏。于是，在雪中，仅仅三天时间，一系列荒诞而可怕的事件接连发生。

在卡尔斯的宗教、政治、军事、民族冲突中，卡是软弱的。他虽无能为力，但不乏善良、同情心，他保持着自己的理想、热爱生命、执着于爱情，他从不想害谁。出于人道和本性，他于各方势力交织的旋涡中，去做事和被迫着做事。他想做的，只是想守住自己的心灵和爱（他拼命地写出了诗集《雪》）。但在这个充满阴谋和暴力的小城，越来越清晰的事件和怪诞让卡不寒而栗。他被冲突的各种力量控制着，甚至于离开了卡尔斯也未能改变命运，最终被神秘地杀害。

在《雪》这部小说中，雪，是寒冷、暴力、黑暗的隐喻。小小的卡尔斯城在暴雪的掩盖下，几乎没有温情，只有残酷的现实，只有监狱、警察、军队、宗教狂热分子、不同政见者、不同种族主义者、弄虚作假的新闻媒体、投机的艺术家等。卡尔斯构成了一个巨大的隐喻。

《雪》的结构，让我想到了卡夫卡的《城堡》。卡尔斯小城就像"城堡"，而卡就像《城堡》中的土地测量员K。城堡外的K想拼尽全力进入城堡，却始终没能如愿。而诗人卡在压迫、阴谋、暴力和死亡笼罩下的卡尔斯小城，想拼命逃出来，最终却走向了几年后的死亡。

卡想逃离卡尔斯，却失败了。生活在那里的人也同样遭遇了失败：冲突中无辜的学生死了，宗教分子韩黛、神蓝死了，可笑的把政变也当成艺术的苏纳伊死了。而活下来的人又如何？伊佩克和卡迪非还生活在孤单、仇恨和迷雾当中，生活在无休止的恐怖大雪中。

雪本是纯洁的，但现实中的雪却充满了绝望和压迫感。这样的世界人类该往何处去？卡尔斯原本也算边境线上繁华的国际性小城，但因为历史、政治、军事、宗教小团体和战争等特殊又平常的原因，每况愈下。快结尾时，帕慕克在这部小说中发问："四年了，卡尔斯是不是更穷，走的人是不是也更多了？"是的，或许我们无处可去。当人类陷入了狭隘的深渊，当无休止的民族问题、宗教问题、政治问题、国家问题、文化问题成为地球上人类互相残杀的理由时，人们选择什么来拯救自己？

帕慕克在《雪》这部小说中，实际上在指责这种灾难的始作俑者，他同情这种境遇下的人类。他以世界、历史、宗教、文化的大背景来审视和思考卡尔斯和土耳其的现实，以人道主义精神来审视国家、政治、民族冲突，以东西方文化的交织冲突来审视人类的处境。帕慕克试图为土耳其的国家、民族和宗教问题寻找出路。加拿大女作家玛格丽特·阿特伍德评论说："《雪》是一个分裂的、满怀希望的、孤独而神秘的土耳其灵魂的一次深度之旅。"这评价实在中的。《雪》也更是对日益全球化状态的当今世界的"一次深度之旅"。

小说《雪》采用的是卡的视角，由于视角所限，叙述中增加了神秘色彩，正是那些被压住的、不为人所知却让人想象的部分，使得这部小说充满了迷人的魅力。而补叙、插叙、追叙风格的恰当介入，又让我看到马尔克斯的痕迹，这可能是帕慕克的策略，也是小说的另一个极佳的可靠视角。通过这种方式，帕慕克本人也成为小说中的一个叙述者，他让发生在这三天的事件增加了真实感，同时，也弥补了卡视角的不足。因此小说张力凸起，具有了清晰的来龙去脉和一个等距的历史长度。

小说的叙述风格很冷静。帕慕克于不动声色中讲述着各种混乱和流血事件，叙述精彩之处迭出。小说中最经典的一幕让人叫绝：明明舞台上在进行真实的谋杀，而人们还以为是剧中的一部分，从而蒙在鼓里。假戏真做，真的反成了假的，这就是政治的残酷，就是世界的黑色幽默。

我不清楚帕慕克为什么用"雪"为题。在帕慕克画的六角形的雪上，有三条轴三个发展方向，分别是回忆、幻想、逻辑。我猜想，回忆应是过去，逻辑应是现实，幻想应是未来。那么在书中幻想指向天堂、爱情，回忆指向政变、死亡，而逻辑指向无奈、困难。这可能是《雪》一书的寓意。

米兰·昆德拉的轻与重

米兰·昆德拉的小说《生命中不能承受之轻》，我手头最早的一版，是敦煌文艺出版社的 1999 年版，印刷和制作都很粗糙，其中错字不少，加之是在地摊上买来，感觉像是盗版。但在那痴迷文学的年代，我饥不择食，宝贝一样地反复看。说来惭愧，其实早年更多注重那里面的情色描写，后来年龄稍长，才更关注文本本身。现在，因为喜欢，昆德拉的小说的各种好版本我皆愿意收集，这本疑似盗版的书仍旧搁置于书案中，恭敬有加。

米兰·昆德拉在他的小说《生命中不能承受之轻》中，似乎表达了这样的思考：我们的生命中有太多的事，看似轻如鸿毛，却让人难以承受，而生命过于高蹈，因山一般的沉重的重负，也会让人不能承受。

在生命中，我们追寻生命之重还是之轻呢？我看见了这些人。画家萨宾娜拒绝负重生存，抵制种种责任和桎梏，她的生命哲学导致了最终的虚无，因而从生命之轻走到了生命之重，她孤独地死了。特丽莎是脚踏大地认真生存的人，但她的重，却给她带来了种种的痛苦，爱情时刻远离着她，她的生命之重让她走到了生命之终，她也忧郁而死；大学教授弗兰茨背叛了妻子，他从生命之重走到了生命之轻，也付出了死亡的代价；托马斯游走于女人之间，最后似乎回归了爱情本身，他从生命之轻走到了生命之重，最后也无息死去了。他们都在追索和逃避中消失了，轻得没有一丝痕迹，重得无一丝声息。

轻与重，对于现代人的灵魂，都是煎熬，都是地狱。现代人生活在高速运转的现代，没有多少人能举重若轻，也没有多少人能举轻若重。在这个时代，尽管我们在尘世努力让肉身飞翔，但沉重的肉身裹挟着尘土、苦难、罪恶和欲望，让我们时刻贴近着黑暗的深渊并且最终掉落进去。谁能自我拯救？当我们一身伤痕地自以为成就了自我，当我们按着自己的内心向着生命的终点前行，我们仍旧处于无尽的沉重中。而这一切，皆缘于生命本质之轻，也缘于我们看中的生命现象之重。

　　生命的重与轻，最后都指向生命的虚无。特丽莎、托马斯、萨宾娜、弗兰茨带着肉体和灵魂从活着的过程中寻找着肉体和灵魂，一直痛苦到死亡。难道他们没有肉体和灵魂吗？为什么在苦苦寻找？他们从黑暗中来，最后都找到了永恒的黑暗。似乎有一点点的亮光，曾经照亮他们最后的一瞬，但一切仍旧是黑的，一切都将归于泥土。风吹着，扬起那些尘土，那些尘土里的悲伤，那些尘土里的血腥，那些尘土里的灵与肉。接着活下来的人没有感觉和看到，那些尘土只是飘着，坠着，又飘着，又坠着。难以诉说的尘土啊，就像尘土的本身。

　　从血肉里剥夺下来的东西，我原来以为是好的。就像从我们身体里剥夺出的童年，剥夺出的少年，剥夺出的青年，剥夺出的中年和老年，当然，最后还有死亡。死亡之后还将剥夺什么？这是一个我不敢深想的话题。或许有人从死亡的手中逃走，奔向了永恒？但人真的能吗？人太贪婪了，活着时，什么都想要得到。传说中有一种神兽，但前提是兽，叫饕餮它终日进食，只进不出，连屎带尿地存着。这只是人的最丑陋的幻想。人早晚要没的，你的风尘之美，你的横溢才华，你的旷世野心，你的苦难之火，都会熄灭。

　　博尔赫斯看到了时间之谜，但也没有给我们谜底。去了就是去了，谁知道那些东西在哪里停留着？当但丁去了三界游历，他似乎是为我们留下了身后的去路——那就是灵魂永恒不死的天堂。更多宗教也是如此，它们要让我们相信：我们的灵魂在肉体散尽之时，它仍旧在某处存在着。可灵魂为何？灵魂又何为？谁又能看透自己的灵魂呢？谁又知道灵魂要做什么呢？某种程度上，灵魂也是尘土。

人是可悲的存在。人重复着人的一生，人重复着人所有的过错和罪恶。不能说人类是善良的，也不能说人类是邪恶的。人就是黑白交织的人。别跟我说你高尚，别跟我说你宁静，别跟我说你是诗人和作家，别跟我说你是富翁和政治家。我宁愿看那些草木，知冷知热，秉天地之雨露，蒙日月之光辉，给一丝温暖和光明就绿，否则，则默默于无声处等待。可等待也是尘土啊！我要相信什么？我相信逝去的事物，相信老掉的肉体和记忆，相信那种瞬间的虚无。尘土不过也是一场梦，空旷中的空旷，虚无中的虚无。既然如此，就走下去，冲到最黑暗中去，自己的最黑暗中去，不回头，不叹息，直到尘土覆盖着尘土。

雨雾中的情爱
——关于安东尼奥尼的《云上的日子》

　　我裹在室内无边的寂静中，百无聊赖。不知为什么，近来莫名的忧郁伴随着我。窗外是一场如期而至的大雨，灰色雾气涌动着，雨滴敲得玻璃窗子噼啪作响。多天来，小城就笼罩在潮湿而晦暗的雨中，没有人知道它还会持续多久。

　　我随手抽出一张影碟打发时光。是安东尼奥尼的《云上的日子》，此前我只看过他拍摄的《中国》，还没有看过其他的作品。许是巧合，影片开始时的特殊氛围，一下子就抓住了我，我掉入了影片里。

　　这是一个冷清、孤独、困惑的世界。一座晦暗潮湿的海滨小镇，灰白的雾气一阵阵地弥漫。风中灰色喧哗的大海，老旧建筑中迷离的细雨，稀疏的人群，还有不时出现的长衣导演沉思的旁白，构成了这部电影的基调。

　　片子由四个不相干的故事构成，一个沉思的长衣导演将它们串起来，所以，影片中这四个组成部分又是一个相互不可分割的整体。导演是局外人，也是局内人，并未超脱出来的样子。导演沉浸其中，看来和我们一样困惑。故事尽管是些普通的故事，但它们的表象之下却是一个沉思的黑洞。那故事是忧伤的，影像结束之际，悠长的伤感失落久久不散。

是的，老安东尼奥尼碰到了爱的困惑。可能他在试图为我们提出不明确的问题并给出不明确的答案，影片的行进中，他努力让那个时时出现的导演替他思索爱和性的事情。

短片之一的情节是：年轻的水利工程师在一个小镇与美丽女教师邂逅，他们心有灵犀，一见如故。散步和拥吻后，他们回到了各自房间，尽管很近，尽管他们的内心有所期待，他们却没有彼此敲开各自的房间。他们都选取了放弃。女教师第二天早上的不辞而别，成了水利工程师美丽的记忆和怀念。两年之后，命运又安排他们在电影院意外重逢。他去了女教师的家，俩人缠绵到最后那个环节时，男人突然离开，故事到此戛然而止。女人从小窗口目送他离开，眼神复杂而哀伤，在楼下回望的男人也是如此。安东尼奥尼在这里似乎在为爱和肉欲划清界限：一种纯洁而美丽的不触及肉体的爱，似乎更美，更是一种完整的长期的爱。

短片之二让我有点困惑：某海滨服装店美丽的女孩，竟然莫名其妙地向一个盯着她看的大龄的导演敞开了心扉。她找到他，她对他说是她杀死了自己的父亲，刺了 12 刀。更让人不解的是，接下来他们有了一场肉体之爱。故事结局里，女孩子不告诉他为什么喜欢他。我在猜测，这与女孩子杀死父亲一事是否有着隐秘的联系。可能是一段错位的孽情，让她杀掉了父亲，然而法律宽容了她。她在还良心债，在寻找内心的解脱或者是释放无形的压迫感。如果是这样，这是一种盲目残酷悖理的爱，它几乎不存在。

短片之三：似乎是一个阐释爱之虚无和荒诞的故事，故事借助一个绝望的女人对爱提出了质疑。一个出轨男人在妻子和情人之间周旋，所谓的爱与不爱让这三人同时出现了精神的痛苦和错乱。而另一个出门回家的男人，发现有了情人的妻子竟然将家具全部搬走，并把房子租了出去。新房客来了，这个回家的男人发现新房客，即打算离开背叛丈夫的女人，竟然也搬走了她自己家中所有的家具，这个搬家具的女子，就是故事中那个周旋于情人和妻子之间的男人的妻子。昔日的爱在哪儿？还有爱吗？爱是否是物质的？是否就剩下了性？或许真是因为"肉体跑得太快，而灵魂落在了后面"。

故事之四：地点在一个古老的小巷，雨中。年轻的男人追逐一个美丽单纯的女孩子，女孩子不为所动，女孩子对他说自己怕生的原因，她问男青年是否惧怕死亡。女孩子在教堂做弥撒，那追逐的男青年却睡着了。他们是两种不同世界观的人，但他们都单纯可爱。雨夜，男青年送她回家并表明心迹，女孩坦然地告诉他明天自己就要进修道院了。男青年下楼梯的镜头是耐人寻味的。向下的空悬楼梯，男青年越往下走就越小越暗淡，而他的爱，留在了高处，伤心的高处。那女孩子把爱情献给了上帝。

这四个片断应该对应四种不同形式和不同层次上的爱：纯情的不带性的爱，畸形错位的爱，荒诞的根本不存在或者不可靠的爱，对上帝的发自灵魂的爱。但虽如此，它们仍仿佛如同云雾一般缥缈不定，苍茫悠远。性，情，爱，在男女间的生命中演绎，谁能说清楚爱并知道哪种爱是最终极的呢？

安东尼奥尼试图探索人的永恒性，他让女孩子最后进入修道院，他想让爱有一种终极的归宿感，但似乎他的思想又没停在那儿。片子的结尾让这四个简单的故事有了玄奥的象征和隐喻意义，但安东尼奥尼没有为此下结论。安东尼奥尼只是呈现，让故事自己去演绎，而这就让四个故事有了更多的言外之意和不可言说之思。这或许也是安东尼奥尼电影的迷人之处。爱是充满疑问的，像云像雾又像风，爱更是天问，没有肉体参与的男女间情爱是爱的真谛吗？它比肉体和精神之爱的结合更高明吗？爱情不需要性吗？在岁月的打磨中一对曾亲密热恋现在又彼此仇恨的男女间那种爱的哪去了？对上帝宗教式的爱又如何？那种一见倾心的爱又能持续多远？男女间性和爱情哪个重要？有性就有爱吗？爱是为了性还是为了什么？性又为了什么？罗密欧与朱丽叶若在爱情的中途不死，在生活中他们的爱会不会被磨灭掉？

在影片结尾，我们从一座楼的不同窗前，像定格的胶片一样，仍旧窥见了继续进行的生命和无尽的男女之爱：在风雨迷雾中，逃出荒诞的不存在之爱的女人的困惑；一对沉浸在爱或肉欲中的青年男女；一个身着黑衣的孤单且若有所思的女人。最后是那个男导演，他从暗处走来，在玻璃窗前有着一张沉思和困惑的脸。直到他暗淡下去，影片结束了。但每一个人的世界仍是每一个人的世界，没有开始也没有结束，都是孤独的个体。爱仍是现在时，是一个悬而未决的问题。如此而已！

夜游者：布拉塞

——关于摄影集《布拉塞：巴黎的夜游者》

  二十世纪世界上最有影响力的摄影师中，有两位以拍夜景而著称：一位是维吉，一位是布拉塞。维吉拍美国，布拉塞拍法国，有趣的是两位大师都出生在 1899 年，也都非本土人士。某种趣味上，我喜欢布拉塞的程度要超过维吉。维吉的夜之摄影如同他的闪光灯一样，过于刺眼也过于张扬。人类社会中，都市暴力和犯罪其实并不是生活的全部，维吉给我的印象多有赚眼球之嫌。布拉塞镜头下的夜巴黎是都市日常生活中的常态，它属于黑夜本身的一部分，混沌的世相以及优雅和不安中透出的沉闷气息，让人反复咂摸。

  《布拉塞：巴黎的夜游者》一书中的影像，都拍摄于 1930 年到 1934 年这段时间，这也是天才的摄影家布拉塞一生中最灵光闪现的时期。在两千多个夜晚里，布拉塞游走于巴黎城市的角角落落，用自己的眼睛和相机，审视和记录着那个历史时期的巴黎之夜和巴黎之黑。功夫不负有心人，布拉塞于 1932 年年末出版了他的第一本摄影集《夜巴黎》后，便受到世界关注。一举成名的布拉塞，时年 33 岁。布拉塞的成功绝非偶然，除却摄影天分，布拉塞还喜欢绘画，热爱写作。在巴黎，他与大摄影家和同乡安德烈·柯特兹交好，也与美国大作家亨利·米勒以及西班牙大画家毕加索交好，综合的才华和开阔的眼界让他的摄影绽放出了独特的光彩。1935 年，布拉塞再接再厉，出版了《巴黎的快感》摄影集。1976 年，经他细心整理，《三十年代的秘密巴黎》摄影集出版。而现在的这部《布拉塞：巴黎的夜游者》一书，是根据布拉塞生前参与策划的最后一部画册编辑制作完成的影集，由法国伽利玛出版社出版，其中包含了以上三本书中的影像和他的毕生所藏精华。

打开这本中国版的黑色封面的凝重的摄影集，翻过几页，最先打动我的是布拉塞于巴黎街头的自拍像。工作中的布拉塞咬着烟卷，双手插在大衣口袋里取暖，微倾着身体看角架上的相机取景框，眼睛略眯，一副沉稳优雅、从容不迫的样子。可能这是巴黎的深夜，街头空旷无人，路灯寥落地照着。街路上些微的碎雪泛出灰光，清寂的环境透出这位夜游人的执着与辛苦。这样的情境，也构成了这部摄影集的基调，它充溢着冷静、客观、平常甚至是迷离的气质。

《布拉塞：巴黎的夜游者》的视角是全息式的。布拉塞用近乎于小说家的大笔触和电影般的镜头来呈现他看到的一切。这部影集中，我们能看到那些底层的小人物：检道工人、工地保管员、裁缝、淘粪工人、卖菜小贩、酒鬼、流浪汉、苦役犯；我们能看到中产阶级的小天堂：宾馆、公园、小酒、赌场、妓院、夜总会；我们能看到夜色中那些神情暧昧的情侣、舞女、嫖客、同性恋者、吸毒者、流氓、赌徒、站街女；我们能看到城市迷蒙的雾气、有树木的街道、孤寂的公厕、亮灯的小酒店、寂静的轻轨路、急驰的马车。布拉塞耐心冷静地用镜头对这一切进行圈定和定格，他几乎不用闪光灯，不干扰拍摄对象。他手中的相机一如潘多拉的魔盒，黑暗中悄无声息地释放出五花八门的东西。通过这样的全息关注，《布拉塞：巴黎的夜游者》一书拥有了客观文献和巴黎百科全书式的意义。

《布拉塞：巴黎的夜游者》的视角同时也是细微的。布拉塞擅长使用手术刀般的手段来解剖巴黎之夜，巴黎城细微的情境和撩拨逃不过他的眼睛。当那些满脸疲惫的淘粪工在夜色中抽烟休憩，当流浪者躺在夜色中的长椅上蒙头大睡、旁边就是亲昵而旁若无人的情侣，当镜子中映见偷情者迷乱放荡的脸孔，当那些裸体的妓女背对我们、嫖客们投来饥渴而轻慢的眼光，当疲倦的舞女们三三两两地拥到一张床上躺下来，当我们看到街头小流氓斗殴时，我们的心也会随之震颤。

《布拉塞：巴黎的夜游者》的意蕴是深厚的。厚重的黑白影像，有如透过水面和幽暗的镜子反映的世界，撩开了巴黎之夜神秘遮掩的面纱，它们将黑夜和梦境大白于真相，展示了真正的巴黎都市，展示了人性的多重面目，展示了白天之后人类灵魂的脆弱和虚无。布拉塞曾说："我感兴趣的是普通的人性，是与人类状况有关的某种东西。"是的，当布拉塞将巴黎夜晚那些不安的微光一丝一缕地定格到黑白胶片上，在他的镜头里，我们便惊异地看到了巴黎城的繁华、衰败、热闹、冷清、色情、冷酷、贫困、虚弱甚至神经质。细品这些影像，巴黎之夜不再只是一个个例，而是人类今天城市化、欲望化、孤独化、狂欢化的一个缩影。在全球日益异化的今天，这样的都市之夜，是超现实的，它穿透了那个时代和那个世纪，是人类社会中永远的黑暗地带，那里横亘着纵欲、色情、暴力、空虚，也充塞着无奈、贫困和孤独。巴黎的黑夜之黑伴随每一个白天之白，永远顽固地存在于这个世界上。

《布拉塞：巴黎的夜游者》的拍摄也是颇有难度的。夜色中充满了重重危险，在那些秋冬时日，布拉塞犹如巴黎之夜的心脏，和这座城市一起跳动，又如黑暗之钟，缓缓敲响，向着虚无的白天扩散。无论如何，布拉塞最终以他的才情和执着的力量成就了这部沉甸甸的社会纪实性摄影集。翻看这部颇具启示录性质的影集，我想，即使今天，即使在我们这个正在开放的国度，许多领域也是摄影师们无法正视的，而布拉塞拍到了它们，且为我们呈现出了它们。多年后，美国女摄影家黛安娜·阿尔勃丝正是受益于他，拍出了更震撼世界的影像。

抛开《布拉塞：巴黎的夜游者》一书历史学、社会学上的意义，透过摄影技术本身来看布拉塞的影像，也很有趣。一直以来，夜色成像的难度颇具挑战性，布拉塞不用闪光灯，几乎只用夜晚灯光就解决了这个难题。据说他从安得列·柯特兹那里学得了许多的精髓。翻阅这部影像集，我相信，镜子和雾气在其中反复的运用，肯定是他用光的秘密之一。回过头来看，在那个摄像技术不如今天的时代，布拉塞创造了自己的摄影语言，它们避开了白天的光，出没于幽深的黑暗，呈现了人类城市的秘密本质。

《布拉塞：巴黎的夜游者》一书，除了大量的照片，还收入了研究布拉塞的重要文献资料。一篇是西尔薇·欧本纳斯的《布拉塞与巴黎的夜》，另一个是康丁·巴雅克的《夜色中的巴黎，潜伏的图像》，这是两篇权威性的论文。图与文在书中相得益彰，可让我们全面了解这位夜间摄影大师的成长之路、拍摄巴黎的秘密以及大师的艺术理念。我想，对于一个想从学术上研究布拉塞的摄影人来说，读读这些文字，也是很可贵的。

夜游者：布拉塞

卡夫卡

翻阅卡夫卡文集，每每凝视他的照片，便感觉卡夫卡该是一个很弱很小心的人。卡夫卡的眼睛大而惊异地睁着，像是阴雨天被风吹得惊疑不定的湖泊。卡夫卡的嘴巴很大，紧紧地闭着，抿成一条线，不愿张嘴或者害怕与人交谈的那种样子。后来看书，更加印证了这种感觉。

老实说，我不是太喜欢卡夫卡这个人。卡夫卡没有生气和战斗力，他生性孤独、忧郁、软弱，对于生活，只是生活着，从没过多的奢望。作为保险公司的雇员，他一生守着那份固定且单调的工作。每天按时上班，按时下班，普通得不能再普通。他也偶尔恋爱和失败。他在家里，从不与父母姐妹多说几句话，只是躲进自己的屋子，在纸上乱画或者写写可称作小说或者是日记的文字。而往纸上写文字的习惯性活动则成就了一个作家卡夫卡。

其实，卡夫卡是个有智慧的人，他看透了那个时代现实的黑暗和险恶。他说："我们大家都是赤身裸体的，今天穿得最暖和的只有那些穿着羊皮的狼，他们的日子很好过，他们穿的衣服正合适。"但卡夫卡没有去抗争，面对强大的现实，他太弱小了。他像其他知识分子一样——恐惧而本能地生活着。

像一只蜗牛，卡夫卡小心地躲在自己营造的壳里，不受伤害。如此这般，文字成了卡夫卡的安慰，确切地说，文字是卡夫卡的精神安慰和生命热能。卡夫卡说："我永远得不到足够的热量，所以我燃烧！因冷而燃烧成灰烬。"在黑暗的现实里，卡夫卡感觉不到温暖，又怯于人际关系的冷酷和个人在社会的异化。卡夫卡要怎么办呢？唯有文字可维系他生命的存在，是文字给了卡夫卡御寒的手段，是文字给了卡夫卡最远又最近的爱。是的，卡夫卡活着，没有高蹈，只是借助文字活着。

在文字里，卡夫卡是真实的。他拒绝自我欺骗，仅以自己的方式展示卑微的生命和存在。卡夫卡认为自己是个多余的人，在物化的世界里，像甲虫一样不被重视，尽管小心翼翼地活着，最终还是不被理解地抛弃和死去。卡夫卡把世界当成迷宫一样可怕的大城堡，他试图努力走进去，但最终还是在门外，被失败给毁掉了。卡夫卡这种没有安全感的处境，最终扩大成为人类的处境。我们每天都小心不安地活着，随时随地迎接那突来的袭击或莫名的灾难。这些不是臆想，这是丧钟敲响后的处境。卡夫卡记下了它们，以卡夫卡式的寓言或象征记下了它们。就这样，日复一日，年复一年，卡夫卡在文字里活着，呼吸着。

1924 年，卡夫卡静静地死去，年仅 41 岁。卡夫卡生前无意成为作家。临终前的卡夫卡告诉他的好友马克斯·勃罗德，除已圈定的几篇作品外，其余一律毁掉。卡夫卡说，他的作品只是私人的记录。然而，真实、平静的生活却创造了作家卡夫卡，并且呈现给了整个身后的世界。这也许是天国里的凡人卡夫卡想不到的。

凡人卡夫卡用文字触及到了人类整体的境遇，凡人卡夫卡因此创造出了作家卡夫卡。他的《变形记》《美国》《审判》《城堡》沉入我们的内心，影响了一代又一代人。后人敬重卡夫卡，将他与乔伊斯、普鲁斯特并称为西方现代文学大师。然而作为人类的个体，卡夫卡只是一个平凡人：他有着一颗谨慎孤独的心，不问世事不抗争，只是无声地活过一次。这是当下大多数人的一种活法。真正的作家能为世事做些什么呢？因为有了文字和写作，卡夫卡一生也许算是很好。

李 白

在中国，从三岁稚童到白发老人，谁都能随口背几首李白的诗歌。李白的诗名在中国家喻户晓。作为诗人，斗酒诗百篇的李白无疑是成功者；然而作为政客，李白又是糊涂而悲剧的角色。

李白祖上据说是汉代名将李广。至李白父亲李客一代，沦为商人，举家隐居四川昌州青莲乡。少时的李白家道殷实，他终日读书、舞剑、写诗，生活得颇为惬意闲适。但李白少时大志，宏愿当官，梦想凭自己才学觅封侯、济苍生、安社稷、名垂青史。李白所处时代，正是开元盛世，唐帝国政治经济文化一派繁荣，以文取仕，科举盛行。

24岁时，颇有道家风范的李白游历了四川大部分地区，师从赵蕤。赵蕤为李白指点前程，劝其走荐举、制举一路，取得皇帝赏识以大展宏图。按当时政治氛围，赵蕤可能是对的，但对有大才的李白，主观和客观上却绝不适用，只是一厢情愿罢了。李白后来的经历，皆证明了这点。

25岁时，也就是开元十三年，李白取道三峡出蜀，揭开了谋求官职的序幕。李白当时踌躇满志，仗剑去国，意气风发。他自感是一只羽翼丰满的大鹏，只待振翅而飞冲天一跃了。细品李白的性格，只宜写诗，绝对不适宜做官：做官需要务实，而李白不务实，他始终在天上飞。做官需要仰人鼻息，而李白头高昂得已不能让人忍耐。李白的性格极端分化，妄想以文取仕是为人世俗一面，不是他的道家风范。而他的偏执，他的放荡不羁，他的孤傲不群，他的好武任侠，却十足是做文人的材料。鱼和熊掌不可兼得。李白把自己的位置弄反了，偏偏糊涂地钻政治这个牛角尖，因此屡遭碰壁是极其自然的。

李白刚出道，拜谒大官兼大文豪李邕，因李邕小看于他，便忍耐不得，愤然作《上李邕》。诗云："大鹏始日同风起，扶摇直上九万里。……宣父犹能畏后生，丈夫未可轻少年。"诗中不满狂傲之情溢于言表，实在令同道中人李邕尴尬。然而，这就是作为文人的李白而不是政客的李白。

李白的一生三上长安。第一次是开元十八年夏，因遭小人嫉妒引荐不成最后只得打道回府。开元十九年春，李白又到长安。此番求官不得甚是落魄，又看到朝廷的腐败，其饮酒发牢骚诗风便始见端倪。先后有《行路难》《蜀道难》为证。如"大道如青天，我独不得行""淮阴市井笑韩信，汉朝公卿忌贾生"等。但李白仍抱定"天生我材必有用"的乐观幻想继续寻求政治出路。开元二十九年春，李白三上长安，时年42岁，成为翰林院学士。

大诗人李白满以为建功立业机会到了，然而唐玄宗沉湎酒色之中，他只不过将李白当作御用文人，随其左右添置花边和风月而已。李白想象中做官是要干大事业的，唐玄宗对待他的方式，实在大违李白的意愿。李白因此不安心本职工作，终日饮酒沉醉市井。甚至"天子呼来不上船"，且犯了文人脾气上书要求还乡。因李白屡屡犯上，唐玄宗认为他不是"廊庙器"，但因其大名又得罪不起，便顺水推舟赐金放还。李白一生做官到达这个辉煌顶峰后，开始走下坡路了。照理说，长安几年的生活，李白早该看透官场和社会内部属性了。可李白没有，仍奔走于达官显贵之间，不惜躬身写些歌功颂德的文字，妄想受到重用。最终李白被卷入永王李璘和肃宗李亨的权力之争的旋涡中，遭到流放。释时，李白59岁，满头白发，煞是凄凉。此时李白仍执迷不悟，继续寻求官职。其诗云："圣主还听《子虚赋》，相如却与论文章。"

62岁，风烛残年的李白饮酒舟中，落水身死，彻底结束了追求功名的生涯。李白一生之所以是悲剧的，原因是他太看中仕途。李白不善钻营，不善厚黑，不善低眉，又无权无势无人无钱，纵有满腹经纶又能怎样？最重要的是那个时代，那个嫉才妒能、唯亲是用、腐败黑暗的朝廷，哪里肯给李白击水三千云日同风的机会？李白的一生既不潇洒也不浪漫，只是上演了一出现实主义的悲剧。

还好，李白做官不成，却因发牢骚而成为一代诗仙。如果其做官，又能如何呢？那个时代官员太多了，我们又能记得几个？况且会不会被一群腐败分子拉下水而诗节不保呢？我不敢断言。但有一点可以肯定，李白一心一意做诗人，肯定会更好。

对于李白的死，我有两种看法：一是李白如果因醉不慎落入水中溺死，则其一生至死都没有醒悟，当属个人大悲剧；二是李白自感英雄末路，理想破灭而投水以死相抗，那无疑很好。因为毕竟有一刻的清醒，一刻不糊涂，他觉得该安心在另一个世界做诗人了。

凡·高

　　在现代人越发实际和虚伪的人生层面中，荷兰画家文森特·凡·高，使我在迷途中看到了一个奇异的空间。那空间拷问心魂，激荡深远，寂寞得仿佛又不曾存在过。

　　不被人理解的孤独偏执的凡·高，是有着完整精神世界的人。他不像功名心切的李白和小心谨慎的卡夫卡，他是现实存在的一切秩序的斗士。他从不接受现实庸俗和虚伪的存在，他只走向意义。也就是说，他把自己的一生变成了意义。他的精神世界和人们对他的茫然无知一样，正如瀚宇深处彗星莅临，那突现的光芒，刺得人类百年后才能睁开双眼。

　　凡·高从小就是一个奇怪的人，像世间一个不和谐的音符。他常一个人戴着草帽低头在旷野里游荡。他没有一个朋友，人群中他是孤单的，只有荷兰上空那颗硕大的没有敌意的蓝色星星照耀着他。令我惊异的是，凡·高对世界疯狂的抗争与疯狂的爱。凡·高在海牙为叔叔推销名画复制品时，因看不惯叔叔把无聊的画当艺术品推销，公然嘲笑主顾们买的画毫无意义，并且愤然辞职离去。在美术学院学习时，凡·高又大胆地把维纳斯画成一个骨盆宽大的农村妇女。凡·高后来做过传教士，他播撒上帝之爱义无反顾，常常激情冲荡，以至把自己的银表手套都扔进募捐的盘子。

　　1882 年，画家凡·高结识了一个为人所遗弃的怀孕妓女。凡·高收留了她，并且全身心地照顾她爱着她。凡·高说过："这世界不

33

凡·高

该存在孤立无援被人遗弃的女人。"凡·高是靠直觉行事的，他坚决做自己想做之事，什么也难不倒他，甚至包括舍掉生命。在不顾一切、疯狂偏执的背后，是凡·高对人类和艺术至真的爱。在生活和艺术中行进，凡·高简直没有任何遮拦，没有任何虚伪，他只是全身心地投入生活，全身心地燃烧自己，像大神的使徒。凡·高的慈爱与那些一掷千金、捐款给慈善机构的富商们不同，富商们的良心欠世界的债，他们是在戴着镣铐生活和演戏。而凡·高，从来都是自己的角色和主人。

凡·高一生都爱着自己的绘画事业。靠直觉行事，使得凡·高超出了那个时代的世俗和理性。他只热爱事物本身，他只画事物本身。他反对学院派教条主义的绘画原则，他用自己内心去体验事物，用自己的血液去描绘事物。他单枪匹马向所谓画坛的冲击。在那个时代，凡·高的画是寂寞的，遮蔽的，遭受排挤的。为了画画，凡·高一生穷困潦倒，从没有过上安逸的日子。他真诚地待人，而别人却不爱他。他将阳光温暖呈给别人，然而世人却给他冷酷的报答。凡·高并不在意这些，他只是绘画。疯狂的凡·高说："我神志清醒，我就是上帝。"凡·高对自己是自信的，他一刻不停地燃烧着自己。

在法国阿尔，凡·高的生命燃烧到了顶峰。他几乎终日坐在一片黄土地上，面对着一块麦田、一片菜地、一棵开花的树，他画太阳、画向日葵。烈日弄秃了他的头顶。他说："无论多高多大，永远不会忘记自己的来处。"这就是向日葵的精神。一个生命的斗士，在逐日而行，让内心追随着太阳的光和热。在阿尔，生活窘迫的凡·高画出了一生中最重要的作品。1890 年 7 月 17 日，凡·高完成了来到人间的使命，离开他热爱的田野，回到天堂去了。

在中国，我知道有一个叫海子的诗人，他将凡·高称为瘦哥哥，这使我感到一丝欣慰。

在《阿尔的太阳》一诗里，海子写道："到南方去/到南方去/你的血液里没有情人和春天/没有月亮/面包甚至也不够/朋友更少/只有一群苦痛的孩子吞噬一切/瘦哥哥凡·高，凡·高啊/从地下强劲喷出的/火山一样不计后果的/是丝衫和麦田/还有你自己。"海子是理解凡·高的，并且过着凡·高式的生活，可惜他去得太早，或许他的使命还不应该结束。

纵观凡·高一生，不幸中的凡·高是有福的，他空气一样不受约束，用自己的生命实现了自己的一生。然而凡·高被尘世光斑遮蔽着，需要死后才能放出他的光芒。众神的黄昏时代，大师缺席的今天，我只能向历史深处回望。而近处是一群多么庸俗、失重的人呀！他们只知道凡·高的画值钱；他们只知道追逐眼前蝇头小利，乐此不疲；他们只知道用假嗓子发音混淆视听；他们只知道寻流行色涂抹自己，却从不寻找自己。够了，够了，一场大风会带走这一切。

然而我还想说的是，现代主义的十九世纪是悲剧性的世纪，没能真正地拥有凡·高。可二十世纪又能怎样？二十一世纪又能怎样？无论现代，后现代，真正的天才走得太远了！历史轮回依旧，天才的孤独、寂寞、拼搏、奋斗和偏执依旧。

历史的虚妄

　　阎连科的《坚硬如水》，在一个旧书摊上买的，五元钱。多年前阎连科的《年月日》就曾让我关注。在那篇小说里，一位老人面对巨大灾难的承担和挑战，悲怆的英雄主义精神不亚于海明威的《老人与海》中的桑地亚哥。小说中的老人失败了，但他用失败的行动战胜了失败，恰如鲁迅先生所说，因为绝望而反抗绝望。这部长篇的题目"坚硬如水"四字吸引了我。这是充满诗意的题目，带有悖论性。进入书中，很快就会对这个题目产生巨大的惊叹，是的，坚硬如水，就是坚硬如水。可坚硬是脆弱的，历史和人类，皆坚硬得如水一样脆弱！

　　人们生活离不开具体的时与空，这就是所谓的历史或者社会背景。人们就在其中存在和行进。然而，更多时刻，历史是黑暗和遮蔽的，人类有头脑而无思想，有眼睛而失明，集体无意识铸成了人类存在的悲剧。可悲之处还在于，置身其中，有人还在认真做虚妄的演员，而从来没有真正饰演过自己。

　　《坚硬如水》的背景，是疯狂的"文化大革命"时代。这是个带有理想主义色彩的无理性世界，敌人、人民、革命、反革命，一切都是臆想的。高爱军和夏红梅却带着仪式一样的神圣感在冲锋。是的，这些正值大好年华的人，在没有自己思想的年代，肉体空洞而高昂的激情不知如何释放，怎能不被那股强大的力量转移到政治和革命上去？他们等同机器，没有思想，全按照一套被改造后的编定程序运作。

被飘扬的战旗和斗争哲学所鼓舞，满脑子革命激情的高爱军和夏红梅，发动了一连串的理想主义革命。在这种光辉的革命中，闹剧频出，各色人物人性黑暗的部分也彰显无遗。小说不只是简单的批判，也不是简单的"伤痕文学"和"反思文学"的再现。小说在这里变成了黑色幽默和大寓言，它与体制的戕害和人集体的无意识有关。然而，可贵的是，小说还在向深处延伸：革命成功后，革命者本身利益的再实现和再分配，让小说有了深刻的批判指向。它直逼人性本源之恶。在小说后半部分，我们看到了高爱军和夏红梅们在革命成功后，权力和欲望极度地膨胀。他们开始不择手段地去取得更大的权力，为此不惜去迫害别人，甚至于去杀人，行为完全像政治流氓。不是吗？百年来的中国历史告诉我们：我们所反抗的，正是我们要得到的。

历史时时呈现出黑色的荒诞性和戏剧性，高爱军和夏红梅的爱情也是如此。他们肉体的欢愉是革命性质的，爱情几乎没有，他们彼此靠革命的臆想和臆想的革命来催情。过剩的欲望转化为激昂的革命，革命反过来又让他们添增了更旺盛的欲望。他们疯狂地彼此鼓励和消磨着这样的理想和激情。革命如同他们的鸦片，真正的自我主体意识一点也没有觉醒。虽然性爱中倒是有自我的成分，但那更多的是阶级色彩和动物性的方面。当然，偶尔的动物性也让我们感觉到有微微的人性存在，但更多的激情却属于所谓的革命。悲剧性就在于他们认为理所当然，这种理所当然是自身存在的虚妄，更是历史的虚妄。

小说最后的结局，是他们膨胀的欲望终于害了自己。这样的结局是历史的必然，他们必然是历史的牺牲品。那个时代，高爱军和夏红梅这对木偶人、空心人、欲望人，谁能跳出这样的旋涡？所以，这两个将革命和肉体之欢进行到底的人，最后不可避免地要死掉，要作为工具而死掉。在小说中，他们自取灭亡的情节也是荒诞的，读来揪心。阎连科用了一个不起眼的小道具：一张照片。这张照片毁掉了他们革命的心血。在快接近理想的顶峰时，他们突然变成两根鸿毛，被轻飘地除掉了。

生存，永远是不合理的。政治，也是人类社会永远最黑暗的部

历史的虚妄

分。在当权阶级操纵下，没有头脑的空心人，总会沦落为彻头彻尾的工具。在他们被子虚乌有的召唤所鼓动时，在他们开始扩张所谓的理想时，无论是作为工具的他们还是当权者，内心的自私和邪恶都将会不断显露和膨胀。而他们一朝得到权力，攫取到利益和胜利果实，现状还是原来的现状，甚至比原来更差。

在《坚硬如水》中，还有更多的寓意，如坟墓、地洞、二程寺庙等，暗示盲目性的必然失败和传统文化的人为毁灭。结尾也出现了大寓意，又一代的人长大，欲望衍生。弗洛伊德说，一切都是性欲的升华。他们是否也要这样或者通过另一种形式来重复这样的黑色人生？回望历史云烟，我们常常发笑，但谁能站在高处看自己？我们跳不出这样的怪圈！

历史，是人们对过去的臆造。我相信历史的虚妄性，如同相信云烟。真实的历史只能是那时代曾存在的总和，单独的或者特大的某人某事绝对不是历史，浩瀚的历史典籍，只是消失的时间一角，甚至于一角也不是。因为一切皆不可反复，历史只能是现存的一瞬，未来和过去也皆不是。一切历史都是当代史，这个我信。

顺便再说一下，我不太喜欢小说结局部分的一些情节，感觉也许是作者不得已而为之吧？作家阎连科没有将一部寓言式的小说进行到底，这很遗憾。在小说中，程天民成了文化和历史保护者的化身，私自承包土地给农民的王镇长成了改革的先驱和倡导者。虽然这样写是说"文革"中也有人性的光复者，但却疏远了更大的寓言艺术。我希望阎连科能甩掉这个包袱，轻装上阵，让我们读完小说后完全虚无下来，绝望下来。但这并不妨碍我现在喜欢这部有力量的小说。

边缘写作

在最边缘地带生活，我总是忧心自己的写作。这样说倒不是把写作当作生命中的事情去苦苦经营，而是担忧失去写作前锋的背景会加速我的作品的边缘化。这是否是一种地域性的自卑？我没有深究过这个问题。不过伴随年龄而来的颈椎病和加剧的神经麻木，倒让我更加清醒自己的处境。

出生则入死。卑微的肉体是如何一点点磨灭掉一切的？其实一切早已在命运中具备了，就像种子在萌芽和悄然生长。早在中学时代，我就在这座边境小城中生活，且一晃就是六年。我现在几乎还没从那忧郁的埋头状态中拔出来。六年时光里，那个少年日复一日扎在书本上，头低垂得像挂了枷锁。为此，他早早地付出了近视的代价，再后来是颈椎病的代价。还有，也是这期间，他开始了所谓分行写作诗歌的痛苦生涯。他和它们，就这样一路走向了我。

想来有趣，不惑之年，我才为着在电脑前写作和玩游戏的缘故，配了一副近视眼镜。眼镜配好后，我第一次戴眼镜在黄昏的城市里游走，突然感觉到了阵阵虚无。世界显现得如此不真实，像从显微镜下看虫子，清晰巨大的细节滚滚而来。那是可怕的，仿佛看见了一个圣女胳臂下的腋毛。我对尘世恐惧和不安起来，我担忧我认识世界的方式错了。譬如，我就从没有看清楚过干净玻璃窗上原来有那么多污点儿，几乎都是痰迹；还有宾馆玻璃窗的暗处，一对耳鬓厮磨的男女；

还有在暗处楼道里撒尿的男人；还有那"小心房上坠物"的字样，在我天天无视且必经的屋檐下……危险重重的世界啊！走在街上，我不知道我通过眼镜还会看见什么？我迅速摘下它来，眼前又恢复了常态。我走在我的世界里，这是别人认为的不清晰世界，二十多年来我却固执地认为是正常的世界。摘下眼镜，我像以前一样，几乎不与任何人打招呼，因为我分辨不清那些脸。它们千篇一律，在忙碌的街头，像老庞德写到巴黎地铁上的"黑黝黝枝条上的花瓣"。

或许，我"近视"的世界是一个盗版影像品？或者是真正的正版？说不清楚。反正我停止了在光天化日下使用近视眼镜的冲动。现在只是为我的颈椎，晚上在电脑前，才戴上它。这说得有些远了，但想来，这种近视视角，的确是我看世界的方式。其实我是可怜的。因为多年来，我根本就没有看清楚这个世界，我是在看朦胧诗一样的世界。但小城还是变了，成了一个暴躁的中俄商业都市。置身其中，我常迷离。因为这种看事物方式，让我碰壁的时候大于畅通的时候，让我疑惑的时候多于清醒的时候。可这是命定的，谁也无法改变，从我一出生时就带上了。我当然不怨声载道。另一方面，我也得感谢这种状态。正是这种状态，让我处在自己的感觉中，我用心感受周围的一切而不只是用眼睛。为此，还写下了一些分行的句子，我姑且厚颜称之为诗。

在边缘地带，我以往的写作，秋天和冬天时节里的密度最大。可能这也是一种懒惰的借口，但花花绿绿的春日和夏天我的确不想写什么。春夏这样的季节只是给我带来更多的烦躁和慵懒。大多数时间，我要算一个易受环境影响的人。我常往无人的水边或山上跑，和风丽日下约一二朋友，搂着几个酒瓶子一坐就是一天，好像有千秋恨、万古愁。再不就是拍拍照片。看惯了的自然界的花草其实很无趣，拍完就是拍完，这样做只是可以告慰自己那一天没有白费。照片多数皆丢掉了，我要的只是一个虚度光阴的借口。

秋天时，自然界的清寂和疏朗突然会让我转换头脑，我开始在纸上构筑我的诗意。在宁静的落叶里，我写，好像文字就是重新飞上枝头的新叶。而冬天白色的大雪里，我写，更像是面对一张恐怖的白纸，抓紧一切时间留下"我来了"的痕迹。现在看来，这里隐藏着对死亡隐秘的恐慌，像是古人对时光流逝一般的感叹。飞鸿雪泥，四季变换的时光肯定对每个写作者来说都是个秘密，它无情地指向虚无。写作可能就是反叛，但它能带你走多远呢？所以我固执地以为：写作就是写给隐秘的自己，呈现的也是隐秘的自己。或者，是写给另一个人，另一个你深爱的人。她（他）可能在前世来过，或者，在未来出现，而通过这样的文字彼此达成了共谋。但那个她（他）何尝又不是你自己？当然，好的文字，除了你我，还是人类的共同命运。生命生生不息，死亡亦不停止它的洪流。一个人消失的肉体和灵魂会融入后来更多的肉体和灵魂，就像是消失的波浪融入更大的波浪。文字，就是说出自己和它们的东西。

在最边缘地带生活，其实是写作的环境问题。每年，为了写作和开阔视野，我几乎都要去北京转。2008 年，更是一口气在北京待了四个多月，参加中国作协主办的创作高研班学习。创作班五十余位作家，来自全国三十多个省区市，多以小说、散文出名。因我写诗，倒是显得孤单些，每天除了听各种艺术课程，多数时光就是与两位颇志同道合的同学在北京各处转，顺手买书、淘碟、拍照，参加各种诗会和研讨会。说来也奇怪，可能是过足了文坛氛围的"瘾"吧，那年从北京回来后，我几乎就不再想写作环境的问题。

对于一个生活在边缘地带的人，思考写作的空间问题，是很必要的。在绥芬河写作和在北京写作，在上海写作和在巴黎写作有什么区别吗？这是每个人写作的大背景，细想来肯定有区别。在绥芬河写作，相当于坐在井里写作。在北京写作，则是坐在半空。北京的学习和写作生活结束后，我没有再刻意要求过写作的环境。关于写作地域，北京当然是一个高度，它有鸟瞰的优势，写作含有俯视的姿态。而在上海，这个通向世界的窗口，写作的姿态是朝向大洋彼岸的，眼光是海外派的，不带土里土气的东西。在巴黎写作，更是接近上帝的写作了。这个曾经世界文化的中心，这个几乎完美演绎过所有文学流派的中心，是全欧洲人和全世界人的圣地，当然，我是说巴黎是文学上有雄心抱负的人的圣地。而现在我们去美国，也去德国，那种当代文学视野自然又是一番新天地。

由此，不难理解人往高处走、鸟往高处飞的道理。多年前，当我感觉自己在诗界已混得些浮名，也产生过去北京混的想法。我拿鲁迅和沈从文鼓励自己，不走就是绍兴的鲁迅或湘西的沈从文，而一混到北京，就成了中国的鲁迅和沈从文。我雄心过一段时日，去北京的行动却奇怪地因多种因素而夭折了。而我熟识的一些文朋诗友，去北京后，一个个都很顺风顺水地跻身于"中国诗人"之列。而我，却成了"绥芬河诗人"，再大些吹顶多也就是"黑龙江诗人"。这就是环境问题所致。其中的视野、风声、信息、活动、人脉、机会，实在是重要得很。不过又如何呢？焦虑中随着年纪的增长，却让我置身于小城的环境中安逸下来。我开始少了许多期待了，也没了闯劲，大有安心一隅的境界。可能是我老了，没有了该死而难得的野心。

想来，社会环境也是写作的问题。这涉及国家、民族、政治、意识形态等等多个领域。我相信任何时代都会有大家出现，国家、民族、战争、政治、意识形态等等的压制或浸染并不是问题。问题是写作者本身，是自己追求什么？就像是我颈椎病的慢慢养成，近视的慢慢养成，该来什么来什么。对待上述环境，我个人的解决办法是公正的人道主义态度和方式。我相信人道主义和我的人性不会让自己走偏，至少不会走到野兽的队列中去。上帝是讲人道主义的，甚至于敌人也要爱。佛陀也是讲人道主义的，一念向善，恶鬼也可得到拯救，也可成佛。人道主义，是通向全世界不同种族和体制的钥匙，是完善心灵的法宝，我会努力在卑微的生命历程中接近它。

近年来，我一直在竭力克服自己越来越规律的弱点——我那总是隔一段时间的一次大醉。在酒桌上，酒喝到兴奋时，我开始变得无节制，啤酒白酒轮流交织，甚至让一次的大醉分成几次。酒后我和朋友又不断地变换饮酒地点，从饭店到烧烤店再到露天小摊，直到酩酊下来，忘掉一切。几乎是这样的时刻结束，我会脚缠浮云在街头游荡叹息，或者给朋友们拨电话，倾吐内心，装作没醉的样子。然后，就回家蒙头大睡，一夜无梦。我让精神折磨自己的身体，可能那种快乐就源于自我折磨。这样看来，在生活中也许我还不是个强者，敏感而脆弱，且时常忧心，像杞人忧天一样忧心。那种忧心总是不甚清晰，我说不全。写作的人身边总有黑暗伴随。

难道写作就是这样吗？它让我不断地靠近和远离？我常常以写作的缘故，为自己放假。我离开三十分钟就能从南走到北的小城，逃离到了外面的广大世界。在外面的广大世界我能体验到孤独、快乐和自由。但游荡其实对写作是无益的，在游荡中我几乎没有写出什么东西来。更多的分行文字，则是在蜗居中膨胀出来的。其实，也就是在边缘写作，我拼命地挤向中心，而在中心，我却在拼命地逃离写作。这好像是一个怪圈，但也不完全是。在边城，我担心它的褊狭成了广大，我担心它的压抑成了自欺欺人的自在，我担心麻木变成了快乐的习惯。可能如此这般，让我生活得并不快乐。其实，这是自找麻烦，给生命出难题。就像我尽管恨死了写作，我还不得不用它倾诉一样。写作某种程度上，是我的酒，是我大醉的酒。

现在，写作的内在环境和外在环境于我已不是问题。只要想写，我的写作就是随时性的。只要想写，那情那景、那事那人就都会从内心里喷涌，很是自然。边缘与中心，不再是我写作的焦虑所在。是的，边缘与中心相对，有边缘才有中心。但中心是个什么东西？肯定不是地域那么简单，它也是多个边缘话语碰撞中，形成的一个相对稳定的共性认知区域。如此事情就明了了，写作，只要你抓住了通向人类理性终极的一缕光，坚持走下去便好。

我想写作应该是这样的：首先其实只是为表达自己，就像是吃饭一样，为了自己的存在。现在我觉得写自己很重要，或者似乎是很重要。写作中，我觉得自己的肉体与灵魂都在场了，都在诗歌里了。虽然有时它们显得那么单薄，不那么真善美，但它们是有情有义的我，而不是做作的我，不是伪道学的我，我写出的文字呈现出的是真实的一个人和真实的处境。古代的诗歌，几乎都是发于内心而喷发的，写的也都是自己，只不过因个人的境界、学识、经历不同，才产生区别。这一点和现代文人不同。现代文人胃口太大了，又建立在另一个西语式的坐标上。现代许多文人都不明白，西是为了东，东有了西，才更加明确自己东的位置。东方文化，西方文化，它们像两个钳口，碰撞后分离，各自是自己才会发生作用。其次，由这个"我"出发，你的写作呈现了一个人甚至一群人，这不是一种简单的担当，更像是一滴水融入了大海，它成了大写的水滴，大写的人。这种升华，是写作者的另一重境界，众多的写作人穷其一生在追寻它。

我没有从写作中得到什么。我曾经幻想有一所大书房，自己能在四面书橱的挤压中敛气凝神写作。一所大书房，这是物质上的奢侈需求，写作的反向力量，但写作修正着它。为何不可以呢？况且这个愿望，不久就要实现了。当然，我担心的是我能否还会在那样的书房里写下去，但想来，好像也不是什么问题。有可能，在哪里写作都是一样。

活着，不断地通过诗歌反复强调自己，其实是件很难受的事情。况且，对我来说，诗歌简直就是西西弗斯的石头，我永远不会写好它，它不断地坠下来。好在我现在更多的是平静。到四十岁这个年纪，对我而言，诗歌其实不算什么。诗歌于我，只是我无限地接近没有诗意生活的助推器，是我无限接近世俗生活的力量。尽管实际上，它起到了相反的效果，把我一次次一层层地从生活中踢出来。

写作是私密性的劳作，最后又是在他人面前的裸体奔跑。写作本身会给你造成麻烦，造成你与世界、与身体的冲突，造成你种种的虚伪，你种种的执着，你种种的欲望。我那种小地域的自卑，所谓边缘化，其实也是写作带来的焦虑。写作中是充满暗物质的。只要你能体验到，让它在黑暗中呈现，才能真正地让自己的近视清晰起来，让自己弯惯了的颈椎坚强起来，让身体和灵魂上缺席的事物一一来临。从这一点上看，写作是自欺和欺人的魔术。写作创造了一个神奇的世界，而它不得不来源于世俗的现实生活。而表象就是本质，只要人类的梦想不破灭，写作就永远像魔术一样神奇着。

三个方向的诗歌写作

多年来，我一直认为在道路上行进的诗歌才是真正的诗歌。诗选择道路，就是选择了诗自身经验的独特性、制作技术的独特性与内在旨意的独特性。诗只有走向而没有终止，它的动力源于那些对生活和语言警醒而行动充溢的人。我的诗歌写作便是不断地沿着道路探索和延伸的。这条道路我将它分为三个方向：经验的，读书的，天启的。三者共同建构着我的诗歌，犹如天帝的三位一体，指给我接近无限的写作灵光。

第一个方向，一条繁华商业街，南北走向，起起伏伏地横穿本城腹部。这是我谋生的去处，写诗经验的源泉。这条路有个好听的名字——通天路。但通天路并不通天，它通向金钱和生活。在这条路上，作为诗歌原生矿床，每天步行我都能看见这样的场景：其一是为金钱而疲于奔命的人，他们是背着大包小包买与卖的俄罗斯人与中国人；其二是两旁鳞次栉比的商场。它们给予我感官的刺激，也给予诗意的触动。这座城市，这座号称"百年旗镇"有着浓厚俄罗斯情调的城市，在商品时代，繁华与躁动。置身其中，我总能看到时时浮动的阴影。在这条街上，四面八方的人群，熙来攘往，皆为利来，皆为利往，忙碌得无一丝的闲暇。艾略特说，向上的路就是向下的路。是的，物极必反。时间的大风会将一切吹得无影无踪，能留下什么呢？道路是体验，是诗的生发点。1997年我写下了长诗《街道》，对代表了人类文明的街道，进行了多方位的思考。我分五种方式表述街道：

哲学的、死亡的、商业的、色情的和个人内心的道路。在《沿环城路拾来的一组事物》组诗中，我对街道沿途事物进行了更细致的表述。而在《通天路的一所居民楼》《通天路 A 楼七单元》二首长诗中，我则进入了道路的神经末梢，进入了道路中行人的生存和命运。对于我来说，这个方向的诗歌写作是现在时，现实经验使我书写细碎的平凡小事，感受他（它）们，包容他（它）们，揭示他（它）们大背景下存在的秘密与意义。我相信客观现实的威力，因为它真实于那一时刻。我的努力是使它们变成心中的诗歌，由现在时达到超现在时。因而题材上我不惜泥沙俱下。语言表述上，我则追求小说、戏剧与散文的状态。这不是文体上的模糊，这是诗歌的需要，这些状态更能使我冷静和客观，保持语言的活力、诗的活力，使之呈现立体结构与多重意义。

第二个方向，我得沿通天路返回城市最北端制高点七楼，那是我的住处（它建在山上，高得可以鸟瞰全城）。这是西北风长驱直入的风口，冬天风烈雪大。就在我写下这段文字时，楼外正飞扬着一场大雪。这个方向除了吃饭、睡觉，更多的是读书。它使我保持了诗歌写作的活力。在这条路上，我把读书当成一种生活和存在方式。深夜时刻，一盏灯一杯茶，我读书的目光是挑剔的，我选择了那些强大的作者。读他们的作品，我一字一字地抠，甚至嫉妒我要言说的已被书中人抢先言说。对于浩繁的书的殿堂，我是迟来的言说者，通往诗神的道路上被写作者们挤得满满的，我从哪条路动身前往？我在这个方向上的写作是忧虑而叛逆的，我想使诗歌处于诗歌边缘，处于我自己的风格之中。在《濒临俄罗斯 S 市边境写实》一诗中，我采用了小城历史和现实状态两条线写作，时间上它们各不相关，内容上不尽相同，我只是想将一块土地上断裂的事件相对接（小说中这可能称之为历史感）。其实，每个事件的结局都有其必然性，必然性再导致必然性，以致反复无穷，这是人类的宿命。欧阳江河曾言"确立和反对自己"，他是对的。我要它再扩展开来，也就是确立和反对现代汉语诗歌。我想，中国的现代诗歌不是西方诗歌的翻版，也不能再是地道东方古典诗歌的模式，它应该有着更开放的气息，包容更广阔的现实背景和中国文化底蕴。这个方向的诗歌写作，也许最终我将徒劳，但毕竟我是在用自己的喉管发音。

第三个方向，是早晨六七点钟的时光，在一条通向深山的路上。它的尽头是一个睡在白桦和雾气中的地域——俄罗斯远东。那儿曾留下许多让我激动的俄罗斯文学大师的足迹，曼捷尔斯塔姆、陀思妥耶夫斯基等。在这条路上我是宁静的。我两条物质的长腿行进在自然里，春夏秋冬，再也触及不到商品、汽车和人群，只面对歌唱的小鸟、空谷的幽兰、萧萧的落叶和静卧的白雪。这条路上，我融入万物之中，和它们对等齐一，仿佛置身于童话中。这条路上，我飞翔着，脱掉沉重的躯体，日复一日地透明纯粹。这条路向我敞开，仿佛就是敞开了语言和诗歌。我已没有了言说的必要，只是倾听和倾听，并不由自主地用颤抖的笔记下来。这是大自然的神赐！诗是万物，万物是诗也是我。这条路上我懂得了卢梭，懂得了梭罗，懂得了陶渊明，也开启着我写诗的天分。我一次次打开自己，感觉着写作的新生。

将近而立之年，这三条道路的诗歌写作，给我以阅历、学识和写诗的天分，使我保持了"蛙皮的湿度"，使我清贫、叛逆、宁静地活着，并且灵魂有所依托。我始终坚信：诗，是人类最动听的声音，它让另一个隐秘的我从身体和尘世深处挺立出来，感到了自由、强大与自足。诗和道路，都是我自己的，我有什么理由不爱它们？

黑暗的回声

过了 30 岁，我眼前总是飘着一条暗淡的影子。或许我到了人生的迷途。我捕捉它们，我捕捉不到它们。睡醒时，我常常枯坐，并且感到一阵阵茫然。当然也有可能，另一种意义上的我刚刚开始醒来。

我独自地出生，独自地死亡。生与死之间无论发生了什么，那一切都将是一个人承担，没有人能帮助我。因为，我是一个人，我是孤独的。尽管我多么想再找到一个我，拽一个人聊聊，但满世界那么多人，我找不到我，也没人能听懂我，他们都是影子。

近两年来，我常常多梦。我梦见故去的亲人、爱情、往事甚至是青春。我身边剩下的事物越来越少了！愈来愈少的亲人、愈来愈少的朋友、愈来愈少的健康、愈来愈少的生命。我常常想哭，但我流不出眼泪，我眼泪也愈来愈少。是的，愈来愈少的年月，让我愈来愈虚无。

其实，现在我更愿意相信，虚无就是生命本身，生命本身的意义就是虚无。生命只是一瞬间、只是一缕风、只是一只寂寞的鸟、只是偶尔来过，然后就落进永恒的黑暗中去了。虚无无处不在，生命本身是寒冷而黑暗的，生命一年年只是被寒风吹彻，吹到透骨的冰冷。我是多么不愿意呀，一个人到了晚年就是到了白雪皑皑的冬天，一万吨火焰也拯救不了他。

因此，近年的诗歌写作，我总是不由自主地迷恋寒冷、虚无、黑暗的主题。这样的方式浸透了我的生命核心。我感觉人生、思索生命，感觉爱情、思索欲望，感觉死亡、思索虚无。我感觉它们就是思索我自己，我为自己准备着，从来没有这么迫切。它们没有照亮我，但笼罩于我的始终，尽管我与它们隔着神秘的帷。我迷失其间，我苍白、虚弱、可笑，但我还是愿意这么做。诗歌，让我暂且逃离了现实，或许，还生出一对羽翼。

在诗歌表达形式上，我开始偏爱独白的那种，直接呈现，直接到达，近乎自己呼吸的节奏。如我的长诗《放弃》，在那里我与自己的灵魂对话，较量、抗争，我们讨论活着的一切一切，很是自由自在。我也喜欢那种长句子的表达，如我的《圣诞节》《六月十五日夏天傍晚读〈白鲸〉之后》等。我要求诗中句子朴实、行文硬朗、表达准确、意象简约；我要求它们像钢砖一样将我的生命垒得坚实，能营造复杂的意蕴，创造神秘的东西，绵延出老人般日久凝聚的迟缓力量。我的诗歌，或许更接近罗伯特·勃莱"深度意象"的东西，我生于亚寒带，生长于寒冷的北方，这是我生命中摆脱不了的事实。

无论命运怎么样变化，我还是愿意写诗。我用诗来抚摸生命的疼痛、无聊和黑暗。多年来，也正是通过诗歌，我打通了内心和事物的隐秘联系。仿佛我从大自然、社会、无边的虚无中奔跑出来，跳跃起来。虽然事实上不可能，但我还是愿意这样去写。

我喜欢谢默斯·西尼的一句诗："我写诗，是为了凝视自己，为了使黑暗发出回声。"如果生命里程中，生命和诗歌真如昙花一现，这也就足够了，因为它们流着我自己的红色血液。

说话与写作

我一直就是个不善于说话的人，我的表达，多是在写出的文字上。很多人都是脑与说一致，我却是脑与写一致。我很羡慕那些滔滔不绝者，曾经做梦变成了他们，对着千万公众指手画脚侃侃而谈。可醒来，仍旧是说话较木讷的人。不管怎么样，我只是喜欢写。在写中，我能感觉到真正从大脑和心里倾泻出来的表达。

大约高中时，我就是这个样子，寡言、害羞、孤僻。记得高三时，曾暗恋上本班一位长发女孩，她不知道。她与其他男学生一同开心地说话，打排球，复习功课，独与表达笨拙的我不说话。那时我写诗，开始将青春期的自卑和情感的萌动写进去。偶然的机会，她读到了。后来各在他乡，她将成家时寄来一首诗，竟是那首我写有她名字的藏头诗。原来她读出来了，且偷偷地抄下来留存。时隔多年，我才知道她和我一样珍藏着这份情感，且小心地保留着、封闭着。只是，我们都不说而已。而那情感就留在了诗中，留在了写中。我想，这就是写的魔力吧，它有着普鲁斯特追寻消逝时间的神奇力量。

说，现实中带给了我痛苦与虚无；写，却给了我喜悦与沉实。我喜欢写，因为我生性是一个不善于交流和不健谈的人。

人群中，我的说话总是急促、笨拙、零乱。各种会议场合，我很少发言，如果一定要发言，我则借助了笔和写，然后几乎是读出来。现在想来，说是怎样的情境呢？朋友间聚会、交谈以及公共场合的讲演，出于角色需要和内心的绝对隐私，人所发出的声音往往有太多水分、虚伪与夸饰。每个人都会言语，言语是说，是另种形式的论辩，我害怕它。面对那种像讨价还价一样你来我往的话锋，我害怕我的意识被摧毁，害怕做论辩者的思想奴隶。这个世界上，真理是相对的，我们又处于盲人摸象的境况之中，谁看到的都是真理一部分，谁的都对，谁的又都不对。为什么我不可以通过自己开辟的小径去走近真理？

实际上，说，更多时已变成物质生活的需要，一个人越是关注现实利益他说得就越多。写，是精神需要，是对无聊的说话的逃避和积极介入。在我这里，写的方式永远大于说的方式。我的邻居，那位晚年面对夕阳沉默的老人，他对公众说话太多了。年轻时他的地位及钱财使他说的话很重要，他读秘书写的讲话稿，他一直是许多声音、许多人，却从来不是他自己。晚年他回归了心灵，可尘封多年的心灵之空荡是无法弥补的。他的身体几乎空掉了，我听不清他偶尔的喃喃自语，但我理解他说的空虚与写的寂寞。

众生是平等的，谁都不是上帝的弃儿和宠儿，只是我们迎接生存和死亡的方式不同罢了！我对自己说：写，除了写，还是写，为什么不写呢？置身写中，写是自己跟自己说话，认识内心的过程。我用缓缓的笔触一点点观照自己内心的话语，使它与万物对应，使它变得清晰、真实。哪怕是一个字，一个词，一个句子，我都希望它表达得适得其所。在平静的书写中，我找到了一条自己与世界最好的对话方式。我写，我便从黑暗深处清晰出来；我写，我便在我的文字里自在地栖居。

在文学领域里，诗歌、小说、散文都是写。它们保留着我们的文明之火，照耀了我们的文明，它们不可替代。铁犁可以用拖拉机替代，算盘可以用计算机替代，可什么能替代《红楼梦》？什么能替代《荷马史诗》？一切可以逝去，唯有写的文字可以长存。如果人类的道路是上升的，那么绝不是物质和魔性的上升，而是神性的上升。写，就是我们依靠的智慧；写，就是我们的境界；写，就是传播世间最美好的声音；写，引导我们趋于澄明，趋于完美和大善。是的，用沉默写，照亮了嘹亮的说。

我们常问，什么是幸福，幸福又在哪里？答案是简单的，幸福只是我今生找到自己存在的位置，并为之倾尽心血。生命何为？人群熙来攘往中，利益追逐中，谁能淡定，谁能回首？

为此，我以写作为生命的修行，尽管我不是一个天才。

不可能的写作

创作过程中，我的"聊天"诗题和内容曾几易其稿。第一稿原题为"十二月"，分叙一年十二月的不同感受。后来变化至"互联网"一题，并且内容已面目全非，变成与互联网一样乱花迷眼的东西。再后来变成了"聊天"，成为一个人在网络时代琐碎的内心独白。回首这一系列过程，我多多少少地陷入迷惘中。目前的《聊天》诗已根本不是最初那首《十二月》了，它丝毫看不出脱胎的痕迹，成了一个地地道道的"叛逆"。然而这"叛逆"仍在不断地更换着模糊不清的面目，我不知道它将何往。

一首诗是改出来的，创作的人通常如是说。或许如此。然而，在漫长的修改过程中，我迷雾重重：我不知道是什么决定着一首诗的嬗变。一首诗要按什么意图发展下去，它最终将是什么样子？总之，我不满意，我只是不断地挖掘和修改。我为整首诗的意蕴、内容，甚至一个词语、一个字而苦苦思索、殚精竭虑，我为它的未来而寝食不安。我也不知道它究竟要变成什么样子才满意。我只是改着，按我内心的意愿改着。谈到内心，本应该是有目的性的，本应该自然地存在着的，可我的初稿为什么没有在当初就呈现出这种明确的目的性？

从此看来，目的性也是形同虚设，内心的需求仍是风吹到哪就算哪的写作。依此而言，无限制地改下去，一首诗将永远在路上。如果需要，一首诗可以有一万种面孔，它可以距离最初的诗有几亿光年的路程。但它仍在变下去，从语言到内涵、到诗的氛围，都可以无限变下去，甚至整首诗也可以消失。在某种程度上，一首诗要煞费苦心地成为自己是不可能的，也可以说是不存在的。诗人瓦莱里就固执地认为诗是不可能写作的。

瓦莱里认识到了诗歌写作中的这个怪异事实，不过他很平静。他说："每一个创作时对自己力量半信半疑的人，都会感觉有一个熟悉的自己和一个陌生的自己，二者之间连续的关系和出乎意料的交流最终促成了某件作品的诞生。"瓦莱里没有再深究这个怪异的创作过程，但他谈到了创作中的两个主体：熟悉的自己和陌生的自己。其实不断地修改过程的发生，正是这二者不断纠缠所引发的。

在无限的修改过程中，决定诗的方向之因素很多，诸如，诗人本身的素质和觉悟以及诸多偶然性问题。不过，我很看重诗歌写作中的灵感，这不是矫情和故作神秘。每个瞬间的修改过程我都认为是灵感在起作用，它是诗歌不可缺少的神启和终结力量。它的引导，使诗人果敢地拿起手术刀，如同雕刻家激情淋漓的即兴工作，在灵感之斧叮叮当当的开凿下，作品从模糊的鸿蒙中清晰起来。在诗的变化修改过程中，诗人的学识和趣味也很重要。因为每个真正的诗人，都想确立自己独特的个性且让诗打上个性的烙印，或者说让诗呈现出自己的血型。所以，诗人会备受影响的焦虑和创造性焦虑的折磨。说清楚一点，诗不断地改正就是影响的焦虑和创造性焦虑相互作用的缘故，即瓦莱里说的"熟悉的自己（他我）"和"陌生的自己（自我）"的相互斗争、相互作用。它使诗人受尽了苦难，无期限地走上了"一条荆棘丛生的道路"（瓦莱里）。然而，诗最终的结果不是纯粹的一方胜利，而是影响的焦虑和创造的焦虑双方妥协的结果。难怪你会看到诸多诗人都发出无奈的叹息。诗人桑克说，写出好诗是偶然的，写不好才是必然的。诗人黑大春说，完成的诗是最终放弃的结果。这里面暗含的意思都是对诗的觉悟及对自我力量的无奈。

尽管如此，世界和我们仍需要这只是可能的诗歌。多少年来，人类也是这样走过来的。有一点我们再明白不过，放弃归放弃，对诗歌放弃的结果是不同的。有人给我们放弃了砖头，有人给我们放弃了璞玉，有人给我们放弃了黄金。放弃的诗是需要艰辛劳作的，诗道酬勤。想想，诗人要忍受多少身体的辛劳，内心的分裂、失败、晦暗、痛苦的折磨，才能爬上一座可以看见星光和微弱灯火的山坡。

"诗是太昂贵的东西"（肖开愚语）。也正是如此，一代又一代灵魂的觉思者苦苦执着于它，虽然它求之不得，高高在上，但我临摹到了它的倩影、它迷人的眼神、它柔和的声音还有它思想的片断。或许，这对于一个从生命里热爱它的人来说，也就很满足了。

肉身写作

A

当我写诗时，我却不想写诗。我抑制着那种冲动。可能，那是一种更深的怠惰性，我说不清那里的黑暗。

我写作，我会给自己找出种种拒绝写作的理由。我上网下围棋，疯狂得近乎疯狂。我总是输，从有段的 D 级别变成 K 级别，然后再打到 D 级别，直至我忘记了要写的诗，内心感觉到沉沉的绝望。就在那样的绝望和空虚中，我会在电脑上敲出压抑已久的诗歌，它们这时更像是汗水，从肉体的毛孔中分泌出来，而不是从精神中。尽管，它们来得那么不痛快。

意志，时时让我肉身麻木，它以水深火热为安乐窝。诗歌，我写出来的诗歌，更多来源于被挤压的肉身。我用诗歌来写出肉身的疼痛、呐喊和挣扎。所以，我希望我的诗歌有一具肉身。

现在，几乎就是这样。

B

多年前，我在纸上写诗。那时我还没有颈椎病。后来在电脑上写，由于近视，我的脖子弯曲，向前努力靠近着屏幕，身体配合着左倾。后来，这种左倾姿势终于结出恶果。我的颈椎疼痛，生出骨刺，肩周炎、左臂麻木，且越来越严重。此后，我不得不减少在电脑前的滞留时间。

电脑，让我的肉身付出了应有的代价。其实，纸上的劳作比在电脑前辛苦，但快乐。可我的意志让我选择了电脑。现在，我几乎不会在纸上表达我自己，肉身几乎丧失了那种挥笔出字的能力。

我常怀念在纸上写作的时光。以往，在纸上写作，我利用废纸的背面。我觉得自己的诗句都是废话，周围的人也这样认为，于是，我更加相信废话该写在废纸上。的确，诗无用，它给我带不来微薄的稿费和名声。我在废纸上写得理直气壮，那些字几乎从我的笔尖跳出来，落到纸上，像农夫在春天播下的种子。然而，我是个不负责的农夫。播种后，我将它们丢弃到一边，任由自然的风雨侵袭、孕育。直到有一天，我真的想去看望它们。这样的间隔，有时是几天，有时是一个月，有时是一年。它们荒凉了，像一些野草。我愧疚地整理它们，留下就要成熟的一些。那是很辛苦的事情，像做梦，我反复删减它们，直至诗句从黑暗中清晰出来。

我很痛苦，总是不相信那些糟糕的文字是我写的。我看见另一个肉体沉重的人，埋头耕作，在为它们付出着更沉重的代价。

我的字迹很差，没有形，成年时的字也像孩子的涂鸦。我不喜欢用滞涩的钢笔写作。写诗时那种快速的流动性，像不停止的河水，而油笔正好有这种圆滑性。夜深时，那些字迹不要脸地落下来，落在那些用过的纸张背面。我一点儿也不心痛，我够节约的了。因为是废物利用，所以我不怕写出坏诗来。有几年的时光，我用废纸张的背面和边角写作。这很畸形，以至于不这样的话，我几乎写不出诗来。在废纸上写作，我安慰自己：写诗就是写诗，写不好也是正常的。

这样我的肉身就很快乐，它只是单纯地为自己劳动。

C

用电脑写作后，我丢弃了伏案写作的习惯，随之而来的是肉身的懒惰。我歪在沙发上看书，好像看闲书、看春宫图一样。后来我变本加厉，歪在床上看书，懒洋洋的。以这种对书大不敬的姿态，往往看着看着我就大脑缺氧，睡过去了。我常为这种结果而羞愧。肯定是这样，那书的主人，在黑暗的某角落对我咬牙切齿。但我回不去了。我再也没有以前那样正襟危坐，旁边一本笔记本，黑皮的，安静地陪伴的场面了。

电脑还培养出我不翻书记录笔记的恶习。我上网，搜索，那些资料就有了。我打字也比写字快，电脑上的清晰的字迹，像在杂志上发表一样。我加速写作，满足于此。电脑写作变成了写作的神话，梦幻一般。事实上，随后我将手抄诗稿通过邮局寄出去的途径也省略了。我发电子邮件，一下就到达对方。这是便利快捷的电子时代，言而"无信"的时代！

对着电脑发呆时，我会想念曾经可贵的纸和信。

还是回不去。现在，我有电脑依赖症了。脆弱的精神那么绝望地依赖它，以至停电后我都要活不下去。古人都是怎么活过一回的呢？我想不通。对于电脑写作，我也想不通。

用电脑时，我已近三十岁。肉身滞重、迟缓而沉静。还好，五笔字型正好适宜我的怀念状态，也算是纸上的延伸吧。如果不是这样，我会疯，我的肉身会疯。现状就是如此，我用五笔字型打字和写作。

我不能盲打，盲打对于写诗，我觉得不够恭敬。本来，写诗应该是在纸上进行，写在电脑上，已经够可耻的了。是的，诗歌除了从肉身缓缓落到纸上，我不知道诗歌应该落在哪里。所以，盲打，对于我写诗，是可疑的不敬。

2008 年，在北京，我曾生活了四个半月。从那儿回来，我初中时要好的同学，送我一黑色笔记本电脑，我每天就抱着它，就用它写作。我写诗，写日记，写散文，写小说。还有，我聊天，我下棋，我玩游戏，我看各种信息，我也用图像软件在那儿处理我的照片。

颈椎病，是我与电脑时代交换的代价。有时写多了，我也会痴迷。我想象着键盘，在指尖的敲击中跳跃，诗歌就藏在那些黑色键里。我呢，只是敲打，让它们惊醒，让它们自己跳出来，像一些苏醒的蝴蝶。

D

绥芬河，我居住的一个中俄边境小城。它在中国东北的边缘，边缘化的程度已接壤到另一个大国。在那里，街头随处是彩色头发白皮肤的俄罗斯人，加之百年前的俄式楼房火车站教堂等点缀，恍如异国。

在边城，我从十四岁长到了现在。二十多年里，我不再轻盈。每当经过那些夕光中沉静的老楼，我都会在每条路上，看见我变老的痕迹，看见一些消逝的老人在走。

有一天，孤独突然从那里开始出现了。在我的心神为那些地位、名利、声誉而殚精竭虑时，我的孤独开始了。我喜欢那种肉身的孤单，憎恶于精神上自我压制的种种喜剧和轻薄。但我抛弃不了它，精神辖制着我的肉体，它铁桶般的，紧紧地箍着我。

我相信，每个人都能分裂成两个人，或者更多的人。精神绝对不是灵魂。我忍受不住它融入写作中的支配权利。写作中，我宁愿肉体在胡言乱语和胡作非为。

近几年，我的肉身开始一场接一场的对精神的起义。它挣扎，它呐喊。它抵抗种种疼痛，种种压抑，种种异形。它的喊声是真实的，巨大的。在酒后，在深山，在梦里。盲目的精神还是听不见它，无视于它。

肉身只是想着吃饭、睡觉和偶尔的性。而精神，想着更多的钱，想着去全世界的旅游，想着当老爷一样的官员，想着当混吃混喝混头脸的政客，想着发表更多的臭诗，想着请些评论界精英们开笔会，请他们写评论，混得更多的浮名。肉身开始后退和衰老，精神却奋勇向前。

我的精神也希望肉身长出一副厚脸皮，哪有文学活动往哪儿去，哪能发表诗歌和小说往哪儿钻。还要搞一些出人意料的举动，要成为后现代艺术家，要更多地露脸，怎么有新闻效应怎么搞。人不在脸，有名就行。文不在高，发表就灵。精神强迫着伤痕累累的肉身要进入诗歌史，进入文学史。

这样的精神，带给肉体的是沉重的枷锁。这样的精神，我只能用肉身的沉重来惩罚。我用跑步、用去山上背泉水、用颈椎病来惩罚。

我为此伪装成精神孤单的样子，我也不知道自己是不是孤单。但四十岁，我越来越喜欢一个人这样来做一切事情了。

E

我喜欢醉酒。我的肉身醉掉后会完整地从躯壳里跳出来，会与隐匿于躯体内的精神相对抗。我真实的魂魄，可能就是我的肉身。

我总是胡思乱想：精神，它是何时来到我肉体中的？

我的精神尾随着肉身，它成长，它学习，它壮大。它被粉饰，被改造，被武装，甚至于得意扬扬地追随于乱花迷眼的一切，且不断地变换着颜色。我看不到它，它又无处不在。我那可怜的肉身啊，精神是它肌体越来越不健康的一部分。

有时，我情愿把肉身当作感觉、感知、下意识、直觉和本能。这一切，是肉身本身的优秀属性，它跟大自然一脉相承。

就是因为这样的想法，我的肉身开始任性。间隔一段时日，我会大醉，会晃悠悠地步行回家。有时也迷路，那些曾经熟悉的事物和我置身的城市突然变得陌生。醉意中，我会发现很多清醒时注意不到的东西。我没有麻木，肉身的敏感，让我更深邃地熟悉了那座城市。

诗歌，可能就是在事物陌生时刻降临的。诗歌，让我伪装过的精神远远地离开，让我开始不是自己，开始成为我自己的肉身。

我开始用自己固执的双腿走路，给诗歌找一个肉身的出路，而不是给那种可疑的精神。我要的诗歌，是吃喝拉撒一样自然的诗歌，是有健康情欲的诗歌，是不刻意不权威的本性自在的诗歌。

诗歌就是喝醉的感觉，我不清楚它从哪儿来。写作的秘密，我用诗歌来窥视它。

我知道自己没有写诗的天分。但现在肉身在写作，我感觉说出了自己身体的话。当然那不是咆哮，是一种更高的真实。撕开假面纱后，真善美之境界，是自己感受到的，而不是学来和刻意要表现的。

现在，这种写作很自然地来去，只要我愿意坐下来，肉身就在电脑前写。

<h1 style="text-align:center">F</h1>

我常想，历史是肉身的还是精神的？如果可能，我希望它有一副肉身。精神之轻，肉体之重，本源在于后者。这个加速的时代，肉体疼，但快乐着；精神快乐着，却在疼，这是一个精神有病的时代。

阅读厚得让我透不过气来的历史书，我发现，作为人类精神的历史，如同一幕喜剧，从头到尾都是可笑的。因为可笑，就变成了比悲剧还悲愤的悲剧。生活，当我回头，一切的偶然原来都是必然，集体无意识的必然，悲剧的必然。而我的肉身呢？从邈远的远古，就在某个巨兽或者一茎花束里了。后来，它在历史长河中又穿越无数浪花一样痴男怨女的婚配，变成我祖辈，变成我父辈，变成我肉身。而他人，继续穿越着我的肉身，充满哀伤与迷茫地在未来的路上行走。

作为人类精神的记录，历史就是这样的荒诞。记忆中的二十世纪六七十年代的喜剧，我现在会用嘲讽和无奈的眼光来解读，惊讶于其中的荒唐和自身行为的荒唐。这是回头看时，是尘埃也许落定时。倘若我一直往前走不回头，又会如何？或许，我从没有真正地在历史中醒来过。别人，别人也可能没真正地醒来过。我们都被埋在历史的烟雾里。而时间，从没有卖给谁一剂清醒药。

如同历史一样，精神是可疑的，因为人性的种种黑暗。人类惯于指鹿为马久了，鹿，就是马。而人类的精神，却很少怀疑和反对过它。精神让我不断地失去精神。精神在养着一条听话的变色龙。谁？都是谁在和我开玩笑？谁？都是谁成了木偶剧中的主人公？

皮诺曹，我们的梦想，一个觉醒的木偶人，它完成了由木偶到人的转变。木头肉身的自强和挣扎，使得它真的找到了自己的肉身，得到了自己的灵魂。而我们的肉身和精神将往何处去？

时代的精神是时代的烙印，时代的精神是时代的局限，时代的精神是时代的粪坑。我们掉进了那个粪坑，我掉进了那个粪坑，我失去了敏锐的嗅觉。作为精神的表象，我是不是在参与历史？是不是在为所谓的历史添油加醋添砖加瓦添枝加叶？历史在不是历史的时段，它的可笑，它的权势，它的软刀子，直接捅向了存在的人。

后商业时代，后游戏时代，我多数时光都在乐此不疲地沿另一面旗帜指引的方向奔跑。那条路，程序早被设计好了，我只是在盲从地奔跑，追随着更多的奔跑的人。那是一条通向媚俗的道路。可能，精神会得到更多的好处？

肉身很好，肉身只是肉身，肉身消逝就是消逝了，荒唐的一切不会让肉身再荒唐一遍。肉身才是金刚不坏身，它比可疑的精神来得实在和长久。

G

我的睡眠质量差。我的梦在睡眠里活着，睡眠在梦里醒着。

在梦里，我的肉身总是在深蓝色的夜晚孤单着。我在开阔的蓝色大海里游弋或者在深蓝色的夜空中飞翔，没有人帮助我。我的肉身只是不知疲倦地游弋和飞行，前面没有边际，后面又不记得出发点。我一遍遍问自己，那个人是我吗？梦中人的肉身，并不为一个人的寂寞而沉沦。

我的写作就从那里开始，从深蓝色水域和夜空中开始，孤单而自在。

我常分不清是做梦还是现实。醒来后我小心地求证，结果是虚无的结论遮蔽了一切。八岁时，我梦见天上掉下来那么多的彩色玻璃球，我装满了两口袋。早起时，我拼命地掏着口袋，一无所获，失望，等待着那个孩子。

那场发呆的失望，一直持续到现在。我的人生好像从来没有真实过，意外过，惊喜过。照镜子时，里面出现一个陌生人，和我一样陌生。我们彼此对视，肉身寂静，谁也不和谁说话。我们在互相怀疑是彼此做的一个长梦。梦，梦很好，很快会过去，唯有一片浮云恒在，一丝青烟恒在。

梦里那种寂寥和孤单，我独处时是感觉不强烈的。这多么奇怪！人多的集会上，我看见他突然会莫名的孤独。他会沉默不语，或者选择离开。一些热闹的节日中他也这样。在《圣诞节》一诗中，他是一块从热闹的彩色玻璃橱窗上，自己将自己抠下的一块光斑。他自己脱落，然后滑落到深深的有雪的黑夜。

是肉身，让他沿着肉身留下的脚印返回。是肉身给肉身留下了后路，而健全的精神，却让他走向歧途。

我相信有一条看不见的路，无论是梦里还是现实，肉身都在独自地走。而精神，于上下求索中迷失。

H

多数时刻，我在校正着这种局面：那种肉身被流放到了边缘，精神却竭虑着前沿的局面。

肉身并不可耻。那些可爱的动物们不可耻。即使是性欲，也是肉身健康的镜子。天使，可能就飞翔在其中。

这个时代，可耻的是精神。那些精神，像一股股迷魂汤，灌溉我的脑子，注入我的血管。我是在用别人的精神在思考。更多时，我是在用权势、政治、利益的精神来迷恋一切。

老子说："圣人为腹不为目，绝学无忧。"老子还说："绝圣弃智。"老子还说："虚其心，实其腹，弱其志，强其骨。"老子在肉身里，不在精神里。老子又不在肉身里，他在与肉身等同的大道中，在一切中。

许多时候，肉身不适时，我才写诗。精神愉悦时，我从不与人说，也从不写诗。

精神是千面演员。在这个处处是喜剧的时代，在这个人人速生速成的时代，在这个人人都是高老头笔下那个青年人拉斯蒂涅的时代。

肉身不故作清高，肉身就是从肉身。肉身上的黑痣、肉身上的伤痕、肉身上的皮肤病、肉身上的疼痛、肉身上的梅毒，都是肉身上的。

肉身真实地存在。我知道我肉身上的欲望，我知道我肉身上的近视，我知道肉身上的颈椎病，我知道肉身上难看的伤疤。它们从生下来时就开始沿袭精神的旨意生长，但又时刻在反抗它。肉身在更靠近灵魂，而不是精神。

参透肉身即佛性。内心真正地孤单下来，变成一只飞翔的大鹏，浴风而行。在梦里，肉身会多么轻盈。

肉身就是诗歌。

I

肉身写作就是不媚俗而自我觉醒的写作。它不是文学政治也不是道德政治，它不是文化政治更不是名利政治。它只是它自己，肉身的本身。

在这样的写作中，肉身是真正的参与者。它在写作，它用身体一样的痛和感觉来写作，而不是用符号化的精神和朽掉的语言来写作。

肉身的感觉通向世界万物。它以鲜活的力量、带电的歌唱、闪电和雷鸣参与写作中的一切。肉身参与的写作，会让作品趋于"零度"，而无所不包的零度，正是混沌世界的结束和开始之地。

总是肉身先于精神而觉悟，譬如，我们会最快地从火中抽出手来躲避那火焰。直觉、非理性、无意识，都是肉身最好的东西。哲学是个伪东西，某种程度它像上帝——那最高的理性。上帝高高在上，真实得如同虚无，因为我们从来都看不见他。

诗歌从自身之初就是预言和巫术。我相信那认知力量，不是来自精神，而是来自肉身的隐秘通道，它指向与大道同在的自然。抵制精神，用肉身去感觉理性的世界，世界会突然变得真实且无碍。

在梦里，我的肉身会进入另一个空间。我多次遇见我的姥爷，遇见故乡，它们从遥远的时空降临，那样真切。我喜欢梦中那错位和不合理的一切，在那儿显得自如平常。没有什么奇怪的，那种超现实的东西来自肉身的更深处，血脉和感觉。而诗歌，就是直接跳跃过种种精神障碍，衔接那神秘世界的桥梁。那是肉身的世界和诗歌。

肉身的诗歌，本质就是抒情，即使是叙述，也是一种手段，它为抒情而生。我的肉身上的眼耳鼻舌身，对我生活于其中的边城产生反应，它们要做出悲愤的表示。有时是命运的不公，有时是个人的私愤，有时它指向佛家和道家的出世情怀，这都是肉身的愤怒和觉醒。

在这个肤浅的时代，精神写作是可疑的。多数的写作者，精神建立在时代公共的美学基础上。那种流行的美学趣味和艺术价值观取向，让写作者不自觉地迷失与盲从，从而合谋复制出了众多的艺术垃圾。

当下的精神是一种自我的变异。明星绯闻炒作、商家的广告宣传、政客的演讲，都是名利和诱导。而诗界内，名声和利益的追逐也是如此强大可怕。小诗人们制造所谓文坛事件，控制话语权，渴望进入文学史，不惜代价拉帮结伙互吹互捧。

我不清楚，精神写作，那些浩如烟海的破烂小说和诗歌产品，会有多少能留下？会有多少人能赢得生前身后名？很清楚的事实是，有人先于他的作品死去，有人和他的作品同步死去。

我说过，这是一个精神有病的时代！

J

我想起了惠特曼和金斯伯格。这两个复杂的肉身，可以装下世界和黑暗的肉身。阅读时，我总是忍不住地选择他们。

惠特曼歌唱带电的肉体，对拥有健壮肉身的男人和女人竭尽赞美，讴歌性爱。他是优秀的人本主义者。他散发着草根性和蓬勃的生命力。

金斯伯格走得更远，他在另一个疯狂的时代，他师承了惠特曼。他们都真实自然，都从肉体中迸发出肉身的歌唱。不同的是惠特曼歌颂自然，歌颂肉身，触到了社会的禁忌，给初期的美国带来了昂扬向上的精神。金斯伯格则不同，他自觉地融入禅的精神——"一切皆是艺术，一切皆可写"。金斯伯格呈现出肉身的极限，并且让人看到了人性的复杂、真实和矛盾。金斯伯格用颓废的肉身证明了肉身写作的强大。那肉身甚至有毒，甚至是同性恋，但那是强大的过滤器。他写的《一天早上，我在中国漫步》，真实而强烈，他写的《卡迪什》，更是惊世骇俗。这是一个真人，在黑中保有白质和纯洁。他不用精神来修饰肉身，可恰恰如此，肉身触及到了最深的灵魂。

生命力长久的诗歌，会真正地富于个性和生命的张扬，是肉身对精神的坚决清算。

读他人的诗歌，我能看出一个人的肉身是否在场。他的诗如果充满华丽的辞藻和乱花迷眼的技巧，这样的人肯定不在场；给政治意识形态做注解的诗歌，更是可鄙的空缺；而那种笨得出奇却是流淌着鲜血的诗歌，我却相信这个人的肉身在场。

最好的诗，是肉身和灵魂（非精神）同时在场。这样的诗歌才鲜活。有思想，有呼吸，有血液，有心跳。比起那种僵尸般的玄学诗歌，技巧弥漫故作高深的诗歌，真实得更有打击力。

K

今后，我不再选择他处而居。四十岁，根已扎进了那块土地深处的源泉中。在边城，我的煎熬，是肉身不健全，是肉身不够敏感，是肉身不够自在。

在边城，我清算我的精神。我被它打上了枷锁，我挣脱不出去。所以我孤单，我是肉身的孤单。所以我孤独，我是我灵魂的孤独。一个人生下来就是一个人，一具肉身。

肉身，是从生命到死亡的宗教般流亡。流亡者，那些为艺术而远离和逃避政治的流亡者，是真正的流亡。布罗斯基、薄宁、巴列霍、茨维塔耶娃、纳博科夫、索尔仁尼琴都是真正的流亡者。他们为艺术而艺术的背后，就是肉身抵抗流俗精神的决绝行动，让肉身移动在世界和人类中，获取一个更大的肉身，全人类的肉身。是的，肉身的开阔、肉身的沉重，让肉身中那点可怜的精神更加可鄙和黑暗。

肉身盛开，有肉身盛开的道。

没有到达境界的精神，着实是平庸精神的堕落。人类摘下的智慧果，为小利小名而用尽心思，真不如他们不经伪装的肉身。因为肉身的饥饿，人类的精神才感觉到了那果实之存在。

那群人，脸上挂了脸谱。我也在挂我的脸谱，摘下了一张又一张，仍旧摘不完。时代安排给精神的喜剧，精神在认真地表演，演给现实的人看，演给不真实的人看。流星，流星的速度太快了！其实那只是一些宇宙废弃的垃圾和石头，烧过，就是烧过了。

肉身的愤怒，是让你知道你有肉体，你有虚伪，你有顽劣。你有欲望，你有自私，你有承担，你有真实，你有命数，你有水仙少年一样的自恋。你就是你，你没有高出这个时代，你的精神是别人塞给你的，并不是你肉身的。你一切的精神，都是无效的、荒谬的。因为你混迹于这时代，你在和这个时代同流合污。

我的肉身没有多大的野心，我只喜欢那些荒凉开阔的事物。那些死去的树根，那些倾圮的断墙，那些晦暗的老巷。在我肉身中，许多事物老去了。一种悲凉，在我肉身中，在我的诗歌里，挥之不去。

一个解构的时代，应该摈弃的精神，都该死去。

一切皆虚无，有时，我看见了死亡之后的事情，除了肉身归于万物，那儿空空荡荡！

写诗用来照亮

朋友曾在一篇访谈中问："你为什么写作？"那时我趣味盎然地回答了两千多字。现在人过四十，再重新思考这个问题，突然变得茫然起来。是的，写了那么多诗，为什么写诗？这个本体论上的问题的确还得思考。

四十岁，算是步入人生的中途了。这样的中途，周身的事物在不断地减少，疑惑也在不断地增多。有时候，之于自然，之于人生和社会，会突然发觉自己和生活已缠成一团乱麻，剪不断，理还乱，并无一个清晰的答案给自己。

人生是一个不确定的过程，从人的面相到心灵，都在不断地变化。人何时曾是他自己呢？又真的有过自己吗？况且世界也是不确定的。浩浩宇宙，茫茫大地，春花秋月周而复始，一切在动，在流，在消逝。人生天地间，人们用各种方式，在相对地接近着有限的自己，确认自己。写诗也是，它在清理自己，确认有限的自己，只不过是用了文字的方式。

因而，现在的写作对于我来说，是清理事物不确定性的一种方式，是不断廓清自己的一种过程。这在某种程度上接近于个人的宗教。我对之讲述，对之忏悔，对之激情，对之冥思。有了它，在途中我脚下不再荒芜，前行的夜晚里亦有一束星光。

写作，并不是被现实操纵的木偶人在写作，它首先是自己写自己。写作是写作者灵与肉的在场，是自我性，不断澄明性。"现代的愚蠢并不意味着无知，而意味着固有观念的无思想性（米兰·昆德拉语）。"多数写作的人，只是在盲写。而一些所谓为人类和世界而写作的人，因过于高蹈执着，反而迷失了自己。写作，是要真正引导自己，于这个不确定的尘世越来越趋于明亮。

也由此，确定了世界的不确定性，确定了人生的不确定性，真正意义上的写作可能就开始了。因为它源于疑问，它用诗歌追问我是谁，从哪里来，要到哪里去？

写作从清理自己开始，它从自身出发，再回到自身的本原，就是这样。但这中间有多少生命时光是无端耗掉的呢？

我的写作从清理自己的自卑开始。那是 1983 年，我转进一个边疆小城读初中。初到城市，经历几次打架后我乡村的野性消失了，变得绵羊般萎靡和敏感。与城里孩子的差距，让我自卑，自卑的后果是自闭症式的孤独。那时起，我开始写日记，对自己说话。日记，成为我写作的初始。我清理自卑，也是清理一个少年恐慌的孤单。他害怕一个人，害怕没有欢乐。记得变成铅字，是 1987 年，我的一首小诗发表在本市《幽草》诗刊上，我第一次变得兴奋和快乐。静心想来，那时写诗大多是虚荣心使然，它清理自卑，述说苦恼，不断地掩埋着我内心深处可耻的孤单感。

大学时代的我更像是孔雀开屏，用诗歌来炫耀和消耗青年过多的亢奋。我为赋新诗强说愁，亦为心中的暗恋而涂鸦。在那个诗歌遍地开花的时代，我曾写过一本又一本的诗集，多是无病呻吟，也偶尔在一些报纸和杂志上发表诗歌。奇怪的是，整体上我并不快乐。诗歌写作中，我清理自己的忧伤和莫名的死亡感，但我与诗隔得很远。其实，那时段也是虚荣心的延伸，故作深沉，掩饰青年时代不可避免的肤浅与苍白。

大学毕业后的一段时光也是荒唐的。写诗，几乎是追逐名利的钥匙。短短的两年，我的工作换了三个。诗歌那时是用来证明外在的东西，自己浮在小城开放的大潮上飘。1995 年，我的写作渐渐沉实，与朋友创办了《东北亚诗报》，亦开始在《诗林》《诗歌报》《诗刊》

等杂志上发表诗歌，一时写得兴致高涨。现在看来，那时期的写作，也还是作业和练习。写作目的仍旧不清晰，尽管诗歌理解上宽泛了许多。三十岁前，我试图用诗歌来找一条路，因为我没有找到路。

三十岁后，看到谢默斯·希尼的诗句："我写诗，是为了凝视自己，为了使黑暗发出回声。"这是天赐之诗，我的心魂长久地为之颤抖，以至许久不能写诗。那是我"人生的失败"阶段，跌跌撞撞中没有学会现实的一套腾挪术，内心又不够强大，沉浮中我愤慨且焦虑。更多时，我为生命成了复制品中的复制品，为无形中的无形而悲愤和消沉。

苦闷期里，我的写作开始不自主地迷恋寒冷、虚无、黑暗的主题。"我感觉人生、思索生命，感觉爱情、思索欲望，感觉死亡、思索虚无。我感觉他们就是思索我自己，我为自己准备着，从来没有这么迫切（我的《黑暗的回声》）。"是年龄的增长，也是诗歌的写作，带我领略到了人生的孤单，生命的孤独。同时我更认识到了黑暗并不虚无，生命只是需要自我清理和确定。人生肯定是孤独的。对于人生的孤独，它可让人更爱靠紧人群、靠近现实中随手抓来的一切；也可让人远离事物，回到自己的内心。而后一种方式，就是一种倾诉和表达的方式了。

> 可能一开始，他就离开霜窗上跳舞的彩色人群，
> 像油画里一块斑，剥落于空荡荡街头。
> 我看到他停下来，偎依高竖的衣领避风，
> 弯颈点烟，火苗闪了几闪，脸孔便熄灭了。
> 然后，雪地里是一串吱咯吱咯的脚步声，
> 擦肩而过，彼此因更高的黑暗，我们看不见了。

——《圣诞夜》，2002/12/25

那个孤单的人在节日里离开热闹的人群，他内心是足够坚定的。他在自身的黑暗里寻找自己，也因而廓清自己。他或者就是我，就是

你，是众多用不同方式寻找自己、清理自己的人。诗人呢，是用诗在逃离或者接近人群和世界，他孤独地挖掘虚无和黑暗，挖掘周围的真、善和美。

也是在这样的人生中途，但丁突然醒转，发现自己置身于黑暗的丛林，面对豹子、狮子、母狼，他踏上了求索的天路历程。这其实是他的心路历程之旅。凭借人间导师维吉尔和成为天使的贝特丽彩指引，但丁战胜了尘世的沉沦，他得到了升华。对于但丁的澄明，我更愿意相信是诗歌的引导，那诗歌由人性到神性，由小我到大我，但丁在有限的生命里接近了自己。

多数场合，我不愿意谈诗歌的标准，不愿意谈诗歌的技艺，不愿意谈诗歌史，因为它们都是在作品里发生的。一个人只是想写，一个人只是要写，它们就会来临。我追寻的是，为什么要写作呢？真正的写作是什么样的呢？我是否能够拥有？

2010 年，我跨入 40 岁的界线。这一年 7 月，我回到老家，那个我生长的农村大平原。因为下乡体验生活和写作的缘故，我在那里一住便是三个半月。那段时光，我和乡官们走村串户，或者骑单车去一个个小村转悠，我在那里拍照，与种地的小学同学聊天，去他们的田间地头。这一切，让我从这片土地上早早拔走的根须又深深地扎下去了。

我抑制不住自己，在那片曾属于我的黑土地上，我的写作开始喷涌。平时我创作是慢的，而这次却来得很快。想来也是，它们本来就在我身体里，是我身体和灵魂的一部分，酝酿久了，带着我的体温，它们找到了喷发点。最自然的倾诉像闪电，它让写作来得势不可挡。

这是我幸福的一年，经历了农村的夏天、秋天和冬天，很多消失的东西重新回到了我的身体里，也回到了我内心。我有新生的感觉，因为我感觉到诗歌和写作真正地降临到了我身上，融入了我灵魂。我对一位也下乡体验生活的作家说："四十岁，我的写作才刚刚开始。"是的，我在写我，从坚实的土地出发，廓清自己的写作开始了。

现在的写作，诗歌于我是自然的、平和的。只需静心敛气，收回尘世的目光。是的，诗歌需要注视尘世，需要从那里来。但诗歌注定不是尘世，它不可能从尘世中取得功名利禄，它是无用之用，像碗中的虚空部分，它承载着尘世和人生之有。

好的诗歌，要从生命里来，像是献出的血液，带着他的血型。诗歌中有呼吸，有体温，这就像一个人有了身体；而诗歌中的美感、思想和意蕴，就是诗歌之魂魄。也如此，诗才是活生生的。在诗中，干巴巴的说教（某些学院诗）或者赤裸的放纵（某些口语诗）是可疑的。

好的诗歌，要诗和人合一。诗就是人，人就是诗，诗与人合一，才是诗人，也才是写给人类的诗。从这个角度看，不宗教般地对待写作，不自我修炼、清洁和提升，不出离媚俗性，写出的诗歌不会太可靠。写诗是在确认自己的道路上不断深化个人的道德和思考之旅，以此修远再修远，获得自己的澄明，与尘世相异，与理想国相通。

晚年的博尔赫斯用诗歌写作，替代着他的盲眼，他洞悉出尘世间迷宫般的秘密。而海德格尔凭靠诗意的语言，敞开了人的存在。因为人的存在，又与大地、天空和神明相通。诗歌如《浮士德》中的天使撒下的玫瑰之火，真正为它写作的人，将照亮别人，也必将被诗歌照亮。

诗歌写作是从认识自我开始的

诗歌写作是从认识自我开始的，而不是按照别人的意志确认自我。在写作中，自我身份的确立，是个人风格的确立，如果与人类的精神相和谐，它就会演化为智慧之道，成为我们奔向最高存在的见证。

诗歌写作过程中没有绝对的准则。有的只是敢于冒险，敢于不落俗套的行动。当我们感觉一首诗不像诗歌时，可能就是倾听到了自己的声音来写作。所以最初即兴的和最后呕心沥血的诗歌，往往才可能是自己的诗歌。清醒的写作者要守住它，因为好的诗歌就是自己的形状，是时间之河的形状。

阅读废名的长篇小说《桥》时，我把它当作中国式的诗歌读。诗意氤氲的叙事，可以冲淡故事延宕中的戏剧性或者逻辑性定式，可以调动起读者的主观创造力量，从其诗意所营建的张力空间去驰骋想象，进而探寻作品蕴含之真相。诗意不是逻辑，诗意是感觉和直觉，是主观与客观的真正交融。这样的诗意是再现现实的神奇魔棒，会将干巴巴的现实点化得充满韵律和灵动。主观性的诗意，符合人类认知客观世界的方式，因为世界并不像故事一样是线性的，世界也并不是清晰得开头和结局一览无余。世界是模糊的，恍兮惚兮，其中有象。那种隐约和闪烁，就是诗意。没有诗意的小说，会缺乏灵性和生气，宛若枯燥的工匠之作。诗意如刀，切入小说里，能摧毁惯常的表象而深入生命的奇异境界和战栗中。

事实就是这样：日复一日，我突然会感觉到天下没有新鲜可言。但一天下来，清理头脑中充溢的零碎影像片断，仍会捕捉到一丝与昨天不同的微痕。它可能是忽闪而过的意念，人群中不经意的一瞥，空中匆匆的一朵云，路边一片随风浮动的枯叶。这是我日记中要竭力捕捉的东西。它在我肉体和灵魂中悄然划下一丝印迹，是生命流逝中真实的见证。克尔凯郭尔说："在我们的时代，著书立说已变得十分无聊，人们写出来的东西，他们根本没有真正思考过，更不必说亲身经历了。所以我决心只读死囚犯写的书，或者读以某种方式拿生命冒险的人写的书。"克尔凯郭尔需要存在的真相，是黑暗和虚无中追寻自我存在的道德感使然。所以他会拒绝做人的谎言和装饰，直逼心魂和真理。因此，我迷恋日记，迷恋于窒息性重复中射出的微弱光斑，迷恋于没头没脑的碎片。我不相信生活中会有完整的故事，从开头到结束，只是奔向死亡的过程。这其中充满迷雾、歧途、琐碎和无常。故事作为投机性的报告和总结，它抽离了肉身和灵魂，只剩一张履历表。我相信日记是最大的小说和故事。

诗意盎然的俄罗斯小说深处有着强大的宗教感。俄罗斯小说是殉道式的，道德观和良知让帕斯捷尔纳克和陀思妥耶夫斯基们直面真善美和假恶丑，游弋其中他们浮沉和煎熬，对人性进行交错复杂的透视、剖析和摹写。他们尊重生命本身的每一个闪光，其作品里的人物无论卑贱者和位高者，都被置身于道德和宗教的天平上称量，并且让真善美那一端沉下来。文以载道，这需要自我救赎和牺牲。中国现代作家离古训越来越远了。如今的文人，好像越媚于俗世娱乐，名利就越能滚滚而来。

因此，肉身先天也有残缺性，如同生命认知的局限性、外在环境的局限性等等。我的肉身迷恋或者不自觉地停留于歧途，有时不能自拔。精神又如何呢？理想之河发源于幼年的想象中，我总是渴望成为那条自己的河流，向着死亡和永恒流淌。但尚在途中，我的理想之河就干涸了。我被蒙蔽，置身于黑暗，且跳不出自己的肉身，跳不出自己的精神，找不到一条不息的河流和可汇注的大海。在无望和期待中，我和我们痛苦地衍生不息，这样的过程里，我宁愿相信无染的肉身而不是程序式的精神。

童年是走向世界的大门，它刚刚向世俗敞开它半掩着门。童年的天使性让那时段用诗意铸造一切。因其对事物模糊性的判断和清晰的印象，万物成就了它最顽固的记忆和感官。童年是美好的，充满色彩和原初。我相信即使是一个十恶不赦的老人，他的童年也是这样的。原罪不在他身上，只是后天他没有找到伊甸园和自己。那些避世者，那些苦行者，那些思想者，忍受巨大的孤单后，也许会重新推开那扇门，悄然走进去。

我多数的梦境，都摆脱不了暗蓝的夜空和乡村空旷的大野，它的空旷只紧锁我一人。在梦里，身边有从地平线深处吹来的风，脚下的草木和我一起战栗在阴影中。我在那里寂静地游走，有时内心为天宇空荡而怯懦。我想，远离人群索居，我还不够坚定。不惑之年后，这样的梦却突然少了。梦是生命现象的一部分，那曾有过的幻影，只是要抱紧自身和天地的召唤。可能，我在逐渐长成自己的心灵，逐渐适应自己所向往的那种孤单。

我想，在一代代不断重复的生命中，沉淀下来的唯有艺术和智慧，而不是那些芜杂的文化，尽管从大的方面那可以称为大文化。大文化多是物质化和肉身需要的。天性赋予人的精神之灵光却是人类衍生的可靠保证，它同永恒建立契约。后天的大文化（知识），只是一种辅助，并不是根本。在艺术和人生中，炫耀后天的知识、修辞和技巧，是旁门左道。我们每个人生下来，天性与诗意和艺术相通，运用直觉和超验的本性，走向它们，就会走向自己具足的"佛性"。

是的，艺术是人类的"慧根"。艺术塑造人类的灵魂，引导人向无限性上升。人类的理性不能认识艺术，直觉和潜意识却能通向艺术之门。因而一些哲人们认为艺术是人类最高的精神象征，是宗教的感性形式。这就不会奇怪为什么古往今来，艺术家多有自己的宗教信仰。这些艺术家们为神迹在过去、现在和未来的显现而工作，它让天地向人敞开。艺术家是它的仆役，意识形态可以压制他们，却不能使他们服从。艺术家们只听命绝对精神的召唤。艺术的生命是为死亡做准备的，更是为战胜死亡做准备的。

如果历史全用物质和人类异化所写就，那将十分可怕。在当下，纷纭的商品和信息，正在摧毁我们的灵魂，让躯体塞满尘土不能飞翔，让大脑充满乱码不能思想，让真实的存在与绝对精神相隔绝。诗人置身其中，就是要通过诗和诗意的生活，从自己的肉身中找到诗歌，更从灵魂中找到诗歌。把诗歌当作肉体和灵魂，突围出去。是的，要遵循于内心的美学标准，而不是意识形态的束缚。要冲破种种假象、思潮和主义，而不是身陷桎梏和诗的江湖。不要低估心灵的意义，使得我们陷于物质主义的深渊。

我不怀疑现在和将来优秀读者的存在。他们一定会有，一定会在你的作品中找到你，且感知到你独特的真诚、思索和美学追求。也因为他们的筛滤，文学的经典得以延续和发光。

当下诗歌阅读和批评比较无序和暧昧，诗歌失去了审视的标准。不同的读者，不同的写作者，不同的编辑，都有自己的口味。一首诗，对于我是臭诗，对于别人却是好诗。这是怎么了呢？新中国成立后的诗歌和朦胧诗争取来的美学定位，那种适应公众普遍口味的套餐风格已经消失了。接下来的前行中，诗的多样性和诗人注定的落落寡合便不足为奇。但这不是坏事，在诱导你多元娱乐狂欢的意识形态主导下，诗歌悄然退回到自身的偏隅，毒草和鲜花才得以正常地竞放。

多元的标准，多元的口味，某种程度上是诗歌美学鉴赏的觉醒。乐观点说，有多少腐烂的诗歌之粪肥，就有多少诗歌的艳丽之花。我不相信古代的诗歌全是好诗，如果全部都留下来的话。况且留下来的那些，也不是全尽人意。诗歌在多元化的审视下，悲伤中有着向广阔和纵深行进的乐观。如果硬要全民都只有一个价值取向，纯属狂想虚妄。我们有过集体无意识的时代，情况还将延伸。但用自己的脑袋阅读和写诗，总比受到大众的热捧要好。尽管我们在这个时代还没有走多远，但毕竟在前行。

诗歌的懂不懂的问题还是得说一些。好的诗歌不清澈也绝不会是混沌不堪。不懂的未必不是好诗，懂的也未必是好诗。诗歌作为最古老的通灵艺术，它具有内在的自足性。卞之琳的《断章》，就是一个很好的范例。它为不同的读者设计了不同的进入诗歌的路线，爱情的，哲学的，相对辩证的等等。如此，我们在阅读途中得到了发现和参与创造的喜悦。我们随着诗，进入那种感召、呼唤、疑虑、思考中，且越走越远。诗歌的尊严就是诗的丰厚性，它甚至可以相互矛盾相互排斥和幽昧不明，因为它对应于人内心情感的复杂性。好的诗因此也经得起时间的诠释，它给读者留下了丰厚的空间而不是空白。所以有时我说，一首好诗应该是好多首诗，当不同的人来阅读它，它就有了不同心灵的延展和角色对位。我不会用懂不懂的简单粗暴方式来判断诗歌。

谈到艺术的最高标准，我们可以谈真善美。但在写作的道路上，大道理没有一点用途。有的只是亲历的体验和挣扎，有的只是不断疏离中的靠近。别人能替我出思想，但不能替我行动。我来了，我写了！如此这样，我会把努力后的失败也称为成功。最高的存在只有个人的追寻和求证，才能证得。因而我把诗歌当作修行方式，在其中忍辱、精进，进而试图自觉和觉他。当然，这是我的奢望。

克尔凯郭尔这一段文字让我震惊："上帝的话曾经一人之口说出

（仅为一种口传），而后才写成文字——如今，每一个胡说八道的人都能够把他的一肚子杂碎拿来印个数万份。"真相永远在最高的存在中，我们的行动和认识永远有局限性。世界和真相不可言说。是的，我说得太多了，我想该结束了！

写作之殇

现在谈论写作的死亡实在是不合时宜，因为文学还在貌似成长的纷繁时期。但事实上，一个生产文学垃圾的时代早早就降临了。在当下铺天盖地的写作中，在当下繁华精美的印刷品里，能奉送给世界的多是无聊苍白的影视剧本、畅销小说和无病呻吟的诗歌。它们重复着的平面化、脸谱化、简单化、庸俗化之情态，共同制造出了文坛虚假的海市蜃景。

在众人狂欢的时代，"写作已经死了！"写作死于时代的诱惑，死于作者自身的无知。

米兰·昆德拉在《受到诋毁的塞万提斯遗产》访谈一文中，早就提出了"小说终结"的观点。他说："这些小说不再延续对存在的探究。它们并没有发现存在的任何新的方面；它们只是确证人们已经说过的；更有甚者，它们的存在理由、它们的荣耀以及它们在所处的社会中的作用，就是确证人们说的（人们必须说的）。由于它们什么也没发现，所以不再进入我称为发现的延续的小说历史之中；它们游离于这一历史之外，或者说这是一些在小说历史终结之后的小说。"

这个时代，的确是一个没有文学作品的时代，或者可以称为"快餐文学"时代。当下的文学，更像麦当劳、肯德基，给人们提供的是商品化的一次性快餐。它批量制作，一个模式，同个口味。制作人和食客讲求的是速度，卖的就是卖了，吃了就是吃了。如此而已，剩余的只是利润和残渣。

何以如此？大多原因是作品从写作到发表的系列环节，早被置进了一个个看不见却设计好的程序中。作者按某种口味写，编辑按某种口味编，读者按某种口味读，评论家按某种口味评论和引导，出版社按某种口味出书。这种作者、作品、杂志、出版社、读者加评论家相互依赖、互相妥协、互相利用、互相控制的同构体系，形成了文学体制内自给自足的恶性循环。

这种玩偶般的预定程式中，惯性的思维、惯性的风格、惯性的故事、惯性的主题、惯性的编辑、惯性的发表阵地、惯性的评论和惯性的读者，合力紧密同谋，使作品沦为了标准的公众快餐式消费品。

写作变成了加工产品，媚俗取得了胜利。那么多有才华有思想的作者，都被卷入了这种地界。出于无知也好，出于无奈也好，他们无力自拔，日益加深的魔鬼化程式侵蚀了他们心魂。没有几人能跳出来，他们失去了戒备心。在程式内，他们只需心安理得地、没有觉悟没有道德感地写作和发表。而那些不符合程式的作品，一些可能是优秀的作品，早被他们抛弃到了九霄云外。

文学作品是艺术品，艺术品的制作节奏应该是独立而慢性的。中外的一些经典，我们可以开列出一串长长的名单。可是，这些经典，这些连接人类过去和未来的作品，有谁知道它曾有过多少时间是在不为人所知的黑暗里度过的呢？

而现在多么可悲，速成的时代，文学作品变成了一次性的快餐。读者像阅读报纸、手机短信和广告一样，读完即终结。米兰·昆德拉说："小说是速度的敌人，阅读应该是缓慢地进行的，读者应该在每一页、每一段落甚至每个句子的魅力前停留。"在这个加速时代，这个充满磁悬浮列车的时代，没有谁愿意在奔向利益的中途慢下来。

写作被写作被卷进了深渊，作品被作品变成了速朽。作品从它诞生时的一瞬起，就死掉了，死于它自身的速朽。作品？哪有作品？打开一本杂志，小说几乎全是讲故事，快节奏的，不用思想和思考的，像被填鸭，此小说几乎和彼小说没有区别，读完就是读完了。当然也有好一点的，只不过是故事讲得艺术了一点点，却仍旧没有清晰的自我面孔，那种带有自我肉体和精神性内蕴的面孔。

文学的速朽状态，是与社会现实状态同质的。一个政治先行的时代，一个讲求快节奏讲求效率的唯利是图时代，没有什么能慢下来，没有什么能醒过来。体制内既得利益既得名声的诱惑，使得写作成了重复的无意义的生产，成了集体无意识孕育出的所谓作品的怪胎。

这样的链条下，每个写作者都是始作俑者、受益者和受害者。他们委身于这个体系内，被运转、被发表、被出名、被利益，到最后也被时间审判和遗弃。

写作到底何为？这实在是不好正面回答的问题。但我相信它绝对不是挖掘利益和名声的工具，相信它也不是表达自己私欲的工具，小说是要独创的，是要照亮自己和别人的。此外，我更愿意相信写作就是修炼自我的一种方式，自我拯救的一种方式。

人是孤单的，可悲的。人来到这个世界上，生命其实只是一个重复别人生命历程的无可奈何的黑暗。那么多的生老病死，那么多的爱恨情仇，那么多的贪嗔痴怨，那么多无奈和后悔，都要自己去体验、去承受、去重蹈覆辙。别人的教诲、别人的指引，都不可能改变重复的命运。而多数人就在这样的重复中无声无息地消耗掉了真正的自我，而成为一个共同的人（成型的人的标准产品）。

人的价值和尊严何在？存在的意义何在？人来到世上，在重复中，凭借遗留下的文化和传统，真正要做的事，就是要认识自我，认识存在的意义，探索生存的真相和宇宙的真相。而不是成为个人媚俗于体制的帮凶，取悦于现实名利的敲门砖。

文学的作用如同宗教一样，它陪伴人的孤单旅途。在这个路上，它是认识自我、超越自我的修炼方式，也是反抗不合理存在的一种方式。而作者所写的作品，应该是"照亮"自己和他人茫茫心魂的作品，是认识人性中的假恶丑、提炼人性中的真善美的作品，是认识人性中居住的神性的作品。

强大的作家应该是高傲的，他的作品可能只是写给自己看或者有限的少数人看。卡夫卡临终前要烧掉自己的作品，也只是因为他来过这个世界，他认识了这个世界，他表达过了自己。一个人写作了一辈子，最可怕的是从来没有真正地生活过、觉悟过和创造过，或者干脆一点说，最怕没有真正写作过。

梦与文学

　　梦境，也是文学创作的一大主题。梦境的恍惚，肌理充满的幻象、隐喻或者暗示，是与文学相通的。

　　词典上这样解释"梦"：梦，是一种主体经验，是人在睡眠时产生想象的影像、声音、思考或感觉，通常是非自愿的。这样通俗易懂的解释，大有安慰之意，多使人容易接受且心安理得。人睡着时，类似于禅定，但又不是绝对的空境，那其中活跃的东西，那不知来源的东西，恍兮惚兮地整夜神游于心魂中，令人把握不住，琢磨不透。梦的奇异像帝之初，从古至今大多人都不敢小觑它。中国古有《周公解梦》，西方近有弗洛伊德的《梦的解析》，这些典籍都试图探究梦的面孔和启示。但梦就是梦，梦要让人如此轻松地破解，梦也不就是梦了。

　　既然梦"通常是非自愿的"，所以我宁愿相信：我多数的梦，是一种神秘的暗示力量，它给予写作一种神启。为此，我床头常常备下笔，并记下了梦中种种境界。那是一种清醒状态下不可企及的创造力量，多让人深思、沉溺、恐惧与战栗。

　　许多文学作品都是写梦的。唐代诗人杜甫写过《梦李白》，梦，让杜甫怀念大兄的情意实实在在跃然诗中。"千秋万岁名，寂寞身后事"，这格调孤傲高古的句子，让人感觉到了二位高手的惺惺相惜。浪漫主义气质的李白写梦就更大气，其《梦游天姥吟留别》，幻象的力量奇异且强大。李大师仿佛出神入化了，或者他真的看到那一切。

梦，还能让人在梦中写作。英国诗人柯勒律治居然梦见了几百年前忽必烈汗的宫殿，他在梦中作诗，醒来凭记忆迅速写出五十余行，后被惊吓，而仅剩下了遗憾又诱人的断章。这样的梦有点通灵，谁也说不清其中原委，诗人称之为灵感的说法比较多。

博尔赫斯在小说中写过一个奇妙的梦——《双梦记》。这小说改自《一千零一夜》，讲述的是一个破产的埃及人相信自己的梦，去波斯寻找自己的财富一事。埃及人被误当为小偷抓起来，地方长官听了他讲述的梦后，便嘲讽地对他讲述了自己的梦。埃及人回乡后按照那梦中的指点，竟然在自家后花园找到了那笔宝藏。这小说似乎竭力在证明梦的奇异和可信度。梦，就是这样神奇，它是可解又不可解的，大有"蝴蝶在亚洲扇动翅膀，非洲就掀起一场风暴"的意思。凡人说是巧合，略解雅意的人干脆认为是玄学。在作家中，博尔赫斯肯定是对梦最着迷的一位，他在诗歌《梦》中写道："去到梦境当中，不是／人的记忆所能及。／从那个深沉的境地，我挽救出一些／我所不能理解的遗物"。同时，他也对梦困惑，不解于其中的神奇。

谈到博尔赫斯玄思冥想的气质，我还想到美国小说家兼诗人爱伦·坡。爱伦·坡的小说仿佛就是一篇篇的梦。情节诡异，幻象逼人，行文里不可思议之事的演进，会让人喘不过气来。博尔赫斯小说中对古怪题材的嗜好，对幻想的热爱，对知识的说教，对死亡暴力等的书写，就多受爱伦·坡这位现代派鼻祖的影响。但神奇的镜子、分岔小径和迷宫，让博尔赫斯构建了一个独特的自己，同时也创建了他的作家父辈——爱伦·坡。

诗人 W·B·叶芝也是对幻境着迷的人。他在《幻象》一书里，详细地建立了庞大的通灵体系。这是一个梦幻般的象征世界，他试图借此来理解世界。据说，叶芝自己也通灵，并能招来多年前的亡灵。叶芝的小册子《凯尔特的薄暮》，那里面有许多小精灵，还记述了一些招魂情景。读这本书时，许多场景让我猜想是源于他的梦境，当然，这是最简单的理解，神秘的事情谁又能说得清呢？叶芝的象征主义诗歌也得益于他的幻境，梦幻让他在自己的诗歌中直逼坚实的存在。

西方人在不断地为梦建立自己的理解体系。梦在弗洛伊德那儿几乎上升到了哲学层面，包括这前后的哲学家们如柏格森等对直觉、潜意识、无意识等的研究。在古中国，庄周的梦多了玄学味道，"庄周梦蝶"，到底是轻盈的蝴蝶梦见自己变成了庄周，还是庄周梦见自己变成了蝴蝶呢？这里除了表述"万物齐一"的大道，亦有世界的不可知性的感慨。佛教对梦的讲解和来源划分颇细：有日常的、病理征兆的、神示的等等。佛家讲"色空"，其实也等同于世事如梦，一切无常。中国的梦，多的是宗教和哲学的蕴含。中国古人因此也多"人生如梦"的感慨。李白醉酒时就写下"浮生若大梦，胡为劳其生？"的诗句，以此来感叹时间的流逝和人生的无为。

梦和现实有多大的差距呢？这实在不好说。我私下认为，从人生的起点看，现实就是一切，实实在在的，梦绝对没有立足之地。如把仅有的一点理想，权当作梦看，梦是在伴随我们欣欣地走。可又有几人能将这梦做到底？从生命的终点看呢，情况会反过来，人一生那必然的不可扭转的一切，不就是梦吗？而这梦又瞬间即逝，来不及回味和后悔，更何况人的梦中之梦？对现实与梦的疑惑和解析，会上升到"唯物"和"唯心"层面。其实，二者没那么对立，我相信梦与现实没有界限。某种程度上，再激烈一点说，梦可能比现实还要真实，而且这个观点我可能不知重复多少遍了。

当代作家中，这种梦境式的写作者很少。作家们将历史和现实折腾个遍，可没有多少人来诉求自己的梦境，发挥自己的想象或者让自己通灵，用梦来构建自己的文学。毕竟，作家们要实惠地生存啊！

梦境式的写作，残雪要算一个，尽管我只看过她有限的几篇小说，我还是喜欢她。再一个是新疆作家刘亮程，在他的小说《虚土》之前，没有谁能像他那样，在自己的领悟中，把一个村庄上升到生命、玄学的高度上来写。他写那村庄和活在那块土地上的人，象征性很强，通篇也没有故事和情节。虚土中的一切人和物几乎都是符号，是梦的符号和幻象。而奇异的就是这些符号般的人和事，却聚合了村庄和生存的本质——那是古老的农业里人类共有的记忆与经历，它深深地烙进我们的思想、情感和生命中。

《虚土》行文通篇像梦，也写梦。小说里，弟弟不到两岁被抱到别人家寄养，弟弟从此走进一场梦中，弟弟把自己所经历的新生活都当成做梦，在一个新家开始长大。因为他认为周围的一切都是他在梦里碰到的，不是真实的人和物，所以就任着性子胡来。等到弟弟后来发现时已晚了，那里的一切不复存在了。可弟弟那真实的现实，何尝又不是一场梦？弟弟生活在幻想中，他的一生醒和不醒都是梦，且都不可能再重做一遍。神也不会给他这个权力。

小说中的这个片断，让我沉思：也许我们和世界，都是另一个事物的梦境。大梦谁先觉？圣人和哲学家说不清，写作者也说不清。

如此，写作者本身也可能是他人的一个梦。他人梦见写作者来到这个世界上写字，于是写作者被他人从生到老一直梦下去，一直到他人梦醒，写作和生命历程就结束了。结果是，写作者在浮世所赚得的一切都不复存在。写作者当然也做梦，也在梦着别人。当写作者恨谁爱谁，他们就在作品中出现，相互纠缠争斗，直到写作者不再愿意做那个梦，才让它有了了断。

文学也是梦见的写作。如此，我们自身的存在就是一个个梦交织的存在，一切都貌似是实相。别人梦到我们时，我们也梦到别人。梦中之梦，让这世界所有的时间，以前的时间和以后的时间，有了连绵不断的联系。结局最后都一样，我们两手空空，我们也不复存在，写作也不复存在。包括我这篇文章，和这样梦一样的文字也不复存在。

随手的便条

1

索伦·克尔凯郭尔在他的哲学思想体系里将人生分成了三个阶段，即审美阶段、道德阶段和宗教阶段。我以为，这三阶段是伴随人生成长的境界而来的。在我们的审美阶段，那个永恒重复的世界，最为我们的童年所关注，他和她拼命汲取着那个世界并且乐此不疲。这种热衷于快乐和幻想的阶段要贯穿到一个人的少年和青年时代，即所谓的享受人生阶段。道德阶段，大约从一个人的中年开始，这阶段成家立业，为人妻夫，不再冲动而开始诉求于理性，且多依于人世习俗、规矩、道德行事。在此阶段，少数精神上有追求的人，持世间艺术而为之，失落感和成就感相互纠结，寡淡中也不失趣味。而宗教阶段，索伦·克尔凯郭尔认为是人生最佳的生活方式，达到此境界，才能成为一个完整的人。

三阶段的思想不算新鲜，却是生命存在的事实。人生大多停滞在审美阶段，稍好一些是道德阶段。宗教阶段却是可敬可畏的。这个阶段，即是求得生命真相、澄明、圆满的阶段。出生即入死，每个人皆如是，万物亦如此。宗教阶段试图打通生死关，而求得永在。那永在是宇宙中最高的存在和绝对，也是不断飞行和穿越时空的存在。公元

13世纪南宋词人蒋捷的《虞美人·听雨》早就寻求如此境界。词曰：

少年听雨歌楼上，红烛昏罗帐。壮年听雨客舟中，江阔云低断雁叫西风。

而今听雨僧庐下，鬓已星星也。悲欢离合总无情，一任阶前点滴到天明。

索伦·克尔凯郭尔是19世纪上半叶的人，比蒋捷还要晚600年，而之后漫长时光里，有多少人跃升至了这一完美的归宿呢？我知道，2500多年前，释迦牟尼用他的肉身在人间为我们完美演绎了此人生三阶段。

2

活在当下，写作肯定是当下的事情。因而写什么，这不是问题，因为你的所看、所思、所想，也是"当代"的，"当代"要靠"当下"完成。但相对来看，"当下"不一定"当代"，很"当代"也不一定很有"当代性"。

"当下"是短视的，随心而无心。"当代"有着相对恒定的此在性。所以，对于写作，或者对于所有艺术门类而言，"当代"这个词语的意义，如何界定廓清很重要。谈到"当代"必然要谈到"当代性"问题。否则强调"当代"也是吃力不讨好的。我以为，很多艺术作品只是具有了"当代"价值，却无"当代性"价值，因而它们流行一阵就悄无声息地消失了。

我想，"当代"的最高指向应是"当代性"。而真正的"当代性"，一定要具有过去性和未来性指向。文学作品的"当代"如何才能具有"当代性"，这里要考验作家们的眼力、判断力、思想力、技术力、审美力等多种才艺。归根到底来讲，终归是考验作家们的大境界问题。记住，"当代性"，最需要时间的长河来淘洗、来考验。

3

　　有时候，艺术批评的资源并不是越西化越好，越超前越好。批评家们一味追风，今天这个哲学家过时，明天那个哲学家的理论大好，这些都会导致障眼。原因很简单，过于奔劳你看不到周边的风景，过于高蹈你看不到脚下的大地。

　　艺术的宗旨之一就是要实在地解决你所处的社会和时代的问题。没有在自己的土壤上种田的实践，你搬来人家的一套高论来评论作品，便会产生痴人说梦般的批判。这种批判貌似高超深刻，其实不过是通往寻求真相道路上的迷障。对于判断一件艺术品，我喜欢用笨拙的感官和直觉的方式去解读，就像是火烧了手，你快速的反应和抽回是凭感觉，而不是凭理性。回到原初看，事情原本没有理论那么复杂，很多时候，人是被自己的烦琐理论所遮蔽的。世界的原初就是诗意，诗意是创造性的、探索性的和命名性的。

　　对于艺术作品过度阐释的通病，源于那些批评家们对经典饕餮饱食却没有消化的症结。没有内化于肉身的观念，怎么能成为你思想的力量？这样的人外相的深刻中隐藏的是内心和视野之浅薄，很易为风吹草动所吸引。没有自己的思考判断，没有内化于身心的理论，而用理论去框套去盲行，这是妄念。它极易产生虚假的激情和愤怒，因而走上人云亦云、人做亦做的机械道路。现在的艺术及人文关怀纪实摄影也如此，没有切身的体验和良知，做了就是做了，拍了就是拍了，愤怒就是愤怒了。而没有后续的行为改善和后果，恐怕也是一种"奇观"的恐怖。某时风云一来，这些貌似激昂的铁肩担道义的人，可能比谁都会掉头逃跑得快。

4

近段时间细读《权力之图的绘制者》等"蓝色东欧"系列文学作品，内心震撼。我是个喜欢"写作"的人，自然要思考些文学领域内的事。罗马尼亚、波兰、阿尔巴尼亚的这些作家们，被"尘封"多年后，我们看到，他们的作品原来早已穿透历史的局限性、政治的禁锢，闪烁出人性本原的光彩来。对比之下，中国同时代作家们应该汗颜无语，他们没能交出多少震撼的作品。为什么有如此差距？东欧各国的作家们在幽微中看到了文学真谛的星火，并使它们燃烧成启蒙的火焰。曾经同处世界上一大意识形态的阵营里，新中国成立以来，中国文学缺失什么？我们能不反思这个问题吗？

关于当代文学创作的式微，有其自身在现实中演进的原因，也就是"历史宿命"。但微观上，文学创作者本身和这个创作的系列体制，难逃干系。民间有话，"脚上的泡是自己走的。"当下的文学和艺术，从政治的巨石下透口气后，又被商潮的浑水冲击，甚至于一波波地淹没。于是乎，文学和艺术的创作，布开了一张隐形之网，创作、发表、出版、评论、评奖、展览，皆由这两只手在扼其咽喉。而被误导的受众再误导受众的鉴赏领域，于是此网链互为因果，衍势强烈。如此，当下文学创作的窘态可见。当下部分美术、书法等"艺术品"以其高价大行其道，甚至于收藏界唯名是从等现象，也多存诸殇。归根到底，是文学艺术的礼崩乐坏。

5

过四十岁之后，常去老人院参观，或者陪母亲去医院住院，路遇风烛老人，我总是将目光投向他们。他们被岁月之河淘洗的面孔布满密纹后，不再充满希望，不再盛气凌人，也不再变化多端，甚至连平静也少有。除了那些无声的沟壑，有的是什么？我说不清，可能只有他们自己能说清，也可能他们也说不清。众生可能皆如此吧？

如今愈发喜欢《红楼梦》中的《好了歌》"缘尽一切皆空，生老病死，四季更迭，最后落得个白茫茫大地真干净。"其实，倒不是我以为人生就是虚无，毕竟它还有着一个过程。这过程，就是我们的一生。而这一生，像一只秘密的大箱子，我们从中一样一样地取来。从童年到少年，从青年到老年，我们不断地取啊取啊，掏出一样东西惊喜或悲伤一阵子，然后再掏一样东西。我们总是希望掏出更多精彩的东西，掏出更多的名利执着，更多的优劣短长。我们沉入其中欲罢不能，待老时蓦然回首，才发现我们的身边空空荡荡，那只秘密的箱子原本也空空荡荡。

对我而言，好在还有个余下的过程，得紧紧地抓着写作的稻草。写作，想来这也是"执"，只是要做得淡一点，再淡一点罢了。

6

近来，摄影界开始批评台湾著名摄影家阮义忠先生。我不以为然。阮先生出身农村，对土地的情结是骨子里的。因而，他的乡村摄影也是发自灵魂的。他曾说："我是农村出来的，我讨厌农村，一心想成为一个知识分子，一直到拿起相机来的时候我才开始反省，啊，这就是我以前最不关心的那些人，可是就是这些人，毫无保留地接纳了我，看到我就相信我，愿意让我拍。摄影让我重新回过头来，重新认识我的父老乡亲，我想方设法把他们拍得美，甚至把他们拍得比本身更好。所谓艺术，就是把事物本来的意义再加强，把原有的好与美的地方再强调出来。摄影对我来说是重新回到童年，再成长。"由此看来，对土地的热爱，使他久居城市的人生再洗礼，灵魂再洗礼。尽管阮先生有点偏执，但城市放纵的欲望、冰冷的人性与农村的原始清静和纯朴相对照之下，他能选择农村和土地寄居倦怠的心魂，也不是一般人能坚守的。至于享受城市文明，是一种与时俱进，不能成为内

随手的便条

心真正栖居地的绊脚石和批评说辞。

中国，它的骨子里还是个农业大国，与国际接了点轨仍旧改不了多少本色。对于上三代都是进了城的农民的知识分子来说，与其在城市中红尘滚滚前行，为何不向那广阔的苦难的土地上张望呢？哪怕是心"柔软"了下，哪怕是"落后"了些，哪怕是"温情"了些？阮先生的根还在厚厚的泥土里，他在真实地露出泥土的根，而不是掩藏。从时间的倒流上看，有一点我们也必须要看到：当二十世纪七八十年代中国大陆长期政治先行性的、革命的"假大空"摄影大行其道时，他给我们看到了什么是人性和温情。而当冷漠的资本商业大潮滚滚而来时，渐渐冷漠和所谓视野开阔的人，回头笑话那些温情的人、热恋土地的人，也是可以理解的。

7

过度向外的欲望如一颗没有内在安静、中正、善良的本心，势必越走越迷乱。商潮社会下，国人功利欲望极度膨胀，种种执着之苦也由此而来。所以，对于他人信奉佛教和其他宗教，我感觉没什么不好。毕竟千年的宗教信仰是为了让人求真向善奉爱，让人对天对地对生命有所敬畏，也因此知道世事有所为亦有所不为。当然，这些也是老生常谈，但事情就是这么个理。

现代人诉求的平等也很多，比如政治上的平等、经济上的平等。我以为，因心灵上的智慧，愚顽、恶、善大相径庭，绝对不会有真正意义上的平等。因此，这样也无从谈及灵魂的塑造。当下，一些所谓的"知识分子"似乎觉得自己知识储备多，信息知晓多，内心足够强大，自信以此可以掌握真理而贬低宗教信仰，这也是大有实情。其实不然。他们没有外在约束，没有内在界定，况且世事红尘汹涌，内心逐流，他们要达到认知真正意义的自己和真相，是很困难的。

国人的劣根性，要从内在上有根本性改变，远非现代中国学校式的教育能够解决得了。所以，谈到佛陀，我宁愿将他当作老师，由他指引我求得生命真相、求得大爱和智慧。我强调的是，现代国人应该有宗教感、有敬畏心。所以，从传统延续的意义上来看，中国人真的就缺老师、缺思想、缺做人的道理。

浮生一记

暂时，更高的黑暗还没降临。

旷野，雏菊星星一样抽搐。

我岳父死了。

三斤粗糙的花岗岩骨灰，温热。

过桥时，我看见一条白练，水量

从未缺少，稳定地流着。

——摘自拙作《悼岳父》

一条发白的大道从枯黄的原野上穿过。在黎明前冰冷的黑暗中我们启程，不知过了多少时间，中巴车队才离开鹤岗城。后来，车队颠簸在泥泞的土路上，我才发现了这点。

当黎明的第一缕微光照到荒原上，刚刚清晰起来的原野，突然白霜闪耀，像铺满了无数碎玻璃。我不敢再多看那辽阔的刀光，我几乎睁不开眼睛，由于过度的疲惫和忧伤。

我不知道车队已跑了几小时。漫长的路上，黑暗中，没有人说话。这一切，是新世纪开始后的一个年份，也许在 2001 年，也许在 2002 年。

我记得，那是最后的暮秋时节。我抱着双臂从清冷中醒来，发现天刚麻麻亮。我的妻子就依偎在我身边，还在梦里抽泣。漆黑的长发掩着她一张憔悴的脸，被微微的晨光照亮，朦胧得一点儿也不真实。那时，她父亲永远地睡了，那是她父亲最后和我们在一起的时刻。她父亲安睡在第一辆灵车中，在无声地赶往天国的路上。后面跟着一条悲伤的小车队，颠簸着，像一条浅浅的河流，尾随而行。

可，我和他们，我们都没法，没法阻止这一切的行进。

另一场葬礼上，我第一次见到我女友的父亲。

也是一个暮秋。离开大学，我和女友先是乘火车，然后挤公交车，最后步行，用了近四个小时，才到达那个叫牡丹江的城市。在城里，我记得我俩穿过了许多窄巷，又拐了许多弯路，最终找到那所灰色箱子似的老楼。这是他父亲的母亲的葬礼，这是在二十世纪九十年代初。

我一路追随着她。由于悲伤和内心的混沌不安。旅程中，我女友始终和我保持着冰冷的距离。我知道，这距离不单是她忧伤逝去的祖母，更是我们一场恋情终结的前奏。

在大学，我俩处于一种奇异的状态。我们很少在一起，两年多，约会次数有限可数，在校园内见面也只是彼此点头。我不知道我们是不是算一对恋人。活跃的思想，让我对某种未来灰暗后，过多的精力，只是用诗歌来发泄。而过不久，她将毕业，将按她父亲的意志，去她父亲所在的繁华城市。

我低着头，感觉几乎是另一个人在跟随她。我虚弱极了。我踩着厚厚的落叶走，躲藏在内心的风雨里哭泣。因为，我没有拯救恋情的勇气和能力。我听见脚下枯叶沙沙地响，那是来自秋天最后的声音，破碎着。而我，将回到我的边境小城。

刚爬上一层楼，黑暗中就有女人们的哭泣，低低的一阵又一阵。还有祭纸的烟味儿，在廊道里游移。在二楼，一扇敞开的门前，我们停下来。一个鬓角发白的男人迎上来，我听见女友低声地叫他爸。女友没有介绍我，向她的父亲。

我故作老练，向她父亲点头，然后走向那点着烛火的灵柩前，在袅袅的烟雾中鞠躬三次，为那个离开的老太太，也为我女友和她的父亲。我听见更高调的哭声，是老太太的一帮女儿们，围在暗紫的棺木旁。然后我站在一边，阴影立刻笼罩了我。那是一个角落，没有人再注意我，我像是个陌生人，站在一大群哭泣的人中间。

后来，我发现自己在车站，站在黑压压的陌生人中间。我等待着女友，等待那漫长葬礼的结束。我发现，我大学时学到的一点点的社会知识，在她父亲面前全无用处。因为他铁青的脸色，他的咳嗽，我没有敢跟她父亲表明心迹，我被排除在了那忧伤的家族之外，我离开了那个葬礼。

我不知道我在车站里，等待了多时还是几天。当我又一次地醒来，再次见到了我女友的父亲，他的头发更白了。他忧伤的神情，医生职业的严谨和苛刻，使我不知所措。我搓着手，完全失败的样子，屈身垂手在椅子里。

谈话的细节我记不清了，但我刻骨地记得那一切。他的意思是，他女儿要回到他那个城市，不可能跟我去那个边境小城。我是农民的孩子，在这样的关头怎样表达自己，我不知道。我几乎哭出来，全身哆嗦着。他的听话女儿，跟在他的身后，长时间地低头，仿佛一株经历了更多风霜的植物般默不作声。

他递给我一根烟，我大口地抽着，竭力让自己镇静。但一切都白费了，我的干咳暴露出一切。他也咳嗽起来。然后我们相对，我看见他脸上有了一丝怜悯的神色，像满天的阴云空缺出的一丝天光。我永远记住了那样的一句话。他说："看来你是个很老实的小伙子。"

但，一切都晚了。我在一场早早降临的雨夹雪里，孤身离开了那座城市。我去时，那里秋叶正黄。

我妻子紧紧地依靠着我，她的神情更加迷茫。岳父病重前，她和她母亲一直悲伤地在床边守候。

有天晚上，我睡着了，她离开她母亲，躺回到我身边。我感觉到了她冰冷的身体在颤抖，且紧紧地靠近着我。我知道她的悲伤、恐惧和欲望，我轻轻推开她，拍着她的身体哄她入睡。而我，我知道，一会儿我将很快睡着，和她同床异梦在她父亲的家里。

有些事情，是不明白时开始的，也有些事情，注定在我们清醒后要结束。

出殡的早上，在黎明前的最黑暗的时刻，夜色乌蓝。六辆车，载着亲属和朋友，无声地出发了。谁也没有想到，仅仅一点曙光后，天空大雨倾注。好大的一场秋雨呀！我听着雨珠噼啪的敲窗声，不再瞌睡。我看见雨刷像眉毛一样不停地摆动，擦出外面一小块清晰的世界来。那里正烟雨迷茫。土路上没有人，而车内，一派晦暗。

我妻子毕业后，去了我的边境小城。在那儿，在一条有着美好名字的街道最北端，我们共同营建的小巢，就在一所小楼房的顶楼。那是我们用四年时间，节衣缩食，然后贷款，弄到的小小蜗居。从那儿鸟瞰小城，天天都是繁华的对外商贸，那是一夜之间，开始出现的新事物。

婚后我们常常吵架，为了莫名的事情。我的农村生活习惯，她的大城市生活习惯，总是格格不入。况且，我又疯狂地迷上了写作，酒，几乎让我终日不醒。一个曾经对生活满怀信心的人，在繁华的商业氛围中，突然变得像鲁迅《伤逝》中的主人公。我跌落在另一种暗流里，无法汹涌，她也是。尽管，我们试图相互挽救对方生活的灰暗。

我的小巢，我在里面写分行的诗歌。每天早上，在小窗前，我都会看到对面医院的停尸房，地上有黑压压的人群，在那儿哭泣和沉默。在冬天，那儿的白雪地，逼迫得死亡更加清晰可见。小巢高过了边境淘金的热土，却没有触及天空的清风和彩云。我只是写诗，所以我们很贫穷，同来的很多人却走上了阳光灿烂的道路。我曾经坚定的女友，我的对现实灰心的妻子，神情一天比一天忧郁。在另一段刚刚开始的路程上，我们同时遇到了迷茫的风雪。我的孤单和无助，拯救不了她，拯救不了那混乱的一切。那时，我想我们这回，真的完了！

在车上，我岳母一直没睡。她更瘦了，她的眼神和女儿同样茫然。出发前的夜里，她在那个房间里几乎坐了一夜。她用两年最辛苦的时光，侍候病重的人，可她多年的伴侣还是走了。从她熟悉的屋子和生活中，一下就消失了。她没能留住她的依靠。

她想着，他可能暂时去了世界的某个角落，下棋、喝酒，然后会在某个深夜回来。像以往那样，独自在大方厅里抽烟、静坐、沉思并且不点灯。会打开收音机，关上房间门，听美国对华电台和俄罗斯对华电台。再后来是洗漱、泡脚，最后他会悄悄地走到床前，轻轻地睡下，几乎不发出一丝声响。

他睡眠少，夜里间隔地不住咳嗽，她梦里也会听见咳嗽声，越来越频繁。他固执地不医治。他是医生，他不相信那些医生，他说那就是命，他相信自己。他的早晨也是早早开始，又是抽烟，听老式收音机，简单地吃些饭，下楼去医院上班。他忙碌着，为那些患者。他永远停在了主治医师的职称上，并且在这个职称上老去。而他的医术，又让他在别人那里活着。

但一切不可能了。那天晚上，我岳母一件件地整理她丈夫的衣物，把它们一一地挂上，挂在衣橱里。她随时等待，那个有洁癖的丈夫回来换穿。那是一些始终保持干净的衣物，白色衬衫和深蓝色外衣居多，样式老旧，但还是如同未穿换一样洁净。多年来，就这样，她小心地侍候他，看着他严肃的脸色。她也是医生，他们之间的话很少。

深夜，我听着那房间的轻微响动，碰碰身边的妻子。她于是去安慰她，她们娘儿俩一直轻轻地说话，直到出发的一刻。那一夜，是我的不眠之夜。我睁着眼睛，听她们的低语，她们的抽泣，几乎度过了世界上所有哀伤的夜晚。

一切刚刚停止，另一切又刚刚继续。

黑暗中，医院停尸间惨白的灯光下，亲友们突然聚齐了。我和妻子喊她们，大姑、二姑、三姑、老姑。姑姑们的身后，是她们年轻的后代。这一家族兄妹中，唯一的一个男人，他们的哥哥或者弟弟去世了，她们和他妻子一样悲伤。她们和自己的弟弟或者早逝的哥哥一样，都有着古板的白皙面孔和早生的白发，严肃得让人生畏。这是一个一丝不苟的医生世家。

老人们忙着抹眼泪。有力的男性后代们，我不认识他们，但我们合力抬出装有盖着白布身体的担架。我在其中，很是吃力地抬着头的一端。那是一个穿中山装走掉的人，面色灰青，但安详。他一动不动，并不再冷漠而自得地看一切，只是睡在自己的世界里。一个提前老了的小老头，那时，他才六十一岁。盖上脸，我们最后搬走了他。

他身体沉甸甸的，像一块铁。当我不经意地触动他身体，就是这样的感觉。的确，那身体不再柔软，在冷漠的坚硬中，无声地听凭这个世界的摆布，但他已决计不再醒来，绝不。

生前，这个身体几乎也是如此。在清高的灵魂支配下，他坚硬得不向任何权势低头和弯腰。因此他只是一个医术很好又孤傲得让人难以理解的人。他像一把苛刻精确的手术刀，病人也会愿意避开它的锋利。他几乎没有朋友，只有几个同样命运的棋友和酒友。

在最后的一次见面中，他曾经说："我不喜欢你像我一样的性格，从第一眼感觉，就不喜欢，我其实也不愿意把女儿嫁给你。"但后来他还是接受了我，同意他的女儿，分配到远远的另一座小城。他可能又一次无奈地承认了自己女儿的命运，也承认了自己的命运。

那年，我们的婚礼简单得不能再简单。他白白地嫁了他心爱的女儿，什么也没要，还给我们成家的钱物。他和妻子没有参加我们的婚礼，我的父母也没有。我们孤立无奈的婚礼，只有同行们参加了，只有文友们参加了。我和妻子，简单得连婚礼照片都没照。

多年后，他的女儿，看着别人家新娘穿婚纱的照片，总是心情复杂。我尴尬着，那时，两手空空的我们，没有过多的钱照婚纱照。后来，我们也没有了那样的心情。

小车队开走了。那个早上，其实没有多少人送别我岳父。寥寥的告别中，只有几个表情悲伤的人，他们真诚地鞠躬，送别。这几个人我认得，是他的酒友、棋友，都是一些不得志的医生。

出医院大门口时，意外地涌出一群人。一些他曾医治好的人们，夹在道路边上，为他送行。恍惚的路灯下，他们喊着李医生的名字，像是一些影子在摆手，很久，很久，还坚定在那儿。

没有多少哭声，岳父的灵柩被挪到灵车上的一刻。他的大儿子摔了纸灰的瓦盆，他去往天堂之旅开始了。我们鱼贯上车。在车上，哭声突然来自他的妻子和女儿们。我表情坚硬，悲伤得好像忘掉了悲伤。

　　他儿子镇定，茫然。他妻子没有来，他妻子不可能来。早在两年前，他就和妻子离婚了。一场失败的婚姻，源于我岳父的抉择。岳父不喜欢儿子那个有社会地位的女友，他为他儿子选择了一位相貌平常、朴实无华的老师。为此，他不得不痛苦地告别谈得热烈的心爱女友。酸楚而短暂的婚姻后，他独自带着女儿生活，头顶过早地出现了斑秃。他工作的医院，就是他父亲的医院。仿佛，他在重复他父亲的生活。

　　他沉浸在今后无人训教的悲痛里，还没有感觉到一点成长的轻松。他没有承担起一家长男的义务，的确，一点感觉也没有。他一路只是抽烟，往往不到烟的尾部，他就狠狠地丢掉它，用脚长时间出神地踩。然后，再抽出一支来吸。现实生活中，他没有勇气面对一切，像面对他父亲包办的婚姻一样。在单位，他老实孤独得一塌糊涂。但他，决计以后单身下去了。

　　我看见他手里捧着塑料围棋盒，那里面是磨得光光的黑白塑料棋子。多年来，他几乎放弃了学业，经常在夜深时打棋谱，一遍又一遍。学围棋，他曾是他父亲的徒弟。起初，他父亲可以让他三个黑子。后来，围棋似乎成了他反抗一切的工具，包括他父亲。他的暴力围棋，让他父亲的日本式哲学和美学围棋，渐渐失去了光彩。他父亲在那座城市，围棋前三名。而他，在结婚的第一年后，以铁血闻名，超过了他父亲。

　　他没有成功地摆脱掉他父亲的性格，他只是在棋盘上完成了一切。在他父亲最后的尽头，他将把这棋烧掉，送给他父亲。他知道，他父亲离不开围棋。

　　他父亲在家的气氛是沉闷的。他慈爱和小心翼翼的母亲从不大声说话，做饭也问及他父亲的胃口。子女们小心地做着自己的一切，规规矩矩的，没有人大声说笑。他遇事也越不过他父亲，看他的脸色行事。我和妻子回来，那个家庭的气氛还是如此。

在最后的两年，他父亲开始愿意和他的儿子一起喝喝酒，还有我。他父亲总是愿意喝酒。高度白酒，从来不多，只是一杯，就再也不喝。他父亲慢慢地喝，说话很少。他父亲问及过我的工作，却不问做得好坏。他父亲知道我写诗歌，却不看我的诗歌。

我们酒后下棋，我是输得最惨的一位。下棋，我是另一种棋风，和他父亲相像，但差距却是太大，除非我这位小舅子出手相助和岳父意外的失手。他父亲棋风厚实、大气、华美、宽容又隐忍。他父亲身体变得日益虚弱，但仍旧沉稳如山，他认真地和我下棋，认真地和我复盘。

他父亲说："你过于软弱、忍让。你遇事犹豫，不多用智慧、不果断，没有雄心和霸气。只有仁义之心，不能下棋，可能，也只可以下棋，只可惜底子不厚。下棋和别的事情一样，没人能帮助你，今后，选择好自己走的路，下点功夫做你自己该做的事情吧。"

他父亲，接受了我这位自命清高的诗人。除却写作，他父亲看清了我通往俗世道路的晦暗。后来果真如此，直到我四十岁，我为他父亲写下这篇文章的时刻，但这已经改变不了我的处境。

他父亲的大女儿从开始到现在，只是没有主意地低泣。我看见她的眼泡浮肿，像发酵后的面团。仅仅一夜，她变成了另一个人，一个从小因过分听话而更加惧怕未来的人。她父亲给她选择了一个老实的下岗工人做丈夫，她自己在一家药房上班，生活拮据，她总是放纵自己的眼泪。

他父亲的姐妹和更小的晚辈们，分散在另几辆无声的车中，跟在我们车后。天光越来越白，就在更远的一个山坳下，透过玻璃窗斑驳的水珠，我看见一座仿古建筑的殡仪馆，它露出了占地大半的建筑，另一半，掩在枯黄的树丛里。

几只乌鸦，可能是几只乌鸦，纸灰一样，在雨水密集的丛林上款款飞过。

又不知过了多久，那大炉的两扇铁门紧紧关闭后，一下子就燃起熊熊大火。大厅里寂寂的，过堂风在不停穿梭，发出一声声叹息。我听着火炉的轰鸣声，脑袋里空白一片。烈火，烈火，六十一岁，一切都似乎是结束了。

他从此不在老楼房里，不在酒杯前，不再深夜听电台，也不再咳嗽，不再抽烟，不在棋盘前沉思，不再给君子兰浇水，不在自己的中山装里，不再看报，不再训斥自己的儿女，不再散步，不再睡在那个老床上，不再泡脚，不再去医院，不再手术，不再用心地给患者看病，不再开会时漫不经心，不再指责顶头的上司，不再与他的儿子喝酒，也不再与我喝酒，不再与我难得地谈天。

一切都结束了，留下来的世界还是世界。只是秋风吹着，吹着越来越残破的世界。

亲友们开始小声交谈，等候那温热的骨灰。大铁炉打开的一瞬，他没有说一句话就躺进去了。我看见他的面色红润了许多，好像突然带着难得的微笑。周围是一大帮哭泣的人，为最后的一面而哭泣。也就是瞬间，他就进入到了另一个世界。而我们，留在这里，等待他曾经在这世界上存在过的最后凭证，一盒骨灰。

他的儿子，捧着紫红色木匣子。他父亲年轻时的黑白照片，镶在有纹饰的匣子上。照片上人穿西装，打领带。一头黑发，长脸，一脸严肃，脸上尚无皱纹，头微微地上扬，目光中有一种坚定不移的神情。这是他一张少有的西装照片，是出席政协会议，作为无党派代表的旧照。它是他一生中的一瞬，可能根本就不是。但它曾经存在过，存在于亲人的心目中，存在于他人的遗忘里。

好多的时辰，我看着他的老伴坐在另一间大厅的玻璃窗前。灵车停在这儿时，天色大亮，秋雨小下来，秋风却强劲得更凉了。我们赶上了第一炉的火葬。她的要求，要炉子里干干净净，要都是他老伴的骨灰。为此，我们起了大早，现在一切都在按照她的要求进行。

她坐在那里，她低着头，头发突然白了，像突降的白雪。她没有去见老伴最后一面。整个过程，她枯坐，摇头，有时用手帕擦拭眼睛。我和妻子穿过冰凉门廊，远远地看着她母亲。玻璃窗外荒原发白的光，笼罩着她一动不动的剪影。

一堆石头，白色细碎，它们是温热的。围着它，我们等待许久，它们才散尽余热。我们小心地把它们拢在盒子里，满满的，沉甸甸地传递在每个人心中。我岳父，这是他最终的收获，一个人一生的仅有的果实，也许会更多，但我不知道。

那边，我抬头，高高的红砖烟囱，又开始冒烟了。另一个人也在飞升，起初气势汹汹，几乎是乌云，秋风一吹，支离破碎。后来是青烟，几缕白色，渐渐地隐没在潇潇风雨里。

我们开始穿过一条更长的游廊，他儿子捧着紫木匣。我们往另一个大房子里走，亲人一个接着一个，脚步踩在水洼里，噼啪作响。那个更空旷的大厅，清冷得更像一个大图书馆，一架架书柜似的格子，谨慎地贮藏着一个个小匣子。

我们走进暗淡的阁架深处。一个更狭窄的空间，就是这个骨灰盒的栖息地。它是漫不经心的众多骨灰盒簇拥中闲置出的一角。它的周围，挤满古色古香的小盒子，盒子前都贴满照片，男的女的，老人孩子，少男和少女，让人眼花。我没有读聚到这儿的名字，那已是一个个无意义的符号，尽管曾经像我们一样存在过。但现在，他们是他的邻居。

他儿子登上梯子，郑重地将小匣子摆进阁子里。终于，这个闲置处不再闲置，我岳父在这住下了。这是它闲置多年以后，突然热闹起来的时刻。我们小心地摆上小匣子后，又添置了几束塑料花儿，还有桃、蜡烛，都是那种塑料制品。一时，这儿有了生气，发着新鲜的亮光，仿佛渴望着永久。

仰望时，窗外的枯叶在雨水中沉沉地坠着，一角更高的仿古屋檐，挡住了灰蒙蒙的天光，没有开灯的大厅，暗极了。声音嗡嗡地轰鸣，像匣子里的人，悄悄在私语。

妻子刚才放声地大哭过，前所未有的放纵。我发现她神情现在好了许多，可能她为父亲、为自己哭泣。也许，仿佛，有些东西真的在她内心消失了。然后她醒来，在别人的死亡中醒来。

她紧紧地挽住我胳膊，我重新感觉到了她身体的温度。我听到一种声音传来："现在，可能所有的一切都不重要，真的不重要，像我母亲，我们都好好活着，才对得起逝去的人。"我妻子的喃喃自语。我以为是树叶的震颤声，我瞧着窗外的枯叶，风中它们仍一枚枚飘散着。那话语，来自它们的飘散。

我说我想给岳父写首诗，我妻子没听见，他们也没听见。但我相信，秋风听见了，他听见了，那个黑白照片动了动。

在焚烧炉前，纸火烧得通红，我们在焚烧祭纸。火堆里，有一些黑蝶飘出来，又飞进远远的荒野。我和他的儿子共同烧掉了那副塑料围棋。那黑黑白白的塑料子儿，曾经伴随过他的，伴随过我们的，一枚又一枚，燃烧了很久，很久。

秋风更大，秋雨亦浓。后来，我离开了那里，我们离开了那里，一离开就是近十年。

棋如人生，人生如棋。我岳父问我："《三国演义》诸葛亮的诗，你知道吗？"

当时，我放下酒杯，我说："我知道：苍天如圆盖，陆地似棋局。世人黑白分，往来争荣辱。庸者自安安，耻者定碌碌。南阳有隐者，高眠卧不足。"

诵完，我，还有他，他儿子，我们都醉了。

那是我们仅有的一次，也是他一生的唯一一次。

萧红故居行

去萧红故居时，正赶上北方的大风降温天气。十月末的时节，天空阴云密布，四下疾风呼啸，人穿着单薄的秋衣，和纷纷的落叶一样瑟瑟。突然就步入冬天了，还没有心理上的准备，但我还是乘朋友的车一路向呼兰县城驶去了。

穿过热闹的哈尔滨市区，行过松花江大桥，风更大了。站在桥上看松花江，耳畔的江风萧萧吹过，人就不住地打战。就是这条开阔的松花江接纳了呼兰河，也接纳了从呼兰小城走来的才女萧红。从这儿开始，再向北行驶28公里，就是呼兰河和萧红故居了。

萧红是我最喜欢的女作家，短暂的一生留下了一百多万字的作品。她的作品，厚重、大气、苍凉，难得出自于女性的手笔。让我惊奇的是她的语言，那是一种原生态的创作，独树一帜，那个时代少有。萧红的语言不但有刻刀的锋利和雕刻的准确，又有东北地域的苍茫和人生的悲悯，语言极具张力，时而宏大，时而细微，富于诗意和深厚的人性，让我百读不厌。

生在黑龙江，我总是想去探访她的故居，我奇怪于那么个小县城怎么就出了作家萧红？但总是不成行。现在，车就在江北行驶，公路两旁多沼泽地，少有人烟，衰草绵绵。看样子快要下雪了，北方的第一场雪。

临近县城时，公路边上出现了一条开阔的大河，灰色的水悠悠地流动着，两旁多矮柳和草丛，河流曲折地隐没于平原深处和遥远的天际。河床边有许多采沙的挖掘机停在那儿，像僵死的蚱蜢。朋友老吕说这就是呼兰河了。呼兰河，在呼兰县现在的呼兰区境内注入松花江；呼兰河，萧红笔下放河灯和看戏的地方。近看水流不甚湍急，略带混浊。这水，就是滋养过萧红生命的河水，更是她写作的源泉和心灵的故乡。呼兰县城就建在这条河的河畔上，远远看去，不大的县城尽收眼底，多低矮的平房和楼房，与豪华的省城哈尔滨形成了鲜明的对比。

沿公路再前行一段，路边上占地不到一万平方米的青砖围墙大院，便是萧红的故居。朋友们说，故居位于呼兰南二道街 204 号。这儿显然是重新扩建改造过，青砖围墙外还有许多没来得及平整的沙土，附近动迁后，拥挤的平房都被拆除了，残余着些许地基。但这足以让故居从周围密密麻麻的平房丛中清晰出来。一下车，呼兰的寒风更是猛烈劲吹，一直吹到没有穿冬衣的身体里。

故居门票 10 元，门票上是这样写的：萧红（1911—1942）中国二十世纪三十年代著名女作家，原名张秀环，改名张乃莹，笔名萧红、悄吟等，代表作有《生死场》《呼兰河传》《小城三月》等，鲁迅、茅盾对萧红评说"萧红是中国最有前途的女作家"。柳亚子赞美萧红"有掀天之意气，盖世之才华"。

进门是"康疆逢吉"牌匾，马占山将军手书。大门正对的是萧红的白石雕像，在院子中央，半坐姿，托着腮，一手拿书，表情清澈平静，却有对未来无限憧憬。我站了一会，天光将雕像映照得洁白而光亮，她的形象在眼前生动起来。我小心地对着萧红雕像深深鞠了一躬。其实，多年前这种尊重和哀伤就充满了我内心，我拜谒的是我心中一位幸运而有天分的女作家和一位情感上不幸的女性。

萧红雕像后就是她家的五间青砖房，两旁又新修了许多平房。满园都是低矮的花草灌木，一畦一畦的，遍地枯萎，被大风吹动，急速地倒伏。昔日的菜园和森严的大院不见了，没有人来，这儿只有风呼呼地刮着。

我开始一间间细看房子，院内布局几乎是按《呼兰河传》小说里的描写来的，皆为东北传统样式的青灰色砖房和泥土房。中间是五间正房，萧红和家里人住，东西是几座偏房，雇工和租房户住。我先在东侧的偏房浏览，那儿藏有萧红的著作，有萧红生前的照片和遗物。在与鲁迅、萧军、端木蕻良等男人的合影中，萧红是美丽而单纯的。可能她是竭力让自己表现出这样，来掩饰她那生命的苍凉，因为细看她的眼睛，总是有更深的哀痕隐现。萧红于1942年孤单地卒于香港浅水湾，我看见了她保留下的几颗红豆，在随时光变暗的文物中却仍鲜艳刺眼。萧红不甘于她生命的逝去，她在遗言中写道："我将与蓝天碧水永处，留得那半部《红楼》给别人写了！半生尽遭白眼冷遇，……身先死，不甘，不甘。"是的，对于写作，有文学天分的萧红还有许多要写的，让她心不甘，而没有寻求到真正的温暖和永久的爱的女人萧红，更是心不甘。

萧红故居是五间大房，中堂一间是灶房，有用青灰砖砌成的老式锅台，由此对称地分成东西居室，东侧两间是萧红家起居的主要场所，里面有张氏家谱和炕柜、炕桌及她母亲和兄弟姊妹的照片等陈列物品，典型的东北绅士之家摆设。西面两间是储藏室，童年的萧红常去翻好玩东西的地方。院落西侧房屋是按原貌复原的泥土平房，住着萧红《呼兰河传》中写到的那些人家，有冯歪嘴子家，王大姑娘、团圆媳妇家，豆腐房，仓库，后菜园等。我挨处细看着，老磨盘、土炕、大缸，一一呈现在眼帘中，《呼兰河传》中的那些场景更加鲜明了。

后菜园是萧红童年最快乐的去所，外祖父对她文学的启蒙，许多是在这里完成的。如今这儿也只有枯萎的花草和无尽的风声。在远处，就是院墙外不甚热闹的呼兰城。许是天冷，转了好久也没有讲解员和游客，满院空落落，直到快出来前，才看到两个女大学生模样的人在静静地转。能来这儿的人，对萧红对文字，应该是有着一种深深情结的人。

萧红的一生，伤口和作品是紧密连在一起的。这是一位婚姻和爱情不幸的女性。20岁时，为反对包办婚姻，和爱恋的陆姓青年私奔到北平读书，最后惨淡地失败。后来她逃到哈尔滨，为生活所困，被迫与未婚夫汪姓青年同居，怀孕后遭遗弃，因欠债几乎要被卖到妓院。她写信求救于媒体，遇见萧军，开始踏上了文学创作道路。萧红萧军两人的亲密关系一直保持到上海，这是她一生最美好的时光。这时期，萧红的文学天才大放光彩，写出了《生死场》等许多重要作品。然而就是这时，她和萧军感情上出现了危机，萧军经常打她，并且有了别恋。萧红陷入了痛苦之中，1936年去了日本。在日本，她依然深爱着萧军，许多的通信，都是那么缠绵。28岁，她和萧军分手，与端木蕻良在一起，开始写《呼兰河传》等作品。30岁时萧红辗转去了香港，写《马伯乐》，但端木蕻良也并未能完全地呵护心态苍凉的萧红，乱世中萧红倍感孤寂痛苦。后来倒是骆宾基在她生命临终时给予了她不少照顾，直到萧红病逝。

有着文学天才的萧红从小就具有反抗的个性。她是一个柔弱的女子，但她挣扎了一生。她渴望爱的真诚、温度和热烈，可在那个时代，她几乎没有找到。她的一生注定是悲剧性的，萧红在一首短诗中这样悲伤地写道："说什么爱情/说什么受难者共同走尽患难的历程/都成了昨夜的梦/昨夜的明灯。"个性强烈的她在哪个时代能找到爱呢？我不知道。萧红把写作当成了生命的慰藉，她本该在写作上大放异彩时，却被病魔无情地夺走了生命。

萧红走时真是太年轻了，才三十一岁。上中学时读到她的许多散文，她三十一岁的年龄那时对我来说是阿姨。后来大学时代陆续读她的《生死场》《呼兰河传》《马伯乐》，她成了姐姐的年龄。而现在去故居看望她，我却已经长成她哥哥的年龄了。想想时光真是很快！永远停留在三十一岁的萧红，已经写出了许多惊世的好作品，如果萧红能继续活下来，想必其会奉献出更多的好作品。

出来时，天空竟然飘起洁白的雪花，散落在呼兰县城，一时天地茫然。正是午时，我看见大院墙边走着一队队放学的中学生，很青春地走着，打打闹闹地穿过故居，他们谁也没有回头像我一样看故居。他们走来又走过，故居是空寂的；我走来又走过，故居也是空寂的。萧红的雕像前，唯有风和雪，留在那儿。

路 过

　　我必须得这样一次次出发，晨起上班，每天如此。时间长了，我不知道为什么必须得出发，就像是睡觉、吃饭。但细想又不一样，其实我完全可以避开这些，但避开这些，又会有另一些人生的事情不期而至。我知道，这些事情正如我躲不开空气，躲不开水，躲不开黑暗。这样不情愿地想着人生的事情时，我又出发了。因为该死的双腿又把我带到了楼下，我陷入到了自己命运的悖论当中，除非我自己了结自己，这一切才能结束。

　　看吧，我又看见了天，我的头顶总是它的存在。今天它的气色不错，似乎是不错，但昨天也是不错，谁知道呢？也许昨天还下过雨呢，但谁知道什么时候下过雨？下过雨后雨就不存在了，什么也没有发生，所以，什么事情发生后，还是没发生。现在，我眼前又是干爽的一片。街道边上的草更绿了，好像也长高了，和我儿子一样偷偷地长。我不能守着它看它长，守着其实也看不出来，它可能原来就是那么高，只是我老了，不知不觉地老了。但我有一点儿自信，我看不见它时，它对于我就不存在，我宁愿相信世界就真实于我的观望里。对头，就是这样。我刚说完世界就不是原来的世界了，包括我写的这些文字，刚写完就不是文字，也不是我写的文字，鬼知道这是些什么东西。

　　我现在就接触着一个个消失又不断来临的真实。说到真实，真实如果会消失，那么真实就是幻象，可谁又不是幻象？永恒的真实在哪儿？我找不到。佛说"体"是世界的真实，"相"和"用"是表象，那么我现在可能执着的是表象。表象就表象吧，我也是表象，另一个我来了也是如此，他肯定避不开这正在发生的一切。是我的行动带来的一切，我没了，它们也会跟着没。

你看，我埋头走着，才几十步远，我就让一位老头儿出现在孤单的世界上。他倚在门口，一身黑衣，守着小瓜子摊儿。但今天我吓了一跳，谁也说不准，门口卖瓜子的老头儿怎么变成了老太太？她换了一件白色薄衬衫，被早晨的阳光照射着，显出很舒适的神态，和老头儿的表情居然一模一样。我想起来了，她是老头儿的老伴，在冬天她是一身黑棉衣，臃肿得像一头摇晃的母熊。天冷时，她会在雪地上跺脚，不安心地守着两筐炒货。现在她脚下多了一筐大樱桃，被绿叶子衬托，格外鲜艳。一筐大樱桃，这可能是昨天没有的，我对自己说今天这个世界没有重复，但我又迅速否定了这个事实。对，这也是表象，谁说他两个不是一个人呢？他们相似的表情，相似的事业，就像一棵草，冬天过了还会绿，永远在同一个最底层的贫困的地方。去年和今年有什么分别？肯定没有。

世界和宇宙就这么过掉无数时间了。"天地不仁，以万物为刍狗。"人算什么，草又算什么？都是表象。反过来，我为什么要分得那样清，我又何必分得那样清？万物齐一，万物能有什么区别呢？我这么说并不是说我懂点佛道，我其实什么也不懂，我只是与草木和野兽一样，我区别不出来更多的东西。所以我觉得时间，不，时光永远就是个谜，它可能总是在静止，或者永远只是一瞬。我看不出它在流动，世界上什么都一样。这样说话，我申明，我并不是虚无主义者，也并不是不行动。瞧，我这不正在行动，正在走路吗？

可以肯定，老头儿今天没来，这根本就是两副面孔。一个是老头儿，一个是老太太。已经多年了，我经过他们，他们也轮流经过我，是我让他们出现了。没办法，我有时就这么固执，尤其当我看见有一个主顾在弯腰嗑瓜子，她用秤盘称量了一塑料袋，我就愈发坚定了这样的偏差。

我还是得走，因为世界还要从我这儿一点点展现。我说过，这世界没有什么是新鲜的，一切都是定好的。至于谁定好的，我用不着深究，反正有人，不，是神，或者是更高的未知的命运主管这一切。不要把自己当回事儿。我是说人都不要拿自己当回事儿，人其实没什么。人算是什么？按六道轮回，有的还是畜生和饿鬼变的呢！我突然又想明白了，为什么这世界上人越来越多，为什么？不就是这个原因吗！

想到这儿时，我发现自己来到了街上。很好，我又证明了这死水一样的世界还在继续。那一辆从俄罗斯开过来的大客车，刚好阻挡了我的去路，于是我耐心地停下来，很安静地等待。说真话，如果真的没有这一幕，我还不知道下一步该去哪儿呢。我透过车玻璃窗，看那些缓缓的消逝的异国面孔，多数为肥胖的中年妇女，扬着一头金发张望街道，她们也在张望我。然后，又是小车辆，然后，仍川流不息。我耐心地等待，我并不怕什么时间的流逝，我只是渴望那条河流，后来河流终于断流了。

是的，现在我又启程了。我经过干涸的街道，在学校的栅栏处快步急走，喧哗的声响和朗读声清晰地透过我的耳朵。说实话，我并不是听见的，我埋头走在这里时，心中就有这种声音。即使，那些学生不晨读，丝毫不影响我听见这种声音。那种声音就长在这儿，像这儿的空气和阳光，谁能赶走它们？一切没什么奇怪的，几株大杨树枝叶越来越茂盛了也没什么奇怪的。这些东西多年前就有，就像土地上，什么都能长，你就种吧，你给它一个因缘，它就不断地有果位。现在的果位是刚下过雨，叶子发亮逼眼，水洼处映着操场上几个学生的身影，他们在拎着扫帚清扫卫生。

多年前，我也在这里清扫过卫生。当然现在没有多年前了，我就是多年前的学生，我就是多年后的小职员，但一切又都是现在的我。我说过，我不知道什么时候下过雨，但事情看来是发生过了，这儿明显下过一场雨。就在我为那场雨何时下过的问题困惑时，场景消失了。这个场景一消失，我又没有了问题。云烟一空啊！我感觉自己变成风，就在空荡荡的市里乱飘。实际上我和风什么区别也没有，没有人注意我。我仿佛是透明的，或许是看习惯了，熟视无睹嘛。反正走哪儿都是路，风就是这样。"行到水穷处，坐看云起时。"王维说得太对了。所以我是风，我是我。我怕什么，我还能在自己、世界和别人的心里乱飘呢！

我在自己的心里拐过一个弯路，来到开阔的通天路上。小北山修桥，道路被开了膛。戴帽子的工人正在地下清沟，一锹锹土块被抛了上来，看不见人，只见被抛上来的土块。我怀疑那儿有土拨鼠在打洞。这个破城市，每天都在打洞，每天都在挖沟。这可不是土地上生长的东西，土地上长的东西是不能随意改动的。人就是以为自己什么都可以是，什么都能做得了。一锹土已经改变世界了，你还要把世界改变成什么样？跳过沟时，我看见巨大的阴影升起来，从沟里长出来的，那里有骨头味儿弥漫。可能没有人嗅出来，那些忙碌的人被电焊的光芒刺得睁不开眼睛。

人们还在照常过日子，我和他们一起这样过。我来了，我看见了。不是吗？车在这儿没了去路，施工的机器声在这儿响亮，掌鞋摊上的老人又打开了他的小木房，放一缕阳光进去。一位单腿着地的女子拎着白凉鞋早在那儿等待着。她一袭白衣，她像只鹜孤单静立，有许多人看她、读着她。我不知道人们读她什么。可能是她的美丽，但美丽绝对是谎言，只是风中的风，飘一下就散了。谁能把握她？你看见她的假眼睛了吗？你看见她的假乳房了吗？还有她的假腮红？告诉你，这些全是假的。我说的话也是假的，连我自己也不是真的。我说过，不要指望现实。但将来又能指望吗？也不可能，这个世界谁也抓不到骨头和真理。

我又做梦了，梦到那边的高楼又要拆除。我看见一块块涂蓝颜料的栅栏立起来了，写了鲜红醒目的大字——拆，那么多的人绕着它在小心慢行。我绕过去，商业街上几家小店又打开门面，准备开张了。其实这儿已经倒闭过很多商家，这个循环过程中没有胜利者。谁在世界上是胜利者？我也不知道。我反正是看不到，我自己也不是。我经过这些幻象，我说出了它们，我也不知道它们最终要变成谁。

那位老人又出现了，他把鸟笼挂在柳树梢上。一只头秃得和鸟蛋一样的鸟，和他的头一样的鸟。这可能是两个鸟人，他们在相互扶持度过晚年。但他爱鸟吗？为什么不让它飞翔？它老了，它飞不动了，可当初为什么要养鸟？但因为鸟飞不动了，我原谅了他，可能他诚心喜欢过它。哦，对待他我是有点刻薄。这个早晨，他给它喂食喂水，让它自由地鸣叫，不是很好吗？但他们更多是在沉默地相处，我看见了那种力量，沉默的力量，他们让死神来得更快了。是的，他们要一道去个更好的地方，比这可能还快乐。

唉，只要走，我就会遇见更大的急流。警察站在钢铁洪流中，大小鸣着笛的车辆像撞网的鱼群一样乱挤。这是一个咽喉地带，总是有许多痰一样的东西卡在这儿，吐也吐不出。冬天时这儿路面冰滑，不用红绿灯，就会有许多车辆追尾，撞成了一团团废物。当然我不想，不想想象一场车祸，如果确实发生了，我也没办法。今天的钢铁洪流里，我看见那全城唯一的、骄傲的黄色小车，突然拥抱似的撞上另一辆红色车，它全身挤成了揉皱的纸团。街头的河流打过一个漩涡，停止了流动。好一会儿，直到一辆绿色吊车将它衔走，一切才恢复秩序。我知道，明天这车肯定不会出现了，它改变了这个街头。还有那女人，今天我在她脸上发现一块淡紫色瘀痕，是夫妻吵架还是不小心撞的？我不知道。这以外的时间肯定发生了什么，我说不清。我熟悉她，我不熟悉她。她只是让街头心动了一下。

我还要快步走，因为我要走过一座石桥，虽然不情愿，但我必须过桥。桥下流水很急，开春连续几场大雪，从俄罗斯广袤的群山上流下来，在这儿汇成了两个小湖，沿岸树木花草成了一大景观。总有那些不老又不病的老人，在那儿的小广场上比画手脚，想让生命更长久一些。让他们缓慢地练习和回忆吧！我倒是希望那水流是忘川，走过去流过去就什么都忘了。事实上是没发生什么，真的什么也没发生。我过了桥，走进一座大楼，就又将掉进电话、电脑和公文中去了。我看见天空下垂着一根蜘蛛丝，在我眼前晃啊晃啊，它好像是从天上垂下来的，不，准确地说是从白云里。我去拽它，想爬上去。佛说："你还要工作，还要生活，还要写诗，你就别上来了。"于是，那丝线就断了。我周围的同事，谁都和我一样，没有人爬上去。完事了，启程的事完事了，一天的开始和结束都这样完事了，我的这篇文章也完事了。

散　步

　　这天晚上的月亮很好，但好像被突然袭击的寒流冻僵了。它一动不动，在我头顶冰块般浮着，周围是暗蓝深渊一样无边无际的夜空。我就顶着它走，朝数公里外那个荒凉的小山坡走。当我适应了夜色中的寒冷时，我已经把灯火闪烁的小城甩在了身后，走上了一条沿山势隆起的柏油路。

　　现在，我已经行走在更浓的夜幕中了。我身边没有任何行人，只有道路两旁杨树枝条的枯响，后来是那些暴露在寒流中的电线杆嗡嗡的振动声。借助月亮的微光，我看见电线皮筋一样拉扯着，弯出一道道弧形，在半空中成排地向远处的荒野中交汇。寒风中，它们动荡不安，彼此发出了尖细悠长的低咽。山坳里不知什么地方，响起了汽车马达声，接着有几声狗叫响亮起来。但很快，它们又顺着寒风的流向飘散，取而而代之的是荒凉的山地。昏暗中，我在前方看见了几所盖在坡地上的平房，用破旧的木板夹成院落，透过板条，泻露出昏黄的几点灯火。当我进了一个下坡的地势时，它们消失了。

　　再后来，柏油路也到了尽头。我听到自己的鞋底发出沙沙的摩擦声，我走上了小土路。两旁夜色更加凝重，月亮在这儿显露出它更清冷的光辉来。那些低矮的灌木丛在月光照耀下黑黢黢如铁一般，夜风吹过，它们就发出萧疏的哗响。山路上积雪渐渐多起来，这儿少有人行走，前不久一场雪在这里留下了它的痕迹。月亮的照耀下，积雪一片斑驳，像凝固的石膏。我踩在积雪上面，脚下咯吱咯吱地响，脚底蹿上了一股凉气，沿着我的身体上升，我不禁打着冷战。

我终于到达了坡顶，我在那儿站着不动。眼前是一个巨大的黑暗山谷，在月光中它凹进更幽深的黑暗中，什么都看不清楚。那里有一条铁路通向俄罗斯，白天机车声总在谷地回荡，现在一切好像都睡着了：树木睡着了，冬眠的蛇睡着了，还有那些在每年五月朝阳坡地曾盛开过的杜鹃花也睡着了。在谷地那边是连绵的群山，连绵的群山那边还是群山，直至伸展到月亮照不到的缥缈之地。

小城就在脚下，被横亘的坡地挡住，只隐约见得到那儿的上空有一片微弱模糊的灯火。一束不知哪座楼顶射来的探照灯光，它在空中呈现出松散的黄色光柱来。有时它射到压低的云层和烟雾上，似乎迟疑了一会儿，就在那儿停下来，那朵云就变得黄晕晕的。一会儿，随着光柱的移动，那朵云就消失在夜空中，光柱也射进了更虚无的夜空中。

我靠着一株冰冷的白杨站立。二十多年前我就认识它，二十多年它哪儿也没走动过，它只孤零地长在这谷地边上。它的主干斑驳，向上分出三个枝丫，如今更加粗壮。抬头细看时，我看见一些红布条绑在树干上，布条长出来的部分在风中摇晃着，布条已经褪了色，被风和雪撕得像飘散的碎发。我看着那树干，围着它转了一圈又一圈。砍掉的枝杈处，多出许多的眼睛，空茫的，向荒山的四围望着，向夜色望着。

在月亮的光晕下，高地更加寒冷，我周围的一切也更加寂静。

我低头时，看见一截自己的影子，在脚下伸展着，很忠实地停在黑暗的轮廓里陪伴我，但又似乎要挣脱我，向那一堆惨白的雪和黑暗的山谷中潜行。

我抬头，看到了被暗蓝深邃的夜色逼迫得更加高远和孤寂的月亮。

慢跑者

　　我在中学的操场上慢跑。其实我这个年纪，快跑的可能性也已经很小了，所以我慢跑，让心跳和呼吸都尽量平稳，平稳到我能忍受的程度。也难怪，人近四十，力量和速度不知丢到哪儿去了。

　　我总是不经意地瞧着那些打篮球的少年们。暮色渐暗，他们灵活的身影比暮色还黑，在水泥场地上，他们像舞动的一笔笔细墨，飘逸而洒脱。而比照他们，我就只是滞墨了，在画了椭圆形跑道的操场，拖泥带水地转圈子，转一个浓墨般的"零"。

　　四下里围起来的杨树和柳树今天很静谧，墨黑地烟一样凝固着，无风。慢跑过四圈后，我开始出汗了。于是慢下来走，抬头看见了层叠楼群之后深蓝天宇中的月亮。它也近乎一个圆，白亮白亮的脸，向我和这个操场张望着。月缺月圆，它看过我的事情和经历太多了，它可能忘了或者沉默不说。我总禁不住地想，这样慢跑中，千古的月亮就同时照着我和过去，在我身体中，也在身体外。

　　1996年前，我在这所中学任教。而1989年前，我在这所中学读书。现在，我的家就在它的东侧。这样算来，二十多年来我似乎没有离开它，如今我又为生命和健康在这里慢跑。

　　我注意到教学楼三楼有个亮灯的房间，男学生和女学生的嬉笑声从那扇窗子中飘来。可能是在排练文艺节目，声音在暮色里很刺耳，有点儿夸张。变形的声音在夜色中撞到对面的楼上反弹回来，这样四下里都有他们的说话声，我好像被他们的快乐淹没了。我细数一下，从东起第六个教室，这亮灯的房间正好是我读高三时的那个教室。曾经也是这样的晚上，我在这间教室上晚自习，很少说话，埋头苦学，为了一个未来的梦。学习累了，有时我也下来跑步，一阵风似的，压抑着青春期的苦闷和躁动，只想着未来。

如今尘埃落定，未来就是这样：我在这里慢跑，我有颈椎病，头晕，越来越严重的近视。

这所学校东侧，有我的房子，有我的家人，有我的书。在小城更远处有我上班的地方，有我闭眼也能清楚的一切。我现在头顶是天，脚下是地，我慢跑，并且越跑越慢，落在愈来愈黑的夜色里。

月光越来越亮了，树丛们也开始在黑暗中发出哗响。我让自己空下来，不想这些事儿。埋头，我看见地上有我淡淡的清影，它在和我一样认真地兜圈子。

我在操场上绕了六大圈。算了一下，我一步八十厘米，共六百步，所以一圈是四百八十米，我跑了六圈，共二千八百八十米。如此，我停了下来。球场上的少年们不知何时都没了踪影，那亮灯的教室也无了灯光。我怀疑我刚才是在做梦。我四下里望了一会，对面的居民楼灯全亮着，微黄的、粉红的、银白的，弄得楼像挂了一块格子布料。窗格中，有吵架声、电视里的声音从那儿隐隐约约地飘来。窗前的人影晃动，一格格的不知忙碌什么。

"锁门了！"学校门卫不知在哪个角落里对我喊。"好的，就出。"我说。我走出去，身后传来清脆的咣当响。我回头看见那大门合上了，我还是没有瞧见门卫。校园里安静下来，没有一点光亮，我发现它现在是这座城市最黑的地方了。

慢跑者

露天烧烤摊

　　在边城，趁着夜色中走在街头，我总是忍不住要走进烟熏火燎的露天烧烤摊，挤在那热闹的人群里，吃烧烤，喝几瓶啤酒。有时要找上一个朋友，更多时是一个人。在露天烧烤摊，仿佛我不是孤单的，我就是那快乐自在人群中的一员。但那些人是否也像我一样，害怕自身的孤单而凑到了一起？我不清楚。晦暗的夜色和微黄的灯火让一切都具有了梦幻般的色彩，有时喝着喝着，我会突然离开，会突然以为这一切是一场梦。

　　梦中人从来都是不存在的，尤其可耻的是孤独的人。他伪装出热爱生活和世俗，而实际上他内心里养着对月嚎啸的狼，它的英勇和它的恐惧同样的脆弱，它只是面对生活，不得已做出了一种姿态。他不肯在俗人中妥协，却混同到俗人中去疗伤。事实上，那人间烟火的烧烤摊，那些微醉的人们，谁是快乐的呢？一群可耻的孤独者，没有像卢梭一样的散步沉思，却选择了醉酒。很好，这的确很好。消磨光阴中，如果他们有蒙田一样的智慧，我相信会更好。

　　露天烧烤摊几乎就是一个雄性世界。我喜欢那些精赤着上身的男人，大口喝酒大声骂，他们的腰部露出了岁月狡猾的沉淀，一大堆的肥肉，像套上了保护性的游泳圈。还有那一脸微笑的烧烤师傅，满手的油腻，脚步轻松地穿梭在人群中。显然他很游刃有余，像踏在滑板上，这是一种滑行世俗的特技。他多年闯荡江湖的风雨，铸就了他现在灿烂的彩虹。他的生意很不错，他的腰身由于那个大黑皮钱袋子的缠绕，更加雄壮。在夜色中，在无边的黑暗里，在这样的烧烤摊上，你大声地吆五喝六没人管，你扔酒瓶子也没人管。这里充满了江湖的气息，更像戏台，有灼人的炭火闪亮，照着一切。火光温暖着这群热闹而放肆的爷们儿，也有滋有味地舔着那冒着油烟和香气的大羊肉串儿。我不知道我的快乐究竟产生在哪里。在这样的境地里，我可耻的孤单化成了快乐的俗世沉醉。就像是洒出去的水，故作的思想和绷紧的神经都流淌掉了，混在更浊的下水道里，却更加感觉到了一种存在。

我相信黑暗是可靠的，就像在夜色中露天烧烤摊上的安心自得。写作与不写作的人，在不同环境总是暴露出自身的局限性。譬如我，还是不喜欢豪华玻璃橱窗装饰过的大排档，我怀疑那里的孤单和热闹，那是凑热闹的人去的热闹之地，那是伪孤单人去的热闹之地。那里只是填饱肚子的地方，是忙碌和浑身疲惫的场所。同样，西餐厅和咖啡馆我也很少进去。我这个流着农民血液的小文人，天生对这种小资情调有刻骨的反感，当然更多的是无产阶级者的心虚和轻蔑。一切都憋死人了。不能大口喝酒，彼此低落着说话，像在预谋一场黑暗的到来。我是经不起繁华的人，在更高级的大饭店，那种虚伪的商业气氛和酒桌上露骨的政治礼俗氛围，我也固执地认为同一场无聊的会议一样无聊。

露天烧烤摊是可能触摸到心灵的场地。它卸去了面具和奢侈，就是那么赤裸的几盘毛豆、盐水花生，几串肉串，再就是竖起的啤酒瓶子。好的倾诉也就是酒瓶子越竖越多，而它的主人越喝越醉，越醉越明白。人生能有多少朋友？除却钱财酒肉朋友，剩下的可能是微乎其微。况且，一个人永远不可能真正走进另一人内心的黑暗，朋友也是越喝越少的。

我相信无奈的露天烧烤摊，就是最痛快的交流场所和最慈爱的忏悔地。它在泥土里，也在泥土做的天堂里。在这里，一个人来了，一个人坐下，一个人不孤单亦不快乐，一个人平和地听周围的一切。这样的小摊是有生气的，弥漫着惠特曼诗歌的原生气息，像豪华高楼逼迫下的那些平民巷子，真实而不虚幻。

我常常怀念在北京，在八里庄 27 号附近，和几个志趣相投的鲁院同学在露天烧烤摊上喝啤酒的那一段时光。文学让我们志趣相投，但聚到一起我们却几乎不谈文学。我们谈往事，谈初恋，快乐得像一群神仙。在露天烧烤摊上，同学老马会唱他的《蒙古姑娘》。这来自内蒙古包头多情内敛的男人，一曲拿手的《蒙古姑娘》，他唱得苍凉、热烈、真挚，现在这情形还在我脑海里浮现。同学小南又想起汶川地震的惨痛，他以手扶额轻轻地抽泣。齐君大口地喝酒，他的快空掉的啤酒瓶碰向老魏、锐强，碰向每个人。在夜色里没有人注意我们这群疯子。

　　这样的快乐一直保持到毕业，也保持到了我们后来的山西杏花村之行。而在山西之旅中，我们围着露天烧烤摊，又一次回到了从前。在北京，在这样的时刻，我常常也会走神儿，我会从露天烧烤摊上抬头，瞧四下逼来的商业大楼，瞧日益繁华的一切，瞧往来的亮着红灯的车辆，瞧夜色中忙碌的人群。有时，在这氛围里我会瞌睡一下，梦见一群胡人，围着篝火烤肉，抱着酒皮囊大口喝酒、唱歌，然后醉卧在火边睡着。

低落的微尘

"生活才开始/雪地就挤出/它的埋汰脸/一个挨一个的/刀子嘴豆腐心。"这是我的《小商业点》一诗的开头。小商业点就在我家楼下，严格地说，它不算商业点，连小都算不上。它由一些流动的小贩们和一些临时摊位拼凑而成。当我站在七楼，它们就完全处在我视野之内。在冬天，因为寒冷，小贩们在白皑皑的雪地上缩头跺脚龇牙，守着小摊黑压压的，非常扎眼。

"糖饼、油盐饼、豆沙饼、韭菜合子、馒头、花卷发糕、大碴粥、小碴粥、炝拌菜、小咸菜……"这样富于各种腔调的高音叫卖组合，来自那小而寒酸的露天小摊。每天早晨、中午、晚间开饭时光，这声音总会如期而至，它们交织成一张网，疏而不漏地打捞小区每一个人的耳朵。谁都在那网里，生活也在那网里。我的小儿子常趴在阳台上模仿他们的叫卖声。在夏天他这样做，感觉很惬意，在冬天就不同了。小刀子的西北风嗖嗖地吹着，我儿子缩着脖子，在阳台上开窗喊两嗓子就偃旗息鼓。他感觉太冷，没什么好玩的。"那些人就不怕冷吗？"我儿子一脸疑虑地问我。我也常在阳台上观望这一切，在苍茫暮色的寒风中，在冰雪呼啸的地面，他们的喊叫硬邦邦，我在暖暖的室内听着听着就耳骨疼痛。当然，这种心情在夏天不是这样，他们分贝高了，我和楼内居民一样，要在阴暗而凉爽的室内诅咒。然而，日常生活里我们当中谁也离不开他们。

终日寄居在这儿，这些人好像长在那儿静立的枯木，低头就能看见。在那片空地上，他们穿皱巴巴的衣服，忠诚地守着自己的小摊。中午他们胡乱地吃上一口。黄昏时他们借路灯点一下毛糙糙的一角二角小票，把它们精心地码成一小沓，彼此快乐地交谈一天的收获。夏天晚间，他们的话语声在空地上特别响亮，似乎很满足和幸福，不，也许就是这样。

我认识他们当中很多人，有下岗的，有外地来打工的，有赶牛车来自乡下的。时间久了，他们和小区人熟了，东西从不贵卖，也不缺秤。那个终年戴袖套戴白帽子的妇人，皮肤粗糙黧黑，我买东西时她总是恭敬着多给我一些，弄得我不好意思常去买她的各种拌菜。其实她才四十岁，仅比我大五岁，但外表像一位大婶。她是我曾经教过的一个学生的家长、本市针织厂的下岗职工，生活和疾病让她过早地衰老下去。她患过精神病，现在供一个女儿上大学。她称呼我为老师，谦恭地问我她姑娘还要不要继续考研。"要啊，要不工作不好找。"我想当然地说。"唉，那又得……"她突然就停住话头，实在地往我买的食品袋里又多装些拌菜。每天早上我上班，都看见她推独轮车去菜场购菜回来，一车的菜，绿绿的沉重。她要准备一天的生意，在家自制各种拌菜。我注意到她的脸，寒风让她的皮肤红紫而坚硬，像红松树皮。

在城市里，他们是被驱逐的一群，他们多半逃工商税、逃城管员的监察。常常在喧喊热闹的时刻，突然就一下静下来。在阳台上我看见他们一哄而散，游击队一样拖着大小袋子和秤，躲进隐蔽的角落中。然后我看见面容严肃的工商税务人员，看见市容监察车辆呼啸而来。他们高声大喝，抓住没有及时跑掉的，将他们的秤扔上卡车，踹毁木头货架，撕票据让他们交罚款。"我这是小本生意呀，大兄弟，放过我这回吧，交了罚款我这一天就白忙活了。"被抓的人可怜巴巴地恳求，然后痛苦地空着两手离开。第二天，我仍会看见他们，甚至他们有病，吃着药片，也会准时出现在那空地上。他们，顽强得让我奇怪。

有一次我非常震惊，我突然理解了那背后的无奈和坚韧。我看见我学生的母亲被抓住了，她在几个高大的人影中周旋和哀求。戴大檐帽的人公事公办，哈腰抬她的橱窗货架往车上扔。她突然冲出圈子，扔掉了手中的票据，死死地拖住货架不放。有几个大檐帽迅速拽住她，货架终于在一阵僵持对立中上车了。就是那一刻，就是一瞬，谁也没料到她竟然钻进了车盘底下，将脖子横在汽车那花纹轮胎下。她闭着眼，喘着粗气，任扬起的灰尘落在她脸上。她躺在那儿，我看见泪水从她眼中流出来。大车显然不能启动，围观的人越来越多，他们形成一个大圈子，在那空地上无声地沉默着。"老太太你起来，我们还要工作，有话我们好好说。"一位小头头模样的人蹲下来劝她。"我就指望它活着，我侍候一个有病的老伴和一个念书的大学生，我今后怎么活呀？"这车轮下闭眼妇人的诉说，是我从未听过的凄凉倾诉。戴大檐帽们聚在一起不知说什么，好一会，货架从车上卸下来了。妇人从车轮下爬出来，一身的泥尘，呆呆地伫立着。车开走了，执法人员也走了，她仍呆呆地伫立着。阳光钻出了秋天的云层，照亮了她的一身灰土，照亮了她的货架，就是没有照亮她孤单瘦弱的影子。

许久，我忍住了我爱吃的糖醋蒜和高丽辣白菜的诱惑。我怕见到她，我更怕她多给我小菜。

在这个日日暴富的城市，我楼下的小商业点就这样顽强地存在着。这一群柔弱而善良的、担惊受怕的、辛苦而又贫穷的一群，他们依然在按照生活本来的面目活着。

我儿子的雪后

下雪时，我仍赖在床上没有醒来，这样说其实是我不知道窗外在下雪，不知道那些雪如千百万银蝶儿，从后半夜落至今朝。下雪时我在酣睡，在梦中也是慵懒的样子，雪一点也没落进我的梦里。我的梦最近少了，身体挨着床，人就睡得一塌糊涂。

有声音吵醒了我，我好久才分辨出是儿子在叫我。他说："爸爸，爸爸，窗外下雪了，你快看呀。"我说："下就下吧，我知道了。"然后蒙住头，用被子试图制造出一个寂静的空间。但还是听见窗帘唰地拉开了，听见窗外汽车的突突引擎声，听见孩子们尖锐的叫喊和笑声，听见铁锹撞击水泥地面的铿锵声，接下来是我儿子兴奋的叫喊。

我看见他把窗帘全拉开了，他打开了窗子，专注地往楼下看。他的背呈现出些微的暗调，他头顶的天色是灰蒙蒙的，还在零星地飘洒着雪花儿。那一朵朵的小银花儿，打着旋儿，轻巧地飞舞，然后着陆，着陆在他轮廓的四周，有一些好像落进他身体中。我看见窗台上也拥满了雪花儿，莹莹的一堆，闪耀着白石膏一样坚实的光，我有点睁不开眼。

"爸爸，我想出去看雪。"我儿子看着窗外请求说。"去，去吧，别把鞋弄湿了，冷了就回来。"我说。他飞快地跳起来，一闪就不见了，我感到了一股飘动的风掠过我。我听见儿子在方厅的穿衣声，显然比平时要快上很多倍，然后是砰的关门声和渐弱的咚咚脚步声。我知道儿子穿过黑暗的走廊楼梯，正风一样奔向那寒冷而洁白的天地。

我仍发呆，感到脸上有黑暗在停留，在镜子中它肯定是一副茫然的样子。因为我常常醒来后不知所措，不知今天要怎样过？我的日子像一项项会议议程一样，都是定好的，也不知谁定的，反正它摆在那儿，不用去想，去执行就是。但不执行也仍是，它不会因多谁缺谁而起波澜，它静得如一潭死水。当然，我不知道别人怎么样，对我来说，我目前就是这恹恹状态。

一片雪在玻璃窗上滑动着，白蛾一样扇动着翅膀，然后它消失，落在窗台上。一会儿天空云气涌动，竟然露出了清澈的蓝色，但很快又被云气掩盖，然后又是一片蓝在云后呈现出来。天空变化得如海面一样捉摸不定。

外面孩子们的笑声和欢快的嬉闹声更大了，拍打着我的窗子。我决定看一下窗外，就这样做了。室内有些清寒，我打了个冷战，披了被子往楼下看。我看见一张白纸上的画儿，上面有彩色的儿童，有静物的卖烤地瓜的黑衣老人，有油画的用铁锹铲雪的人，有写意的红黄车辆快速奔驰。

我看纸上的特写，我看见穿红羽绒服的儿子，在雪地上用手抓雪向上扬，呵呵地怪叫着。看见他双脚在雪地上滑，先是奔跑一下，然后双脚平贴雪面，身体向后倾，躬身轻快地沿斜坡滑动，脚下有一块磨出亮光的雪带。另一些儿童在玩滑板，也顺着倾斜地势飞快疾驰。就这样，他顺着斜坡又走回来，又以同样的姿态滑下去，反反复复乐此不疲。我儿子摔倒了，索性就在雪地滚动，像在家里的地毯上一样，仿佛变成小白熊，他那么快乐。他的高音来自胸腔和肺腑，尖叫有力，玻璃几乎也为之震荡起来。

这是离我久远的游戏了。二十多年前，我也这样，不怕冷和脏，不考虑它的意义，只是冰雪的本身让我快乐。我忘记了母亲的训斥，她不让我弄湿棉鞋，不让我在雪地上打滚，不让我冻坏耳朵，那时母亲是像我这般的年纪，如今母亲年近六十，我三十七岁，我儿子十一岁。

我突然心动，迅速穿上衣服，咚咚地跑下楼，我来到了雪地上。

我嗅到了那寒冷的馨香，那楼下远离我的都离我近了，我也在这张画纸上了。抓起一把雪，我感到了它傲慢的凉意，然后它融化，水在滴落，滴落进更多的雪中。

我的衣领里也落进雪花，我突然感到热，我抓起雪团向儿子投去。儿子被击中，害怕了一下，看见我是笑脸，遂又脸色灿烂，他也握起雪团投向我，接着是他的一群小朋友们一起抓起雪团投。我们快乐地对攻，我突然感到自己变成了一匹小兽，和一群小兽在雪地上久久地快活地又撕又扑。

《西藏诗章》札记

　　《西藏诗章》组诗的最后面目，几乎是多年后才姗姗浮现。这期间组诗的隐遁，如冰塞河川，竟然连连丝丝缕缕的潜流也难以泄露给我。不可言说的言说，在时光的流逝中成了我的一块心病。

　　西藏的漫游从高天上开始。我记得那是 2005 年 9 月 23 日，飞机从成都双流机场飞往拉萨。离开地面起飞后，挣脱重量的飞机就驭着宽大的气流不断上升。对西藏的憧憬，让我克制住了气浪颠簸中的不适，直到它在另一个高度平稳下来。就要飞越青藏高原雪峰上空的事实让我激动不安，因为向往已久，在起飞前的一夜，我一直没有睡着且盼望着起程。

　　座位临窗，这个接近神的位置，让我有足够视野来领略世界屋脊之美。稳稳的飞机翱翔在蓝色天宇，下面是浩瀚的皎皎云层。云层之白，我有时以为是飞在皑皑雪原之上，有时又以为飞在壮观的羊群背上。四下到处是蔚蓝。那种蓝，是世间最纯的蓝，无一丝杂质，像是谁泼的颜料。在中国内地的上空飞翔，这种景象是少有的。是的，白蓝之洁净，恰如世界之初的婴孩！

　　飞机大鸟似的黑影一路印在白云之上。后来，我看到了第一座雪峰，在无边的白色云层之上，像白色的沙堆，小小的锥形，闪出寒冷洁净的光。接下来是更多的刺破云层的雪峰，它们孤傲地耸立，彼此连绵，壮观得像蓝色海洋里一道白色的潮流。我还看到挺立了亿万年的红褐山体，看到它们的褶皱中细线一样的河流，看到山谷中星星点点的绿色。一路上我无言，只是不停地透过小窗拍照，希望记忆和影像装得更多一些。在一波接一波的兴奋中，就这样，我飞越了大雪山、金沙江、横断山、澜沧江、怒江、念青唐古拉山、雅鲁藏布江。"太美了，你停下来吧！"旅途中，我发出了浮士德博士一样的赞叹。

在这人类之巅，除了雪峰，还是雪峰。它们高高地耸起，它是最接近天宇的地方，最接近纯粹蓝色的地方，最接近神的地方。它的高，是用心灵仰望才能体验到的。那一瞬，我突然明白了为什么佛教会产生在喜马拉雅山脉沿侧。雪和圣洁之水的故乡，绝尘之境，怎能没有万佛莅临呢？！

在青藏高原的时日，我形如醉汉般在拉萨、藏北、日喀则等地带漫游。雪山、牦牛、牧场、河流和青稞酒，寺庙、喇嘛、经声、哈达和经幡，构成了我视觉和心灵的盛宴。在拉萨，那些神奇庙宇让我流连忘返。那些绛紫衣的喇嘛衣袂飘飘，在高原强烈的日光下，姿态总是那么轻盈，甚至有时只是一瞬，他们就会悄然不见，我以为他们飞升了。在藏北，纯净的纳木错湖水和簇拥它的雪山让我发呆。羊八井温泉、牧场和分岔的清澈河流几乎使我产生了留下来做一个牧民的强烈愿望。在日喀则，那大片的青稞地、水塘和安静的小村寨，让我看到了它细腻柔情的一面，宛若一曲田园牧歌似的画卷。是的，西藏有她千姿百态的美，我的眼睛和时间都不够用。

藏族是纯粹的，是一个有着强烈信仰的民族。哈达和经声，在西藏比比皆是，对佛的虔诚信仰已渗透于藏民的生命中。在西藏大大小小的寺庙里，到处可见千里迢迢，风尘满面，一步一叩首的朝拜者。他们转动经筒，嘴中念动"唵嘛呢叭咪吽"真言，我相信有许多世界为他们打开了（而我，来自发达地区，自以为聪明的红尘之人，还挤在平原那功名利禄的烂泥塘里）。还有梳妆得整洁，沐浴后带着酥油去朝圣的姑娘们。她们在寺院拜佛、祈祷，这是她们自己盛大的节日。

藏民的质朴让我感动，那是雪山一般的不染。在一家藏族旅馆，一位来自山南的老人和我同室。老人脸庞略紫，六十多岁，身体健朗，他是去大昭寺和布达拉宫朝圣的。他递我酒喝，我们聊天，他教我叩拜，面容始终憨笑。我和他一起住了三天，分别时他邀请我去山南家里做客，他说那是一个美丽的地方。老人的真诚和盛情，让我感到了藏民纯正善良的心地。

西藏人生活方式很简单，钱财看得更是淡泊，除去生活费用和供学生念书，几乎都用在了信仰上。外人看来，他们栖居在一个高寒的环境，生活肯定很苦。但这只是我们俗人这样看，他们不这样认为。他们生性乐观，开朗，能歌善舞，不知忧愁，而且他们更有一份内心的执着。他们过的几乎是天人合一的生活方式。在最接近天宇的高度上，他们创造了独特文明，他们那博大精深的佛法，他们神秘的文化，无不令人叹为观止。

心灵的驱使让我一直想写点西藏的诗歌，但西藏归来我却一行也未能写出。我仿佛从没有去过那儿，那儿也不属于我。许久许久，对于我，西藏只是一场大梦。每每回忆那次旅行，诗歌与西藏就成了我的一丝惆怅。我知道，我的根须没有扎在那里，我生命的血液没有融进那儿。西藏太博大了，太深厚了！我的身体和心灵消化不了它。

在这忧伤的缠绕中，2006年3月，西藏突然从我身体里流涌出来了。我欣喜地拿笔记录着它们，虽然只是一点点，但我知道它是经过沉淀后，已成为我生命和身体一部分的西藏。我能写出它，就像从我血管里输血，虽然只是少量，但它是红色的，是我的。现在，西藏以这样的面目呈现在我心中，又流动于诗行中，那是我生命中曾经有过的一部分。有人说，诗歌写作是生命中的减法，我深深地相信。

供销社

供销社现在已经变成一个过时的词语，像丢进电脑回收站的没用文件，等待着时间之手将之彻底删除。对于我，"供销社"不只是词语，它是活生生的，它曾经是一个让我温暖、让我幸福、让我迷茫和疼痛过的存在。

在我记忆中，我们村的供销社是一座有四间大土坯房的大院，其中最东一间是办公室和打更的地方。其余的三间是名副其实的供销社，里面什么货物都有，儿时的我看得眼花缭乱。

我们庆余村和东兴朝鲜族村合在一起，两个民族两个村子共用一个供销社。我们这里的供销社自然是大供销社，外表也气派得多。在其他小一点的村子里，供销社叫代销店。在我们公社总部，更大的叫供销社总店，这些是我九岁，母亲带我上县城照相时才弄清楚的。

供销社的院子很大，占据相当于两户人家的地方。供销社西侧是一个大仓库，剩下的就是铁丝网和大榆树围绕下的菜地。供销社是一个社交中心，大人和孩子们都喜欢在供销社院落里谈天，其实就是为了看人家进进出出买东西。大人们看见谁家进去买东西一律郑重地点头打招呼，买东西的人出来，也和大家闲聊一会，顺便展示一下购买的物件，大家认真地传看，然后夸赞一会那物件，买东西的人自豪而谦逊地笑着，摆弄着手中的货物。至于孩子们，多半像我，守在这里是为了熬到一块糖。

供销社里有五人，四个朝鲜族人和一位汉族人。主任姓全，大人都叫他老全，是一个高大白胖的朝鲜族人，常年戴一顶黄色军帽子，中山装上衣口袋里插一支笔。老全是一个认真而又脾气不好的人，在他那买东西，他从来不让一丝一毫，商品不合适，回来更换就更不可以。另外一个姓黄的朝鲜族人，要友善得多，总是一副笑脸，村里人回来换东西，只要没大毛病，他总是会更换的，人们比较喜欢他。我们孩子去买糖，一分钱两分钱的，小黄也卖。姓南的朝鲜族人，白脸，牛气地板着脸，也是不开面的主儿。另一朝鲜族人姓郑，不多说话，倒也热情。叫小赵的那位，唯一的汉族人，老实得要命，好像这里他什么也说了不算，如果买主回来更换商品，他得现请示老全。

这几人分工不同。供销社东柜台的油盐酱醋糖果烟茶等食品，由小黄负责。北头柜台的一些钳子钉子自行车轮胎等工具用品，由小赵负责。北头另一端柜台的文化用品等由小郑负责。西头布匹衣服等由小南负责。老全负总责，耳沿上夹着油笔，时常从东屋进来背手转，偶尔也管理南侧柜台的一些商品。

供销社里除了一个阔门，四下都是柜台，厚厚的玻璃砖镶嵌，靠墙是高高的货架，堆到了棚顶。人一进去，油盐酱醋臭咸鱼虾酱味就扑鼻而来。那酱油到夏天会长一层白毛，盐粒无论如何都大得像石块，一大缸醋酸味呛人。我至今还喜欢嗅那咸鱼虾酱味，想来这隐秘的嗜好就是从这儿培养出来的。

供销社是大人们的供销社，也是我的供销社。

在供销社，我最喜欢的事是买糖果。我小时在家受宠，有了钱，就一阵风似的跑到供销社。一毛钱，买水果糖可给十块，买那种叫高粱饴的软糖给五块。小黄就是这点好，我们小孩子拿一分二分的买糖，他总是笑呵呵地给付，而那几个人板着面孔，心情不好时根本不理我们。我总是一点点唆糖，那甜味儿让我陶醉。糖纸也留下来，夹在书里，上中学那年居然攒下了厚厚的一摞儿。再后来，我在那儿买汽水和面包，当然这是口袋里钱多时。

最快乐的是过年，我们在供销社买鞭炮。买的人多，大早儿就要来排队。来的几乎都是孩子，鼻涕冻得长长的，吸溜吸溜地站在寒风中等开门。卖货的人早已在屋里把炉子烧得旺旺的，他们往泥地上泼水，用笤帚扫地搞卫生，然后打点货物。老全站在那儿严肃地看他亮闪闪的腕表，到点后，他会拿着哗啦哗啦响的钥匙串开门。当老全一秒也不差地打开厚厚的黑木门，我们的队伍便蜂拥而入，挤到柜台前按来时队形站好。卖鞭炮的小郑很忙碌，几乎不看我们，只看钱和货物。我们买的都是一百响的鞭炮，舍不得一起放，拆开来，一枚枚放在口袋里，一个一个地享受。如果嘴里再含着糖放炮玩，那是甭提多幸福的事了，毕竟精神食粮和物质食粮全有啊。

每到学校开学，我们也聚在这里排队买文具，来晚了买不着的话，得去二十里地外的县城买，很不方便。我记得小本是七分钱一个，麻秆铅笔二分钱，白橡皮二分钱。那种带香味的彩色橡皮我一直很渴望，好像是一毛钱一块。后来我买到了一块，舍不得用，总是塞在鼻子下闻那清香味儿，好像糖，带有一种微微的甜。

我九岁时开始看画本，就是小人书。从那时起，对供销社也就多了一种情结，除原来生理上的馋，又添了精神需求，我总是盼望那儿有新的小人书上架。姥爷那时是生产队的保管员，对我疼爱有加，总是一毛钱两毛钱地给我。爸爸的口袋我也常翻，有一毛两毛的就要，爸爸高兴时也给我钱。也是那时开始，我对糖这好吃的东西有了一点控制力，这是因为画本儿的缘故。上中学时，我就不再买画本了。但那时我已经有整整一大箱子画本了，四百多册，几乎一大半都是在供销社买的。可惜的是，我去外地求学后，那些画册放在仓房里，被耗子咬得到处是洞洞。记得我在供销社买到的有《小号手》《那拉氏》《董存瑞》《两个小八路》《三国演义》《西游记》等，《小号手》好像是我买的第一本画本，也是我的第一本彩色画本儿，《三国演义》《西游记》的全集，我几乎买齐了。

那时我对买画本有点儿疯狂，总是想方设法地弄钱，比如捡破烂，甚至去生产队偷铁卖。只要口袋里有一两毛钱了，我会立刻拔脚向心中的圣地跑，不管是什么时候。我最担心的就是他们突然关门关窗，在里面点货算账。他们点货算账时，窗户用厚厚的木板挡着，在外面怎么敲也不开。有时，敲窗时间长了，里面会传来老全的骂声，我就得跑，要不然他真的会出来打我。遇到刚要关门时，小黄好说话，帮助我买了画本，如果剩几分钱，他会问我还要不要糖。得到画本的快乐是无比的，我跑到自家的草垛上，蜷缩在金黄的稻草里看。那时许多字不认识，但不碍事，那插图儿还是看得懂大概的。看画本时我很安静，头顶黄灿灿的太阳，忘记了玩儿和周围的一切，第一本外国文学名著《基度山恩仇记》就是那时看的，后来是《巴黎圣母院》，看不大懂，却也不太糊涂。

关于供销社，还有一件事我是难忘的，也跟画本有关。那是一个夏日正午，我带两角钱去买画本儿，我买的是《大刀记》，货架上共有两本，另一本被一个朝鲜族小孩买去了。他比我小半头儿，看画本儿时蘸着口水脸都乐得开了花儿。我当时突然产生了一个想法，抢走这画本，这样全村就将只有我一个人拥有《大刀记》了。被这一个恶念促使，我仿佛什么都不怕了。我若无其事地跟着小男孩走出来，跟他走了很远。正午的朝鲜族村子一片寂静，狗都懒得叫。那一刻我心怦怦地乱跳。我瞅准四下没人时，就飞快地向他跑去。我们隔着不到二十步远，我的快速冲刺吓得他张大了嘴停在那儿不知所措。我用手抢他画本，心跳得更快了，然后就一把夺下来，转身狂奔。那男孩子似乎反应过来了，他大声喊叫，声音刺耳嘹亮。紧接着朝鲜族村的狗叫响成一片。我狂奔着，转了几个弯，终于跑到了汉族人的地界。我回头看没人和狗追来，才停下来大口大口地喘气。后来，我许久没敢去供销社，那男孩的尖叫声总在我耳边回响，让我一阵阵心虚。那本《大刀记》，一直被我严严实实地藏在家里，没有兴致看下去。

大人们与我们关心的不同，他们关心的是生活中那些必需品。那时代，物资紧缺，很多东西要凭票购买，有布票、粮票、肉票等。村里人因此对在供销社上班的都格外恭敬，因为他们是吃公家饭的人。小黄就被我父亲请到家里喝过几次酒。记得小黄问过我，长大做什么，我说就做供销社卖货的，自己想吃啥就有啥，想看啥画本就有啥画本。小黄就笑："你得明白，那也不是随便的。"他很认真地说，汉话还不错。

我过新年的衣服，也要在供销社买。母亲带我和妹妹们去扯布前，和父亲两人要算计好一阵子，然后带上布票和钱出门。我们兴高采烈，围着母亲一路走。在供销社，挑什么样的布和颜色，母亲都格外细心。买来后，母亲会熬上几个通宵，用粉笔画样子，裁剪，再用邻居二娘家的缝纫机一一给我们做好。

公销社还卖咸鱼、海带、虾酱等，那是我们当时能吃到的仅有的海货。母亲还在那儿买回咸鱼，回家用油煎一下，几条鱼，我们能吃上好几天，因为太咸的缘故。海带味道要好一些，通常用来炖豆腐吃。虾酱也是炖豆腐，味道腥腥的。

酒在我记忆中一直很贵，一块钱一斤。我去供销社给父亲打酒，总能看见许多人站在柜台前喝酒。他们去柜子里摸出几颗咸盐粒子，用嘴唆着，然后喝一小盅的白酒，一点点的呷，像品什么美味似的。酒舀子有一斤的，有半斤的，还有一两的。酒舀子沉到缸里时，会传出"咚"的一声，很绵厚很深远的声音，空气中马上会弥漫出一股奇异的香味来。给父亲买酒时，我也能买几块糖解馋。可惜这种机会不多，家里来了贵客才行。

1984 年，供销社开始走下坡路了。因为实行土地承包后，我们村有人开起了小卖店。这小卖店的好处是，随时买东西随时有人，不像供销社到点就下班；再就是货物种类多，价格便宜。再后来，小卖店就在村子里密密麻麻地衍生开来。我去外地读书的后几年，供销社终于解散了。

至于那几个风光多年的售货员，后来结局大致是这样的。老全得了胃癌，供销社没解体时就死掉了。全村人为此难过了一阵，其实是担心供销社的发展。小黄因为贪污，被辞退，成了农民。小赵在土地承包后就不知去向了，小郑开个铁匠铺，小南则承包下了那个供销社。

去年，我回乡村，发现那个记忆中的供销社，仍然还在，像个岁月中不老的幽灵。供销社果真是小南开的。阔别二十多年，昔时的小南变成了老南了，脸还是那样白，但布满皱纹，头发已经花白。商店就在那个原址上，不过已经改建成六间大砖房，其中两间住人，四间卖货。

供销社就老南一个人在卖货。他问我买什么，我说看看，我从生命的深处，第一次感觉到了这个供销社的弱小和寒碜，可时间却过去了二十余年，简直太可怕了！我在那儿转了几圈，发现黝黑的木橱柜，居然还在，透过那厚厚的玻璃，看到装着的还是糖果，格局竟然与原来供销社的格局一模一样。是不是小南在刻意坚守着什么？我感觉到了亲切。四下里一个接一个地转着、看着，像小时候一样。小南一脸诧异地看我，终于问道："你是杨老师家的老大吧？"他说，"你一进屋时，我看就有点像。"

我们闲聊起来，小南说，姑娘去韩国打工了，他和老伴住在这儿。问及生意怎样？他说现在村子里小卖店太多了，去城里也比以前方便，生意不好，凑合着吧。沉默了一会，他又说："唉，这个村子也不像以前了，朝鲜族人都走光了，现在几乎都是汉族人。"我问："你不走？"他摇头说："我这辈子就住在这儿了，守着这儿，店是我的命啊！"我静静地看着他，一时不知该说些什么。在暗淡的光线中，我买了包香烟，拆开，递给他一根，我们彼此陷入了青灰色的烟雾中。

2008 年，在北京顺义的一个村落，我突然又看见了同样格局的供销社。我忍不住又进去转了转，在黑黢黢的柜台前趸摸了好长时间，那里，有我最熟悉的杂货气息，却找不到记忆中的"小南"了。只有一个头发染得五彩缤纷的朋克小青年，缩在角落里，眯眼戴着耳塞听音乐，无聊地守着这份祖业。

扎　根
——乡下生活札记

1

　　回到故乡的土地上时，是盛夏时节。东北大平原上，无边的绿色水稻在疯长、在扬花、在抽穗。

　　我带着波兰作家莱蒙特的《农民》，每次重读它，农民对土地虔诚的情感总是让我沉闷和忧伤。老波利那临终时在土地里奔跑，把泥土当种子撒，最后倒在了土地上。他回到他耕耘过的土地，变成泥土，变成泥土里的种子，他还要生长。

　　是的，一代又一代，农民和土地，无论怎样的世事变迁和时代风云，都是我们这个世界底层中最坚实的支撑者。

2

　　我站在大窗前俯瞰。一条开阔的水泥街道突然在这儿改头换脸，变成了一条沙土路。在我的记忆中，它三十年都没有改变。现在，它向东，向那片被广阔的杨树和水田包围的散漫村落延伸，仍旧尘土飞扬。这路让我想起儿时村里的一张老麻脸儿，坑坑洼洼，满是斑驳。

这是城乡接合部，从这开始，进城的路平平稳稳，也是从这开始，出城的路坎坎坷坷。终日，沉重阴郁的载货大车、散漫破旧的三轮车、害羞忧虑的自行车、灰头土脸的毛驴车和气势袭人的轿车，从这换脸的地带来来往往。它们交错着，出城和进城，永远演绎着版本不同的苦与乐。

白天，这儿似乎很热闹。那些两脚沾着泥巴的人，从村落，从灰尘飞扬的沙土路上来，一脸汗水。他们停下来，拥进附近一个破烂的小菜市场，摆上他们用各种交通工具运来的青菜、豆腐、鱼类。于是各种叫卖声交织，骄阳暴晒中一时不散。

住在这地带的人，会带着满脸的疲惫，来小市场买菜。双方大声地讨价还价，彼此都会把钱攥出了水，都会把一分钱掰成两半花。价格商量成功，双方就勾长脖子细看秤杆，谈斤论两。住这儿的人，几乎都放弃了种田，在城里做最卑微最累活计的农民。进城久了，他们还是没有染上城里人趾高气扬的做派。

每天早上，我母亲会准时出现在这里，买菜，讨价还价，然后回家安排一日三餐。我的大妹夫，会骑上自行车，从这里进城，去寻找一天的生计。我的大妹，会打开那些铺排在窗子上的木板，让微黄的阳光一块一块透进她的小理发店。她将在那儿一站一天，为那些多是脏脸的人理发。她的儿子、我的外甥还在贪睡。这农民工的后代像城里人，爱上了世界上所有的夜晚。他熬夜，玩网游，早晨从正午开始。他的命运改变了。或许，他的命运还没改变。

夜幕降临后，这儿很安静。茂密的大杨树沾着一身暗黑，不再哗响，喜鹊也不再叽喳。进城的和出城的都有了归宿后，这里就和真正的黑夜一样暗。这里没有路灯，路灯不会照到这里，星星显得格外的青白。不远处，看起来似乎永远不变的小店铺透出微光，那是些小酒店，有最后的几个赤膊人在喝酒，低低地说话，人影在窗子上梦呓般恍惚。入夜，除了一两声犬吠，如果静听，遥远稻田的蛙鸣，会丝丝缕缕地随着晚风飘来，像凉爽的微风，轻轻拍打着一排排平房。

这样的生活，我闭上眼睛，也能摸到，也能看到。它在我眼前，它浸在梦里。它是黑蓝色的，像一些苦涩的夏风，总是低落而零散。

然而，我来了，我所熟悉的生活还是在悄然变化着，如同夏天变得越来越暖的阳光。

3

我被安置于这地带的一座四层办公楼内，它是和平朝鲜族自治乡政府。七月份，我来到了这里。我每天在这里写作，写得头痛眼花。我写累了，也会骑上自行车，从柏油路的终结处出发，独自一人颠簸在乡村土道上，像一个亲戚般到处乱窜。

夏天里，我看农民给水稻打药，看农民养鱼，和我的老父亲一起种白菜。我还陪同过那些曾经在这儿下过乡的浙江知青参观当年住过的村落。阔别多年，老乡们放鞭炮迎接几位当年的知青，不再年轻的他们和乡亲们抱在一起，泪流满面。在这片黑黝黝的厚土上，我理解他们的眼泪。秋天时，我去看金黄色的田野，看农民们秋收，去农民家菜园子摘菜。初冬时，我去荒凉的田野上转。收割后的稻田空荡荡的，有农人在那里拾穗。稻田里的稻秸被大火烧过，拖拉机轰鸣声嘹亮地响彻田野，又开始了秋耕，刚种完一年地的农民，又在为明年绿色的希望操劳。

如此频繁地往众多村子里跑，我却很少选择那条沙土路向东走。那是我最敏感的神经，我的老家，就在那条路上，再向东二十里。我是多么固执，我始终相信：童年的我还生活在那里，我年轻的父母，我美丽活泼的妹妹们，我那些光腚的童年伙伴，我快乐的朝鲜族老乡，都还在那里。

其实，多年前我回过那里。我在那里做梦般地转了一天。在那座处处是砖房的村子，我看见了小时玩伴，看见了阔别很久的老宅。我在那座曾被李花和杏花掩映的老宅前徘徊，那个土坯安乐窝，如今倾圮得像一位老人。四十一年前，赶在我出生后不久，为幸福所鼓舞的父母建造了它。而我的父母，四十一年后，都老了，一身的疾病，他们无力回来看这座老宅。时间真快，时光过去了就是恒久的黑暗。故乡，物不是，人已非，我不敢轻易去那里。

小时伙伴张发财打来电话，永远是五大三粗胡子拉碴的他说："你要写东西，就写写我吧，你来我这田间的窝棚蹲两天，看我一个人咋辛苦地种20垧水田。"我说："行，我带酒和肉，咱俩整点。"那是要不断换车的遥远地带，在中俄界湖兴凯湖边上。张发财春天去那种地，守着稻田，到秋天忙完农活时离开。界湖蚊蝇密集，在稻田边站一会，全身就都是蚊子叮咬的包，奇痒难忍。他带我看他的水田，他的水稻长势良好。他辛苦了一春，对秋天充满了希望。那晚上，喝完酒，在蚊咬中我睡不着觉。外面蛙声震天，张发财打着鼾睡得香甜。我知道，我还没有真正属于这块土地。

我的斜对门，是本乡最大的官员，杜书记的办公室。每天一上班，他的办公室就或坐或站着许多来访的农民。这座乡政府大楼，如此忙碌。书记和乡长们，一早就开始忙于接待。农民们来办理各种事情，比如粮食补贴，比如返还家电下乡款，比如用地争执，比如办房照等，都是跟土地有关的问题。这是个小而五脏俱全的政府。

走廊里总是开锅般的吵闹，要到下班的时刻，楼内才会肃静。农民们坐在楼梯上等候见书记或者乡长，彼此大着嗓门说话，谈村里的家长里短。男人们抽烟，露小屁股的孩子们喊叫，粗腰女人们尖锐的话语声刺耳。杜书记瘦弱、文静，像个书生，他和来访的农民说话，从没有大声过。农民种地免税，还有补贴，粮价也涨了，农民们种地热情有所高涨。乡政府的职能在悄悄变化，在变成服务型的乡政府。

时而，我也和乡干部们一起下村里，看农民生产和劳动的情况。农民、农村、农业，这是中国要重视的大问题。农民们是辛苦的，我的血脉连着他们的血脉。我希望他们真的能一点点地生活得更好。

4

有时，不敢放开去想生活和生存，想想总是一阵阵的绝望，对自己，对别人，对一切。

楼下那位看门老人，别人喊他老教头。他每天守在属于自己的晦暗的门卫室，早中晚自己开火做饭，晚上睡在那小屋里。一切井然得像他那个二十年还正点走动的座钟。他的生命还在，但提前凝固了。不用担忧现在，更不用操心未来，可能这样对他很好。

也许，像余华所说，活着，就是活着。但，好像也不是。我母亲就有着没完没了的活计，为了更多的人。这位每天都忍着糖尿病折磨、高血压带来头痛的农民，今年已过花甲。早晨，她五点多起床，给家人准备可口的餐饭。整个上午她洗碗，收拾屋子和小院落，晒水洗衣，帮大妹的理发店洗毛巾。中午，她一个人忙碌午饭，给大妹送餐。那时，我外甥刚起，又开始了他阳光灿烂的城里人生活。正午母亲的头总是痛得厉害，眼睛几乎无力睁开。她吃药片，小睡一会，就又开始了下午的劳作。我准备换洗的衣服，她也会翻出来洗掉。红日西沉时，她又做全家人的饭并且洗碗。面对母亲我常常茫然：劳作和疾病，顽固不化，每天伴随着她。我不知道能为她做些什么，用文字能给她带来什么。

那让人绝望的活着，我这样称呼我二姨的一切。二姨两次脑溢血，终生不能再走路。她终日躺在黑暗中。这个爱钱如命一辈子舍不得吃穿的农民，成功地攒了二十万元钱后，突然因强度过大的劳动开始生病。她舍不得花钱治疗，结局却是吃喝拉撒现在都得靠别人照顾。她变得很神经质，这个穷怕了的人，到现在还以为自己是很富的人，担心别人偷她的钱。她日夜哭，毫无缘由地骂人，她骂自己的丈夫和女儿，她骂邻居和自己姊妹，直到后来病得不能再说话。她抱着存折，抱着那病，早早就固定了生命中的一切。

母亲院里的蒲公英一年一度地飞花。小小的白伞，总是被吹到很远的地方。辗转到城市边缘，大妹很可能扎下根了。她的小理发店，早上六点半开业，一天时间她都在那儿忙碌，深夜十点多回来。多年前，她和大妹夫离开了土地，成了城里打工一族。十多年的贫穷和打拼，她终于有了这小小的依靠。她勤劳，38 岁的她没有时间，没有会朋友的时间，没有化妆美容的时间，没有看电视的时间，没有做饭的时间，没有节假日的时间，甚至没有上厕所的时间。她有什么？这个开始爱钱的人，这个像机器一样拼命转动的人，是不是又在用自己的健康和自己的人生来换钱？她每晚回来都查数那些皱巴巴的钱票，一遍又一遍地记账。这世界的诱惑和彩虹再多，我也坚信这位老农民的后代，会一成不变地固守在小理发店里忙碌着赚钱。

我的小学同学老刘，土地承包初期赚了钱，风光过一阵。后来他开始赌博，开始欺骗，他抛弃妻子，找了个城里的情人。他因承包欺诈，入狱十年。如今他快刑满，小学同学看到他时，头发已白，表情木讷，早没了旧时风光的气象。他不断地哭泣，对以后的生活一片茫然。生活和命运，谁能说得准呢？

5

双休日，我一个人在楼内写作，守着一份难得的寂静。我已习惯窗外进城出城的各种车辆的轰鸣。起初，我写那些小说和诗歌，把它们写得很文艺。但我不满意。后来，我突然改变了文风，粗粝起来。当一个人沉到最底层的生活里时，生活肯定不是风花雪月般美好。我还天天写日记，记下新鲜的带有粪肥气息、粮食气息和汗酸气息的生活。对于日记，只是如实地书写，按着每天的进程写。

我时常追问自己，面对这些亲人一样的农民，面对他们几乎一出生就已经定型和结束的生活，写作的意义在哪里呢？为什么要这样生活到死？为什么会有如此的状态？我不知道，就像我不知道写作要引导我去哪里。沉入这样的生活，我的内心是苦闷的。可我知道，无论它有多黑暗、多坚硬，我都必须要挺下来。真正的生活才刚刚开始，真正的写作也刚刚开始。

我想着这些，写下这些，在小说和诗歌中表达这些。他们变成了文字，变成了我笔下的人物。他们原本就在我的身体和灵魂里，我闭着眼睛也能看到他们。他们是我生命中的一部分，像我的血液，红色的血液。它们要惆怅地溢出来，我写下他们如同写下我自己。

沉淀的记忆，会像酒一样越放置越醇香。从夏到初冬的这一段乡下生活，会成为我生命中不可分割的一部分，它还将在我以后的写作中流淌。虽然，我知道，我们都将轻如一片落叶，都将走进更深的泥土，那块永远的故土。还是用我的诗歌《农事诗之三》做个结尾吧：

"阳光密麻麻扎在尘土上。我骑自行车。我走出很远。
散漫的稻穗低下它卑微的头，沉甸甸的死亡轻了。
金色的旷野，麻雀驮着飞。雏菊颤抖在怀乡的坏死病里。
老鼠出没于野草茂密的小路，雁南飞，霜降落了又落。
远处，一朵流云牧着一辆红色收割机，突然大野里低吼。"

乡村笔记

另一个我的一生

回到老家的小村子里转悠，我是多么如醉如痴啊！我坚信着，另一个我就生活在这个村子里，我只要转，就能碰上他。

当然他也该三十六岁了。本命年，大嗓门的老婆刚给他换了条大红裤衩。他不刮胡子，两腮的大胡子汹涌蓬勃（我总刮胡子，在都市里装作一个文静的小白脸儿）。他应该有一个男孩子，也可能是两个，他违背了国家的生育政策，又让媳妇生了一个女孩。我知道，他打心眼里希望有个女儿。他的孩子在乡村没受过良好的教育，野性十足，放肆无邪。他喜欢这样的一对儿女，他乐呵呵地看着他们长大。在农村，他天性有些懒散，他的日子因此不太红火，当然，他那点聪明又让他不至于潦倒。

他应该不像我，他不会驼背，也不会近视。他读完小学六年级就不上学了，学习上没累着，哪能有这些个坏毛病。他身体比我壮实得多，皮肤黝黑，说话直来直去，不爱多动脑子。他应该爱吸烟，像他父亲一样嗜酒如命。他也比我豪爽，酒友一群，棋友也一群。农闲时他掐着烟，扎在一群臭脚丫子的大老爷们里，将象棋子敲得气壮如牛般响彻。

在村里他很牛气，兴许还混上了村主任。这家伙小时在村里就出奇的坏，我知道他那点不光彩的事儿。少年时他是一群伙伴的头儿，虽然个头矮，但出手狠辣、快捷，小伙伴们服他。他带领过一群孩子跟同村里的朝鲜族人拼棒子、扔石头；他打过朝鲜族人的玻璃窗；用弹弓射杀村里一家人的大狼狗；更坏的是他的不择手段，在朝鲜族人开运动会时，钻进人家的屋里偷朝文画本，弄不懂朝文也不妨碍他看得津津有味；对了，他还抢过一个朝鲜族孩子的画本，从背后袭击，神不知鬼不觉将那小孩子绊倒，抓着画本就像兔子一样逃窜。当然这些秘密永远埋在我俩心里，我知道，他知道。村里老人说："三岁看老，这小崽子将来准不是个好饼。"他不愿意听，大声嚷："咋的啊，那你是个好饼吗？"他没心没肺地威胁着老人家，少年时一点羞愧感也没有。

我猜他老婆可能是他小时暗暗喜欢过的一个女孩子。小时他装出对女生不屑一顾的模样，其实他挺喜欢女孩子。我知道他曾喜欢过两个女孩子。一个是后院的王小娥。王小娥从另一个村来她姥姥家，他们一起玩过藏猫猫游戏。他很喜欢人家，整个夏天找各种借口去后院找她玩。王小娥回到另一个村后，他狠狠地哭了一天。八岁时，他上学了。他的同桌叫张小华，学习好，他欺负过那么多女生，手背上的伤疤就是明证，但他没欺负过她。后来张小华考上大学，去了远方的一座大城市。这样看来，他老婆最有可能的就是王小娥。这家伙看定什么，惦记起来，比十头牛加在一起还犟。

他现在应该有几亩水田和一方鱼塘，也许还会多出一辆四轮车。他在村里春种秋收，一天又一天，就这样过日子。富不了，穷不着，没有那么多的痛苦和欲望，他睡觉时鼾声如雷。过年时他也会去看离婚后各在他乡的父母，会慷慨地给外甥们分小红包。跟儿时的小伙伴一样，守了一份为人子、为人父的责任。

至于看画本的习惯，我不知道他会不会转变成看书和写作，像我一样沾点文气。不过我想不可能。他只有小学六年级的水平，我大学毕业，我们之间的文凭差远了。不可能，他不可能的。他一年来都头拱地地种粮食，哪有闲心（我上班，混工资，一年旱涝保收，当然有闲心附庸风雅，当然有闲心情读闲书，当然有闲心写点酸文章了）？如果我们见面，我劝他读书、写作，我相信他肯定会大着嗓门说："操，那多没意思，我现在不挺好的嘛！"我相信我也会说："唉，你怎么变成了这样？"

这么看来，我俩就没必要见面了。因为从1983年9月1日起，我俩就从村里一个分岔的老道口，各自找各自的活路去了。我去远方的一个小城读书，然后进城上班；他转向黑土地，然后留在了农村。我们见面说话肯定不会投机。每个人的幸福和心酸只有自己知道，自己品尝。一生，就这样，谁也理解不了谁，谁也改变不了谁，谁也不能替代谁。更何况，他活得也许比我幸福呢！

带孩子们在夜色中散步

在夜色中，他们轻快的步子让乡村坑洼的土路叮咚作响。我远远地落在他们身后。他们嬉笑着，身体在两旁窗子投来的微黄灯光中摇曳。我们在散步，我不时地喊他们慢下来，而他们像三头小兽，轻快地跑在我前面。

他们在兴致勃勃地谈论游戏。"你玩拳皇吗？"黑暗中我听儿子问。"那没劲，我玩传奇，大型游戏。"外甥说。"你们就知道玩游戏，不学习。"是我外甥女的声音，黑暗中脆得像玻璃。"去你的吧，小姑娘知道啥？"他们两个男孩一起反对她。他们就这样争嚷着，一刻不嫌累。有时一束灯光会远远地照来，几个孩子的身影长长的，时针一样画在地上。

这儿算是村里最繁华的一条道路，它的尽头连接进城的公路。乡路两旁是稀疏的白杨树和平房，间杂着小卖店、理发店、小食铺和自行车修理铺。它们一律静默在夜色中，仿佛被谁泼了墨，黑漆漆的。我头顶寂寥的天幕黑蓝得无边无际，有硕大的星子在闪烁。

我听见来自各家电视的广告声，听见女人的训斥责骂声，听见碗筷的相碰声。那一窗窗微黄的灯光照射出来，土路更加凹凸不平。不过这不妨碍那些骑自行车夜归的人，远远地就能听见链条和齿轮吱呀的咬合声，还有轮胎沙沙摩擦土路的声响。看不清人，只有他们近了，才看到一个寂寞僵硬的人影，坐在一堆铁架上，在半空悬浮着飞。黑暗中他们一晃而过，几乎是转瞬就不见了，剩下一串渐衰的铃声。谁知道他们去了哪里。

这是一个叫幸福的村子，我并不太熟悉这儿。这成片的平房区，离城市近，有许多为生计奔波而晚归的打工者住在这里。这儿算不上是我的故乡，虽然母亲从庆余村搬到这儿快八年了。但，这是母亲的出生地，我一次次地往这儿跑，母亲在的地方也就成了我的故乡。多年前，在夜色中我曾抱着儿子在这散步，那时的灯光还没有这么亮，有些荒凉。现在，这里一下子冒出了这么多人和事物。

"舅舅快走，大灰狼来了。"我外甥女在吓唬我。"爸爸快走啊，这么慢呀。"我儿子也大声说。他们仍在黑暗中走。

"你们看着点路，别摔着，慢走。"我向黑暗中喊。这么说话时，我突然感觉自己有点老了。一轮新月从屋檐上升起，他们在飞，我失去了撵上他们的勇气。

洗衣的母亲

我母亲在她自己的小院里洗衣服。大清早就开始忙碌，她用土水井压水。水从清凉黑暗的地下冒出来，从铁管子里倾泻出白色的水流，直到汲满水缸。她用水桶提水，将它倒进院中的大铁盆。阳光很暖，她要晒上一些水，然后给她的孙子和外孙子洗衣服。她的腰身渐粗，提水时有点迟缓而吃力，她时不时地放慢脚步，让自己停一会儿。她的身影斜进屋子的门廊里，有一瞬是静静的。

我母亲的房子不算大，五十多平方米，前面还有一个三十多平方米的院子，院中有小菜园。这是母亲一个人的房子。多年前，父母离婚后，母亲在我家住着。她清早起来擦地板，擦家具，像个用人，我说不用总擦，但她停不下来。白天的时光中，她静坐或者看电视，话语很少。我知道她待不习惯，她总说乡下好。她离不开土地，像一株泥土里的植物，没有泥土，凭空移栽在钢筋水泥里，她不适应。后来母亲就在离乡下不远的地方，买下了这房子。大妹在城市里打工，无房住，也就住在这儿。母亲血压高，又有糖尿病，有大妹照顾，我放下心来。母亲的房子里有老火墙，有我十多岁时就见过的一套老家具。屋里是水泥地，出门是坚实的土地和院落，还有明亮的阳光，再远点就是绿油油的田野和清新的风。

一上午母亲就坐在院落里洗衣服，旁边是她种植的鲜绿的蔬菜，还有一两株蒲公英，黄色灯盏亮着。母亲用搓衣板洗衣。被浸润的衣服平放在衣板上，她给衣服打肥皂，衣服上像挂了一层霜，然后在衣板的条纹上，她用一双手灵活地搓洗和翻动它们。白色泡沫洋溢着，阳光下折射出五彩的光芒来。接下来那衣服变成了麻花，母亲用力地扭它们。灰色的水滴落下来，直到衣服不再滴水珠，那双手再将衣服展开，抖平，浸入另一个大水盆里。母亲用清水投洗它们，弯着腰身，衣服出水时哗哗地响，响得我心酸。

这样的姿势我注意多年了，现在却仿佛第一次注意到。母亲年岁大了，明天是她五十八岁的生日。从另一个城市，我带着她的孙子回来，给她庆贺生日。而墙上我和母亲的合影里，她留着短发，幼小的我坐在她怀中。那时，她二十二岁，我一岁。母亲属牛，一辈子也放不下劳作，就这样，她在生日里也不停下劳作。她累，却自足而快乐。母亲开始挂那些洗完的衣服，小心地展开，让衣服迎着阳光。我看见母亲的头发，在阳光中有一部分白亮，变成了白发似的。

回乡下的儿子

在乡下，我十岁的儿子很快乐。一清早，他就在杂乱而洒满阳光的院落里玩耍，像一匹小兽，不时地尖叫。在老墙角，他翻开那些小石子寻找黑蚂蚁，身子几乎伏在了地上。他用一个矿泉水瓶将那些惊慌的蚂蚁扣住，然后让它们爬进去，一只、两只，一会儿矿泉水瓶子里就布下了一些慌张的小斑点儿。他盖上盖子，摇晃它们，透过阳光观察它们。一会儿他又看小园中那些青菜，辨别着它们，并拔下一株蒲公英的花儿。我儿子害怕小狗，不过他奶奶家这只过于示弱的小黑狗让他英雄起来。他伸手摸小狗的头和鼻子，小狗后缩着身子，发现这位儿童并无恶意，才僵硬着身子享受着爱抚。好一会，小黑狗身体舒展开来。而儿子也不再小心翼翼，大胆拍起小黑狗的脑门来。后来，他们和谐起来，小黑狗闭眼很惬意的样子，儿子也得意地向我卖弄："爸爸，我敢摸狗了。"在城市，那些在主人身旁趾高气扬的狗总让他害怕，他总是小心地避开它们行走。现在，他似乎放下了什么，幸福得满脸通红。小黑狗的尾巴快乐地摇动着，我听见了它尾巴扑扑的扫地声，像拖把，那么有节奏。我儿子也玩泥巴，和他小哥一起，将土堆挖出大洞，然后向里面灌水，用手快速地搅动，直到土变成了稀泥。他们用泥筑城堡，然后摧毁重来。他的小手黑乎乎的，像熊掌和小黑手党的黑手。他的裤子上是泥土，衣服上也是，小脸上也有，脏兮兮的一点也不像在城里那样干净。

2005 年他来过这儿，没有两天他就嚷着回去，他说这儿没有电脑，不能玩游戏；他说这儿没玩具，没意思；他说这儿是土路，没汽车，不好玩；他说这儿饭菜不好吃，没他妈妈做得香。他嚷着回家，哭泣得凶。他已完全是一个城市的孩子了。这次，他的根终于有一部分扎在这儿了。我放下书，看着他在自然的天地里，在我曾经生长的土地上，快乐地玩耍。我知道，这儿有一部分梦和场景，他长大后会反复梦到。

老宅门前的土路

许多事物都在时光的流逝中改变了面目，但我还是从那些坚持的痕迹中认出了它。我从那所摇摇欲坠的房舍，从门前那几处黯然欲塌的朝鲜族小房，从还是儿时一样蓝的天，从那顽固的记忆中，认出了那条老路。但它又不是它了。它的周围，没有了那条大河，没有了那排榆树墙，没有了朝鲜族人，那些土房也一个个地没了，还有那些我再也找不到的老人们。

这条路东西走向，是两个居住在一地的民族村分界线。南侧是东兴村，朝鲜族人居住，北侧是庆余村，汉族人居住。我出生在庆余村。路的东面曾连着一条大河，路的西面穿越田野通向另一个小村，再前行还是村庄，二十里地以外是县城。

现在，它的黄土路面坑坑洼洼。我不知道哪块是我曾挖过的路面，哪块是我平整过的路面，哪块又是我走过的路面。但我确实曾在这条路上飞奔过，长大过。它两旁是一些肮脏的红砖房，用砖和铁栅栏围着大院落。院落里面停着牛马和四轮车，房角散落塌陷的稻草垛，一些散放的猪哼哼唧唧地拱在草堆里晒太阳。我到处张望着，希望碰到一个熟人。十四岁离开后，二十多年过去了，这块土地默无声息地埋藏了一部分人和事物，而又生长出了另一些人和事物。我看见路上奔跑的是一些新鲜的孩子和一些狗，我一个也不认识，他们也不认识我。这期间，那些停下来冷眼好奇看我的，可能就有我童年伙伴家的小孩。几条对我叫的狗，当然也可能有我熟悉的狗的后代。现在，在这儿我成了一个地道的外地人。

走到村东头，那条河在我的视线中抽缩着，如一根被啃光肉的骨头。它曾宽宽的河床，如今窄窄的一线，蜷曲在灰堆和青草中，散发出酸臭味儿。这曾经是一条夏日有着汤汤流水的大河，它在开阔平坦的绿色稻田中，如展开的白练，阳光下闪闪发亮。这条河的两岸常有穿着五彩缤纷的朝鲜族妇女洗衣服，洗过的衣服晾在草地上。阳光照耀，那些衣服越来越轻，轻得动起来如一片云儿。她们也常在大河里洗澡，穿一条花短裤，裸着上身，丰润的乳房晃动着。她们不避我这样的孩子，阳光下她们白得像水妖。沿路往西走，那处大榆树墙没有了。老榆树曾经密密地长在那里，长长的一段绿色廊道，夏日里满是阴影。树上藏着各种神秘的鸟儿，好听的叫声终日不绝。现在那个神秘的房舍也显露出来，破败不堪，就要倾圮了。

就是这条路，太阳总从它的尽头落下去，留下漫天的红霞，灿烂地消失。就是这条路，曾经诱惑着我，沿着它向西再向西，经几个村落，走向二十里路外的县城。那年我 8 岁，就一个人向西走，找太阳也是找世界，那时我茫然若失，知道了外面有许多比村子更大的地方。现在，我快四十的年纪了，一次次往回跑，跑到这儿来。是不是现在世界小了，村子又大了呢？我不知道。

这是个阳光充足的正午，没有人知道我来过这儿。我一个人来，又一个人悄悄地走了。我的影子也追随着我，孤零地走了，我和影子，都没能留在那儿。

东兴村

东兴村是个朝鲜族村，和我居住的庆余村一条土路隔着。其实我们就在一个大村子里。骑自行车在东兴村转悠，我不断地用相机拍他们的老屋子。早年我通过房子形状区分两个共同居住在一起的民族。门脸儿涂了白灰的朝鲜式草房，有点像小庙。汉族的房子是"个"字形房脊的屋子。

正是插秧的时节，朝鲜族的小院里面，有人正在往田间运一池的嫩绿秧苗，但他们都是汉族人，他们买下了朝鲜族人的房子。这儿也不再是朝鲜族村了，朝鲜族人几乎都走了。为生活所迫，他们卖了房子出租了地，去韩国打工，去国内城市打工，成为漂泊一族。剩下的户数不多：一些无财力离开的人家、一些孤寡老人，还有一些单身汉。

记忆中他们是一个快乐而讲究享受的民族。他们冬夏都穿大裤裆的肥裤子，喜吃狗肉、辣椒。他们的屋子一进去就是一面大炕，开阔而温暖，老少间只有一道拉门。屋内有圆而黑亮的水缸，有黑色的大小不一的高丽锅，那锅焖米饭特香。他们有钱就花，冬天在大炕上跳舞，快乐得很。

现在他们几乎都迁走了。

小时，我家前面的两户朝鲜族人与我家相处得很好。一家姓李，一家姓金，常在年节送打糕、糖米花给我家。我是个忘恩负义的东西，我那时打过他们两家的小子，用弹弓打过他们两家的玻璃，还偷过他们两家的朝文画本。

仿佛命运的安排，我又见到了他们两家。

金家的妇女68岁了，脸上包着头巾，我还是从那多皱纹的脸上认出了她。我说："我是杨老师家的儿子。"她眨着眼睛终于认出了我。"你饭吃了吗？我家去吧。"（你吃饭了吗？去我家吧）她仍热情地招呼我。我说我吃过了。我们在土路上聊天。她的两个儿子好赌，还没成家，在上海打工。三个姑娘都在韩国。她说自己也刚回来一年多，从外地回来，在这重新买了房子。她还是留恋故土啊！

姓李的朝鲜族人我也是在路上遇到的。他家有两个儿子，都在外地打工，剩下两口子在这儿种点地。他说我有出息，我说也是混生活吧。

我在一首诗中这样写东兴村，写现在的村子。

东兴村

多数人都跑到韩国
剩下歪歪扭扭的
柳条障子围着家园。
狗们都在阳光里睡觉，
四肢搂着警察的脑袋。
乡下春天了，
天气向矮趴趴的白灰房低头
就像枝条黝黑的樱花
照例怯生生
开在屋后的阴影里。
暗黑的牛棚，
有大裤裆的男人
猫腰给黄牛喂一桶清水，
又给牛槽填进稻草。

把镐和铁锹立在窗前。
老婆们用耙子
在肿胀的土壤上收荒，
晌午她们点燃垃圾堆。
尚未播种的园子
一束浓烈的白烟飘起来了。
午饭碗筷叮叮当当的，
我低头嗅到粪香
还有眼泪和辣椒。
推开笨重的小窗，
他们在炕上盘腿，
没有人抬头看
暖烘烘的日头
和变成云朵的白烟。

我家的老房

　　我又来到我家的老房子前。说不上为什么，哪次回老家，我都骑上自行车，从远地方来这儿转。我家的房子现在越来越显出老态，我来一次它就老一次。我一岁到十四岁，都是在它庇护下长大的。如今我三十六，它也三十六个年头了。我们在一起变老。它的墙体已开始倾塌，泥土掉落。屋顶草也腐烂了，布满枯萎的苔藓，好像乱头发好久没理，落雨时还会长出不知名的蘑菇。门框和窗根歪扭着，油漆早已剥尽，玻璃也碎掉了，像一个掉光牙齿的人。屋子里我进不去，它的破木门锁着。另一个新房子出现在它旁边，它成了仓房，成了另一户人家的仓房。我向里看，隐约能看到破烂的农具和粮食袋子。一台生锈的四轮车停在小院里，一些鸡和鸭在小院里踱步、撕咬，满地畜禽粪。那小院，曾是我们全家的乐园。夏天燃起一堆蒿草熏蚊蝇，我们就在院落里吃饭。一大桌子的煮地瓜、苞米、蒸土豆和炸茄子。我们脚下是咕咕叫的鸡、呱呱叫的鸭、嘎嘎叫的鹅、汪汪叫的狗。为我们扔下的食物，它们争吵打斗，热闹得不可开交。冬天我们会在院里堆一个小雪人，我们就在那儿打雪仗。平时我们上学，父母去生产队劳动，门几乎不上锁，由一只大黑狗看着，安静极了。现在也安静，我没看见有人出来，我自己也没有从那儿出来。显然它再也无力把消失的一切都送回来了。后园那两棵李树还在，杏树也在。细看却不是原来的那几株，位置移动了，可能是它们的后代，阳光下长得旺盛而寂寞。后园邻居的房子也在，跟我家的房子一样老。在周围年轻的砖房挤压下，显得很不协调。我看见了后院的老朱太太，在自己的窗下闭眼晒太阳。头发雪白，一动不动，好像死去了一样。一只老猫拥在她膝边，呼噜呼噜睡。想必她快九十岁了。母亲说，她的儿子不养她，也不让她住新房。她自己一个人生活，种菜、卖点果子。老朱太太年轻时丈夫就没了，拉扯儿子长大，给他盖了新房，儿子的新房就在她的东侧。老朱太太喜欢果树，昔日前后院都是，如今前后院光秃秃。其实要果树也没用，人老了，那些果实她也再无力摘下来。老朱太太不知道我回来过，不知道我看见了她，她还在阳光中睡，也许在做好梦。而她好梦的前面，就是我和我家的旧房子。

水　田

正是插秧的时节，远远的黝黑田埂围着一格格亮水洼，这就是水稻田了。

赤脚的农民在那儿弯腰插秧。他们排成一排，手中是嫩绿的秧苗。他们躬身，将秧苗插入有水的泥土中，再退步，再躬身，进退自如，步调齐整，近乎舞蹈。他们周围是长长的田埂，闪亮平静的大河，星星点点的黄色蒲公英。再远一点就是烟雾依稀的村庄，成排的白杨，头顶是锅一样无际的苍穹。

我家曾经也种水田。早年给生产队种水田时，母亲和其他社员们一样，在春天去播种，在夏天去拔杂草，在秋天去收割。因有着母亲的一份汗水和一份守候，冬天时我们全家就能吃上白米饭了。我爱吃白米饭，家里却不常做米饭，每做白米饭时都要加上煮熟的玉米。开锅前，母亲总会为我盛上满满一碗白米饭，然后才混上玉米。那时的我馋，母亲也偷偷地偏向着我。后来土地承包了，我父亲和母亲一起给自家种水田。父亲是教师，却很会种地，村里面第一个实施稻田抛秧技术的就是我父亲，后来我家又是第一个插秧种稻的。因有两个妹妹帮忙，家里那几年日子开始过得红火。那些年秋收，我也常带着大学同学回家帮忙收割。早上四点多起来上地，中午在田地上吃，晚归已是满天星光。劳作一天腰酸背痛，吃完饭躺下就睡，累，但心里快乐。后来我家换了砖房，再后来，我家就不种水田了。父母离婚，妹妹们嫁人。

北方的大米好吃，生长期慢，养分足，色泽光亮，煮熟了有一种诱人的香味儿。北方的大米，一日三餐，我是离不开的。有时在城市倦怠了，我也想自己有块地耕种，看着自己的水田里长出水稻，产出大米。但人在城市，许多事物已只能在想象中，如此而已！

小黑狗

这只小黑狗有些忧郁，肯定是这样。它躲在一对大缸的后面，你给它怎样的笑脸和好食物它都不出来。它的眼神像一个无助的孩子，低垂、羞怯，露出的眼白部分多于它的黑瞳。它白天黑天都躲在酸菜缸后面，静静地伏着，像一个影子。它用一双前爪搂着肮脏的小脸，紧张地观望着我这个外人。母亲给它食物，它腹部紧贴着地，探出小脑袋来。我听到它尾巴的摇动声，叩打着地，频率并不快。这表明它不是智障，对食物、对主人有友好的表示。有人在它就不出来，好像害怕人和外面的一切。没人时它才拖着绳链钻出来，用嘴碰食盆。它小心地吃食物和饮水，那样轻，仿佛一阵风就能把它惊动。吃完它又挤进大缸后面，从缝隙里看着外面的世界。母亲说，把它抱来后就拴在那儿，家里人忙，除喂食外没人理它。我想可能是没有人关心它，它才不会与人相处，才觉得这个世界陌生。它刚四个月，童年才刚开始，这样下去一辈子就完了。我试着解开它的绳子，让它在院子里转。我躲在窗后看。它小心地爬出来，小脸儿脏兮兮的，像个孤儿，四下探望一阵，它站了起来。感到没有绳索，它有点茫然，不知道去哪里，不知道做什么。它偏头凝望着某一处，仿佛在思索。后来它开始走动。在小菜园边用鼻子嗅泥土，然后又颠颠地开始跑。没人打扰它，它放松下来探索这个世界。它身体上的毛也蓬松开来，尾巴开始摇。我从窗里丢下一块骨头，咚的一声，它一惊，迅速跑进藏身之地。院落里寂静了好一会，它才试探着出来。看见那骨头，它叼起，小尾巴抖动得更加快速，显然是出于发现的惊喜。它寻找啃骨头的地儿，捡了一块有阳光的墙角，耐心地啃起来。春日、阳光、骨头、宁静，这一切对它都是幸福的。我对母亲说："把狗松开吧，让它多在院里转，多接触人，这狗怕人，简直有点不像狗了。"母亲点头表示同意。

黑　夜

在故乡，熄灯后，我试着在夜晚睁开眼睛。然而我根本什么也看不到，眼前像涂了墨汁一样黑。我把手放在眼前，摇晃我的手，手碰到了我的额头，还是看不见。

我在黑暗中眨眼，辨别不出一点黑颜色的色差。它浓稠极了，我用手也没法拂开它们。开始我以为是眼睛出了问题，它瞎掉了，但后来我知道那是久违的黑暗，那种童年就经历过的黑夜之黑。

城市是没有夜晚的，或者说是没有黑暗的。在城市，我身边到处是光亮。我看电视的光亮，我看手机的光亮，我看霓虹灯的光亮。我家熄灯了，我看路灯的光亮，看别人家窗子透过来的光亮。我躲不开它们，我的睡眠中也充满了光亮。

我就这样躺着，一种恐惧后的安静，浸润在透彻的黑色中。

我的身体随着它亮起来了。我知道，有人在我内心里点灯。

星 光

起夜时我来到院中，在地上，我看见了自己淡淡而清晰的影子，我以为是月光。

抬头却不是，是满天的星光。群星们仿佛蓝宝瓶中迸溅的水银，晃晃地烁动，光波一阵长一阵短，几乎就要倾倒在我身上。

这样的静谧夜晚，这些洁净的石头似乎只选择了乡下，它们把自己擦拭得那么干净，明亮而低垂。

我仰头看，贪婪得直到自己眩晕，直到它们灌进我身体。

我飘起来，真正醒了。身旁，杨树搂着一团晦暗，还在自己的梦里。

蛙 鸣

故乡的蛙鼓在夜色中又敲起来了。缓缓的潮水，在夜晚里一点点拍打我耳畔。

曾有十几年的夏天夜晚，我睡在这歌声中。现在，我屏住呼吸和黑暗，听着那像滚珠碰撞滚珠的咯咯声，在夜晚的星光下重又走得遥远。我看见了我的童年和少年，在星光闪耀的黑夜里跑，在清凉的水和青草中跑。他追着蛙鼓声跑，我几乎看不见他了。

我不知道青蛙为什么在夜晚歌唱，我现在也不知道。但我听出它们的嗓子是自由和快乐的，在夜晚无人匹敌。

而我写诗，白天黑天写诗，始终不能给自己和别人朗诵。

克吕泰涅斯特拉的梦

　　她在我的梦里坚实地存在着，这个美丽而淫荡的妇人。在我睡着的时刻，她是一个与我丝毫也不相关的人，却在我梦中反复地出出入入。是的，我相信，她在我的梦里活着，并活在某个神秘的奇异空间。

　　在那个奇异的空间，华丽的大理石宫殿，被无际的蓝色大海和充足的阳光所拥抱所照耀，但宫殿内部却有着足够的幽暗和威严。一位穿着华美长袍的妇人就住在那里，她是女王。两旁小心侍立的是相貌俊秀的男人，他们低眉顺眼，听命于那妇人。那端坐在宝座上的美妇人一头金发，眼瞳蓝如宝石。她孤身一人，她靠饮酒和挑选壮美男人同床打发时光。就这样，一天又一天，她的时光在酒色中流逝，如同泡沫一样。

　　一对金发的孪生兄弟也被挑选进来了。他们一个像另一个的影子，大城中的人谁也分不出他们。他们腰佩镶金的短剑，超拔俊美，谈吐文雅，气宇非凡。没有人知道他们从哪儿来。美妇人一下子就挑中了他们，他们也同时喜欢上了美妇人。此后，他们在深深的宫殿里饮酒，他们低低的絮语透过层层紫帷在宫中回荡。夜晚，宫中的蜡烛全点燃了，亮如白昼，妇人和孪生兄弟在殿堂里高坐。围在宫殿外的大海从没有停止过喧哗，它的细浪拍打着海滩，像小夜曲一样。蜡烛高照着的夜晚，妇人没有同孪生兄弟同床，妇人被他们的谈吐迷住了。她面目微红，心跳剧烈，感觉回到少女时代一样的纯洁。是的，她的欲望第一次被精神所战胜。

谈话是真诚的，我记不住他们谈论了什么，但我听见了那黑暗中夜莺的歌唱围绕着他们。七天后，妇人给了他们丰厚的奖赏，他们道谢，离开了。谁也不知道他们去了哪里。

后来美妇人因思念他们，又开始不断地饮酒和纵欲。她疯狂到和一百位男人同时同床共枕，然后她给那些人丰厚的珠宝。然而，在鲜花的簇拥中，我发现那妇人开始衰落了。先是她的财富，然后是她的美丽，接下来不再有人听命于她。她的宫殿布满了蛛网，她孤单地坐在冰冷的大理石宝座上，在幽暗中听着大海的涛声度日。没有人知道妇人在想什么。她低着头，仿佛阳光从不曾照耀过这宫殿。

再后来，当天空有两颗流星晶莹地划过时，妇人像秋天的花朵一样终于彻底凋谢了。她成了世界上最丑陋的人，她衣着破旧不堪，散发出难闻的气味，最后一个仆人也离开了她。冰冷的宫殿只剩下了妇人自己，她在等待死神的降临。

那对孪生兄弟突然又出现了，他们还和以前一样俊美、年轻。他们换上了平民的服饰，他们一起照料那病中的妇人。他们对那丑陋的妇人耳语，日夜耳语，声音像竖琴一样优美，像大海的微波一样温柔。他们对妇人讲述她从前的美貌，讲述她童年时的美德，讲述世界的优美。那妇人仍在华丽的大理石床上昏迷沉睡。

不知过了多少个日夜，那妇人醒来了。她惊奇地发现，自己恢复了从前的美丽，她的宫殿也仍和从前一样富丽堂皇。她的两旁仍是相貌俊秀的男人小心地侍立着，他们仍旧低眉顺眼，听命于妇人。妇人记起了那两位青年，她真的爱上了他们。她想对那对孪生兄表示这个王国最隆重的谢意，但，那两位青年又消失了。整个王国，谁也不知道他们是谁，从哪儿来，又到哪儿去了。

那妇人忧郁了一段时光，突然想放弃世间的欢乐，去做神的贞洁的女儿。她真的这样做了。一个月光皎皎的夜晚，她卸下奢华的装束，穿上白色的布衣，敲开了神殿的大门，她静静地在里面住了下来。没有人来打扰她的平静，白色的花儿和美丽的夜莺萦绕着她。在夜莺的歌唱中，她记起了那七个她一生中最快乐的夜晚，夜莺就是这样歌唱的。她感觉那两位青年就在她身旁，有时像风，有时像海潮，有时像月亮，有时像夜莺的歌声。但，那两位青年再也没有出现过。

克吕泰涅斯特拉，在梦中我记住了这位妇人的名字。克吕泰涅斯特拉是希腊神话中的妇人，传说中克吕泰涅斯特拉是谋杀了丈夫阿伽门农的罪恶淫妇，她死于自己儿子俄瑞斯特斯的复仇。

怪异的是，我不知道她在我的梦里怎样把自己献给了神。这过程我真的不知道。我更不知道是我梦见了她的命运，还是她的命运来到了我梦中。或者，是我的写作改变了她的命运，还是她命运让我有了这次写作？唉，这如同我不知道梦中的那两位青年一样。

但孪生兄弟是谁已经不重要了，因为他们的拯救，在我梦里和写作中，孪生兄弟得到了永恒，被拯救的妇人克吕泰涅斯特拉也得到了永恒。

前生的梦或一个王的故事

　　我生活在一座孤岛上。说是孤岛，其实我并没有看到它的边际，也没有看见冷蓝的大海。孤岛被绿色的森林和白色的冰川所覆盖，好像大得没有尽头。我不知道那是我的哪次前生之地，在那里我是一个士兵。我的盔甲锃亮，帽子上的红缨在丛林的一条暗绿悠长的小路上闪烁，帽尖直刺青天，长戈不时地在我野兽般敏捷的移动中闪出锋芒，划破林中的幽暗。

　　有一天，我在一个开阔的地带巡逻，突然看见了一个和我一样武装的士兵，他向我挥手示意，扬着手中的长戈。我感觉到了空气的振荡，在他叽里咕噜的说话声中。他说另一种语言，我还是听懂了。他说那边有敌情，有人来侵犯。梦里我一瞬间就记住了他英俊的面庞，他那双大眼睛黑亮，闪烁出高贵的光芒。他的四肢匀称、结实，简直像天神。于是我们分手，他也瞬间即逝。我返回去报告，在山林中盔甲不时地刮起小路两旁树的枝条，像风一样弹起。

　　我在一个挂满刀剑的大厅中站立，见到了我们英武的大王。大王银发银须，高高地坐在他金色的宝座上，我小心地低头叙述着刚才的一切。大王对他的统治领地洞悉透彻，他询问我那个人的模样，我一一描述。环视周围时，我看见那么多的士兵和百姓举着刀剑构成森林，铁桶一样地围绕着我们。

　　大王沉吟一会，我听见他的声音在空中飞翔，他说那个人不该是我们的士兵，他梦见过他，如今他终于来了。然后，大王凝视我，

"他长得像你。"他说。我看见大王的脸色钢铁一样坚毅，大王继续说："那是一个王子，不知是哪一个国度的，也不知道那个国度在哪里，但我能感觉到他们危险的存在。"

我走向一个水洼，我用火把照亮它，然后我看见了自己的脸孔，英俊的面庞，那双大眼睛黑亮，闪烁出高贵的光芒。四肢匀称、结实，简直像天神。但我只是个士兵。我有点害怕起来，面对水洼里的影像。入夜，众人陷在细雨中沉默，我甚至听见了火把燃烧时的噼啪作响的声音。"要保护我们的领地"，大王说，"我们战斗的时刻到了。"于是，我们在大王的命令中全副武装，所有的男丁构成了一支激情澎湃的战斗部队。

我们沿丛林的山路长途行军，为了保护我们的老人、妇女和孩子，我们的戈磨得更加锋利。我们在寻找敌人的踪迹，我们走过了山谷、深涧、莽林，我们像洪流一样，进入了冰川地带。

在行军队伍中我遇见了大王美丽的女儿。她穿戴白银一样的盔甲，长得和我小学时的女同学一模一样。这并未能让我感觉到奇怪，虽然她是大王的女儿，是我们的公主。刚才她在行军中不慎滑进山涧的一瞬，我用大手拉住了她藤条一样的手臂，解除危险后，我们相互深情地凝视，产生了好感或者说是爱情。我们一路并肩走，内心被那种甜蜜的感觉充满，身体更加迅捷有力，耳畔只有退却的风声。

我们的队伍遇到了更大的风和冰雹，似乎是迷路了。我们走上了更高的冰川，幽暗和冷雪袭击着我们。我们的戈和火把高举，盔甲铿锵，直逼夜空。我们的军队走过悬崖，后来我们又进入漆黑一团的谷地，那儿似乎是战壕。大王让我们停下来，他指给了我们一条路。奇怪的是那条路我们从未看见过，它突然出现的，那是一条多雾的山林小路。

我们继续前行，我走在了队伍的前面，身边是公主。一会儿我看见了那个士兵，他若有所思地站在高岗上，他的面庞英俊，闪烁出高贵的光芒。他的四肢匀称、结实，简直像天神。他好像并没有看见我身后的军队，他同我打招呼，手中挥舞着铜戈，兄弟一样亲切友好。我回头禀告我的大王，我指给他看，我们银须的大王定睛看毕，说：

"就是他，他终于出现了。"于是他挥剑示意我们攻击，冲杀声潮水一样涌动，震动了天地。

那王子闪身退到了幽暗的林中，风一样地消逝了。我们继续追击，身边林中的虎和狮子们也被我们惊动得四下逃窜，天上的大鸟们也张开了巨大的羽翼乱飞。当我们进入一个有雪山闪现的开阔地带，我们的队伍停止了冲锋。军队为这个从来不曾来过的地方所震惊，这儿飘浮着集市、城墙，商铺林立，车来人往，一派悠闲气象。大王也惊讶于这个不曾见过的地方，于是他下令就地安营扎寨。

我们忘记了打仗，我们在那儿埋锅造饭，在集市上买酒买菜，大吃大喝起来。我看见那些缥缈的集市、城墙，雾气一样萦绕着。

我突然又看到了那个天神一样的人，他就在我们中间微笑，甚至在我的对面。我们和他动起刀戈来，他的周围也都是穿盔甲的士兵，喊杀声在开阔的原野激荡。

集市不见了，城墙、林立商铺、车来人往也都不见了，就剩下了两列厮杀的军队，奔跑的虎和狮子，还有天上的大鸟们。后来我们在雾气中厮杀，后来我们又杀至天地晦暗，双方仍未能罢手。

那王子最终被我擒住。在厮杀的军队中，我击掉了他的戈，然后用双手抱住了他。那一瞬，他轻极了，我几乎像抱住了风。我把他交给大王，他站立着，在大王面前毫无惧色，他像天神一样光彩照人。他说："你们赢了，但你们要失去整个军队。"大王说："我等待你多年了，你不在我们的领地上，却时刻都在，你危胁着我们的安全，你是谁，你的领地在哪儿？你是在我的梦里吗？还是真实地存在？"

他说："我也不知道自己是谁，我从不存在，我从来都存在。我回来，只是要找我的妻子，他就在你的军队中，在你的身旁。"停了一会，天神一样的他又接着说："你们要马上停下来，一切该结束了，只有这样，你们的军队才不会毁灭。"我们的大王下令要斩他时，火光中他的脸更加光彩照人。"你的军队快没有战斗力了，他们就要全部倒下了。"他的声音好像从空中传来。大王再次下令要斩，这时美丽的公主走上前，阻止了事情的发生。

战场突然寂静了下来，大王的士兵们全扑倒在了旷野上，另一些士兵铁桶一样紧围着我们，我们被火把和刀枪的丛林包围。

王子黑亮的大眼睛热情地注视着公主，注视着王的女儿。大王挥手示意松绑，那王子走向旷野。王子站在那些扑倒地的士兵身体前，挥手，高举向天空。一会儿，那些军队，大王的军队，还有那些血淋淋的战死的士兵，全做梦一样醒来了。一场战争停下来了，我听见了士兵们死而复生的哭泣，声音震动了原野。

于是我们放了王子，双方的军队为和平而欢呼。在我的注视中，在我的暗自啜泣中，王子一个人，带着那美丽的公主走了。他的身后并没有军队，一个也没有，只有我。

梦之书

　　我梦见一个血色的黄昏，我沿一条铺满晚霞的大河走。大河宽阔，对岸就连在晚霞里。我在岸上，脚下是无尽的碎石河床，我不知道我去哪。我只是拖着自己的黑影在走。在一个开阔的渡口，我停下来，因为遇见一位老婆婆。她的白发被夕光染成了红色，脸也成了红色。她在工作，在洗手帕一样的东西。我走过去，发现她是在洗脸皮，一张张软塌塌的，有点儿像达利画的变形了的钟表。她说这是她在人群中捡到的脸皮，我居然认识当中的一些脸皮。我没有惊讶，她笑眯眯的表情让我不再恐惧。我开始帮助她洗脸皮，我快乐地抖动着手帕般的脸皮，洗干净后往自己的脸上贴。一张又一张……当我照着水面，我又喝醉般地撕扯着它们，一张又一张……

　　我梦见我白色的裸体，它发出夜明珠般温润的白光。我闭着眼睛在空荡的夜晚流浪，就像在德尔沃的画中一样。天是暗蓝的，周围是呼啸的秋风，天地敞开，我周围有一层保护性的寂静和温暖，我游走在大风里，漫无边际。我碰见了一群裸体女子，她们在蓝色的夜空下嬉戏，她们好像是仙子。她们没有看见我，我只是经过了她们，我们彼此都没有为自己的裸体而害羞。只是那么一瞬，她们回头。我轻轻地走，轻轻地，又看见她们云一样轻轻地逝去。

　　我进入了一个大长廊，来到一个大玻璃房子中。那里面的空间挤压我，许多白色的花朵在飞，隐约间我看见了裸体的仙子们在那里。

风在外面的世界呼啸。我没有停下来，我仍在走。那些挤压的空间好像是气球的皮肤，有弹性，我走多远，它们就能扩张到多远……

我不认识他是谁，可能这对我来说也并不重要。但我清楚地记得他的长相，我怎么也不会忘记。他，方正的大脸，光头，有两道充满威胁的目光。我们在师院的长条形水池旁洗脸，他将水溅到我脸上，带着明显的故意。我说："你注意点！"他没有听见，其实他听见了，他在装聋作哑，又将水向我的脸上溅。我没有躲，看定他的目光。我们的目光打起架来，彼此交火。他的目光排山倒海地向我抛刀子，我有点儿顶不住了。后来，我说："算了吧，算你能。"我端着脸盆离开，他也跟着我走。他走在我身后，像一只大熊一样。由于夜晚的月光，他巨大的影子竟然严实地覆盖了我单薄的影子。如此这样，路上就好像他一个人在走。我说："你离我远点，我看不见自己的影子了。"他沉默着，没有反应。这样路面上仍旧是他一个人的影子在走。我们来到了半明半晦的有月光的足球场上，我们的决斗在这里开始。我放下了脸盆，转过身来，他的影子涂抹得我眼前一片昏暗。除非他闪动一下时，露出的月光像刀锋一样晃眼。我说："你为什么和我过不去？来吧，我们就此做个了结。"他略带惊异地看我。突然一个足球从高空飞来，是从月亮上掉下来的。那球就落在我们中间，有一瞬间我们看不见彼此的脸。我飞起一脚，向球踢去，球飞向他的头部，贴着他的脸旁飞走了。然后，我看见他一副呆呆的脸。他说："你强，这坚硬的石头，要踢到我脸上可能我就死了。"他叹口气，转身走了，我喘口气也走了。这回，月光下，我终于有了自己的影子。

我看见从夜空的云朵中鱼贯而来了一队透明的人群。看不清他们的长相，一缕轻风一样，一个接一个落地飘行着。没有一点儿声音，他们就在空旷的街道上行，仿佛要去寻找一个住的地方，月光的照射下，我并没有发现他们映在地上的影子，这些发光的透明人群，身上的玉佩发出叮当的脆响，偶尔，那隐藏在空气中的裙带，白色和青色隐约浮现。后来，队伍里又亮起小小的红灯笼。在深蓝的夜色里，我为我的所见而激动，并且追随着这阵风，跟着他们跑。街道上，不知何时又跑来了黑暗的人，一律屏息观望。突然有人大喊："这是天上的神啊，这是神啊！"刹那间，那群透明的队伍划了一个巨大的银色弧线，像一条腾飞的白龙，直奔月亮而去了。在我的仰视中，天空寂寥，一派深蓝的虚无。

两排榆树的黑枝条在乡村的土路上相互搂抱，搭成了一个长长的晦暗的廊洞，我就走在那里，脚下摩擦出沙石的碎响。刚刚下过雨，土路上到处是水洼和流动的泥沙，篱笆下的土沟里也溢满了黄浊的水。我从很远的地方回来，第一次感觉到这晦暗的乡村土路竟然这么长。这是荒寂的时刻，我向着家的方向走，我盼着早点儿看见那低矮的草房。迎面一个小黑点向我移来，它渐渐地长大，接着一条大黑狗摇着尾巴出现了。它并无恶意，围着我转，但我不认识它。我向我家的木门走去，它也跟进来，并且坦然地趴在一个小窝里。虽然路上刚下过雨，我家的菜园却干着，裂成了龟壳儿。我看见我的母亲，她在浇菜地，清凉的水一瓢瓢地倒向蔫枯的黄瓜架儿。母亲是现在的年龄，衰老的腰身有点直不起来。我却是小时的我，刚刚从另一个边城放暑假归来。我从来就没有记住过母亲年轻时的样子，包括我的父亲。草屋里，年老的父亲还在喝酒，端着酒杯在骂母亲。一切都是那样清晰，那所土房和它周围的菜地，连接着更多的别人家的土房、稀疏的篱笆和无边的水田。在那个梦里，我长不大，唯有狗叫声咆哮在整个小村里。

我感觉是在一张孤筏上，我恍惚记得周围是蓝色的沼泽和沟渠，远外仿佛有一座岛屿，但又不是，因为这一切并没有大海那样的气魄。无疑，场景是我熟悉的乡下，恰恰是水波的蓝色让我以为是大海。有一会儿，我茫然地站在孤筏上，为这突然的大水和那条黑鲸，全身颤抖。此前，那个童年的我流连在供销社，口袋里面一分钱也没有。我埋头在货柜的厚玻璃上，专注着那些劣质的糖果和小人书儿，呆呆地不动。后来，有人把我赶出来，就遇见这荒凉的从远处涌来的大水。大水无声地漫过来，闪动着蓝色的光泽，眼前的村庄消失了，变成了眼前的沼泽。我大声地尖叫，站在越来越深的水中，但没有人听到我的喊叫。一条黑色的露出了背鳍的鲸鱼贴着水面向我冲来，像小潜水艇一样沉沉浮浮。我慌忙地向后跑，跑到一处浅滩上，那是一堆从地下挖出来的沙子。大鱼冲不上来，在蓝色的水里围着我游弋，并且随着潮水的上涨，一次次地靠近我。水更大了，大鱼乌云一样让我恐惧，我害怕从那里投来闪电和炸雷。我不断地退后，丧失了一条条回家的道路。

有三只老鼠钻进了苹果纸箱里。隔着纸箱我能听见咯吱咯吱的啃噬声。我将手伸进箱子里，感觉到了它们奔来奔去光滑的皮毛。此前有三个男人在箱子边转悠，交头接耳，后来他们就消失了。我不知道他们去了哪里。一会，一个男人出现在箱子旁，优雅地吃着一个苹果。我没有理他，只是搜寻着箱子里的老鼠，我感觉到那里还有两只，但我抓不到它们。我茫然了一阵，身边又多出两个人来，他们带着礼貌性的微笑看我。这样，我身边出现了三个男人，他们穿着裘皮大衣，一模一样，脸尖尖的。我说：“你们是老鼠。”他们大笑。我充满怒火地追逐着他们，他们停下来不屑地看我，又轻蔑地推开我。我斗不过他们，他们慢条斯理地走了，我的苹果箱子空了。

一个草棚搭建在大水上面。草屋里挤着我和儿时的伙伴，还有大学的同学。他们在狂欢，彼此说着一门我并不懂的语言，可我居然能听懂几个单词。我不是来参加他们的聚会，我只是来躲避着地面上那追击我的滚滚洪流。水流夹杂着石块，像一群潜伏的野兽，汹涌在我身旁。草棚的四个柱子在石头的碰撞中震颤，草棚不停地摇晃，我们在上面飘摇，浮在树叶上一般。他们不关心大水，用外语吵闹着，唯我孤单着，孤单于我的恐慌和隐忧中。后来，水中出现了一个皮肤棕色吹喇叭的女人，长长的头发湿漉漉，腰间围着类似树叶穿缀成的裙，少得可怜的装饰，让她的整个胴体格外俊美。一会儿，一个健壮男子也从水中钻出来，也是棕色皮肤，腰间绕一草裙。他们显然是一对，在波涛上他们幸福地合奏，风情万种地吹。草棚里的人还在吵闹，没有人看到这一对奇异的外国情侣。一会男人离开女人，乘着浪涛去了远方，那可能是一个沙滩或者小岛，他的背后是烟波。女人在哭，向那男人大喊："你不爱我了吗？"我听懂了这句话。男人没有回头。于是，我看见了许多吹喇叭的女人，从水面上升起，泡沫般忧伤，妖艳动人。

我看见一座空房子。它破败不堪，转过去后是一条铺满灰土的巷子，空空荡荡。我擦着汗水走，阳光热辣辣地晒着，脚下踢踏的尘土飞扬，呛得我不断地咳嗽。仿佛是我的故乡，但我找不到曾经熟悉的一切。我忍受着饥饿，寻找可以吃饭的地方。后来，我看见一座土坯房，一口水井。我走进房间，眼睛适应了一会屋里的光线，看清了横七竖八的桌椅，其实是许多椅子放在桌子上。一个小柜台，后面坐着个木然的人。我走近他，突然认出他是我村子里的朱伟东，我小时的玩伴。他说："是你呀，在这儿吃点饭吧，我开的小店儿，生意不错，你看这满屋子里的人。"我回头看看，却看不见满屋子的人。"我不饿。"我说完急忙走掉。刚出门口，碰上了两个陌生人，他们说在这儿喝啤酒呢，出来撒尿。"一起进来喝吧。"他们邀请我。我说："我有事情要办，不能喝酒。"我们是在门口的空地上说话，他们皆少年的长相，但我们谈论的却是成人的话题。我们头顶的天空，像日食一样半明半晦着。我探头看那口水井，里面有一汪浅水，荒凉地反射着天光。

我躲在一个被拆毁的空房里，另一个男孩也躲在这里，我们是一起跑进来的。我记不起那个男孩子是谁。我们挤在墙角，房子上面已经没有房顶，窗户也没有，四下漏风。我们跑到这儿是为了躲避另一伙人的袭击。他们的石块流星雨一样快速而密集，从屋顶和窗口飞进来。真怪，我们跑到哪，那石块跟到哪儿，我的后背挨了子弹一样疼痛。后来，我选择了一个角落，它的角度刚好避开石块的进攻路线。

那些石块着急地落在我身旁，却打不着我。我正为自己的选择庆幸，忽然后背却挨了几下石块。是那个男孩子砸来的。我想喊叫，从窗边跳进来几个人。我清楚地看见是小伙伴关长胜，桧吉宾，赵小慧。那个男孩子说："你跑啊，有能耐你就跑！"后来，他和他们一起扑向我。我被那个男孩子出卖了，我还是个做游戏的孩子。在梦中，我感觉自己被他们用石块砸死了，哭泣中，我看见了他们臂上刺目的血……

我的村庄不知怎么的变成了巨大的飞机场，村里的人于是拥在一起搞庆祝活动。大家仰头看飞机一架架腾空，兴奋地尖叫。最后，开阔的土地上就剩下一架飞机，其他的飞机早无影无踪。大家静静地期待着，几乎屏住了呼吸。终于，那飞机也轰鸣着起飞了，像只银白色的蜻蜓。后来，飞机好像失去了控制，在蓝天里垂直下坠。巨大的机身遮蔽了空中的太阳，浓浓的阴影覆盖在村庄上空。我希望飞行员跳伞，但已经来不及了，飞机一头扎进了大地。我们奔向出事地点，飞机宛若巨大的针头，插在田野里，静静地燃烧。好久，飞行员出来了，居然安然无事。那飞行员，让我惊讶，他居然是我年轻时差点当上飞行员的父亲。

只是一瞬间的事儿，我回到了故乡的东大河边上。在河边，我儿时的同伴还是那样小，而我身边多了两个上班的同事。我们没有因时空巨大的转换而惊讶，也没有因为年龄的问题影响在一起游戏。我们奔跑在一望无际的稻田中，像奔跑在绿油油的毯子上，满眼都是电灯般的小黄花。后来，我们迷路了，在水沟纵横的土路上寻找回家的路，我们激烈地争论起来。我认为沿大河前行找路是浪费时间，因为河道太多了，我宁愿冒险，涉水回去。我的两位同事跳跃着，踩着乌黑的田埂，顺着水的流向走，他们总是这样活泛，给自己找退路。我渡河，水已经没到我的腰身，我不敢再前行，焦虑地立在河水中。我的童年伙伴不见了，我的同事也不见了，我的四围满是清凉的水。我继续涉水，我看见了对岸有朝鲜族人的村落，有他们的生产队、马厩、播种机和生锈的铁铧犁。水淹没了我，我感觉到眩晕，好像飞了起来。当我大口喘息时，我终于湿淋淋地站在了对岸。我快速地跑动起来，我的童年也跟我跑了起来，向着村庄那个方向。

我梦见我在黑蓝的六湖里游泳。水面空寂开阔，漂满凉森森的雾气。我一个人，无助地游，两臂划着水面，哗哗的水声激荡。我很自由，但找不到岸。后来我游到一个大桥下，我摸到滑腻腻布满青苔的粗大桥墩，内心感觉出一些踏实。但我还是上不去，那桥高至晦暗的云中，我判断不出它的高度。我一圈圈地游弋，我看见了从我身边向广阔水域漾开的孤独的大涟漪，白色绞索一样环在我脖子周围。就这样，我游啊游，碰不见一个人。我不知道自己是否还有力气游上岸。

我回到了老家院落。院中开满了粉杏花和白李花。我在那儿寻找果子，在没到秋天的时候。后来我穿过一个老仓房，来到猪圈边。我看见一群人在圈中挖掘，他们向我解释说下面有人，也就是说这黑暗的地层下有人。我停下来，耐心地看着。果然，他们挖掘出来一团人形的东西，周身黑黝黝的，蠕动着，在新抛出来的土层上。我俯身看那些类似虫蛹的物件，居然认出了不少人，其中有我的大学同学以及与我同居一个城市的熟人。我很惊讶，问他们为什么在这儿。他们说自己也不知道怎么就在这里，感觉到自己有意识，还像活着一样，却恍然如梦。他们还说，自己也弄不明白自己是人还是动物，只能就在土层中一动不动地待着。接下来，他们抱怨这儿风水不好，粪便和尿水都流进身体里去了。他们还说，人死前一定要找个好地方，避免身体被污染。

我在参禅学佛。我一个人穿越了空旷的大野，进入到深山的大古寺中。帷幄黯然的大殿内，我盘腿而坐，坐在一个蒲团上。我在打坐，入定。突然我旋转起来，身体腾空，并且有时整个身体会倒转过来。我身边的那位大和尚，他甩动着拂尘，那迅速掠过的风，让我知道了是他的缘故。我在拂尘的风中被迫旋转，他在妨碍我打坐。我紧闭着双眼，让自己胶一样黏在蒲团上，时刻暗示着自己不能掉下来。又一会儿，我感觉自己消失了，成了那蒲团，或者与它融为一体，无论多大的颠倒我都稳稳地坐着。当我落地，睁开眼睛，大和尚点头示意我可以了。我发现他身边，还有一个和尚，我们认识，我却记不起他是谁。他为我披上袈裟，绛紫色的。

我家有只老猫，衰老得我已经认识不出它了。它只剩下几根残留的胡须和少量的牙齿，像个垂死的老太太，终日睡觉，断断续续地打呼噜。跳出个黑衣人来捉老猫，我坚决地制止着那个人，他回身又要捉那三只小猫，那些小猫突然就消失了。我惊奇地和全家人寻找，翻遍了所有的地方，最后在一个墙洞边上我发现了三只挤在一起抽搐的小老鼠，黑色的，正是那三只小猫的颜色。他们扭动着，竟然发出小猫的叫声。我大声责问黑衣人，问他这一切是怎么回事。黑衣人只是微笑不答。我的父母解释说，可能是饿成了那样子。我把它们摊在掌心，三只小猫，不，三只老鼠只是抖动了一下尾巴。我把它们放到了老猫面前，希望它来处理一下这件怪事情。老猫跃起，动作如迅雷闪电，一下子将它们吞了下去。我最后只来得及看见一根鼠尾巴留在老猫嘴边上。

我来到一条宽阔的大河边，手中拎着一个大网，一个人守在寂静的河岸。我看见一群鱼，露出脊背，像墨迹一样在水面上浮动。我撒下了网，网画了一个大大的圆落入水中，我收拢着渔网，感觉到了那端的沉重和不安的动荡。网一点点浮出水面来了，跳跃的黑色的鱼，我叫不出来名称。我一条条地捞着，它们慌张地逃窜，捞到后我却不知将它们放到何处，我没有带鱼筐。有一瞬间我看见那鱼，龇牙咧嘴像老人一样丑陋。我扔下了网，两手空荡荡。我一条鱼也没要，在空旷汹涌的大河畔发呆。

一个胖胖的案红衣袈裟的和尚来到我家，时空又转回到了童年。父亲用素菜款待。他面貌慈善，白白的脸上总是笑的模样。他和父亲谈话，彼此都毫不拘束，我在旁边偶尔也插嘴，他总是笑眯眯地看着我。他们谈到了荤素饮食的问题，和尚说并不是太严格，只要是心中有佛。但他吃素，乐津津的。后来父亲让我送他启程，我们一路走过村庄的水田，又走过许多不知名的村落，其实是我一直跟在他的身后走。后来，我们在一片水道纵横、多高大水草和柳树丛的旷野中停下来。我们要在那儿渡河。但在那儿我没有看见船只，我大声呼喊，还是没有人应答。穿红袈裟的和尚说："莫急莫急。"我们开始向蒲草茂密的河道走，脚下是软软的污泥，开阔的水面上有许多黄色和红色的睡莲。我看见一个满脸抹着污泥的人，他全身晒得黝黑，正在那儿捕鱼。我问他怎样能走过这片大沼泽地，他只是笑，并不说话。"跟着他走吧。"红袈裟的和尚说。我们跟随他走进了柳树和高草掩映的岔路。在草丛深处，有一所泥房子。一个孩子在草房前玩耍，见我们来，跑进屋子中。一会出来一个妇女，给我们端来了两碗水。我们道谢，一饮而尽。那男主人走进草屋，出来时他的脸变白了，还是笑着望我们。我突然发现他是我的远房五叔。我说："五叔原来你住在这儿呀。"他说："是呀，你都不认识我了。"我说："真的没看出来，我与大师傅要过河，你帮我们一下吧。"他说："当然可以，我就是在这儿等待大师傅的。"赤脚的五叔带我们去另一个河道处，在那儿喊船家。一会儿，果真有船来了，稳稳地像一块磐石。我送大师傅上去，他还是那么慈善地微笑着，在渡船上向我摆手。我突然也跳上了船。在一望无际的绿中，在发亮的白水上，我听见摇桨声在曲折的河道上有节奏地哗响。我还看见了干净的蓝色天空，越来越空茫。

我们到了一个陌生的地域，我和诗人杨拓两个人，不知道什么原因，可能是因为一场旅行或者一个什么诗会？那地方是一个村落。我们被请至一户人家，主人居然是我儿时邻家的女孩，她已成家，她和她的丈夫一道热情地招待着我们。她的家有点像个大庄园，我不知道自己住的地儿有多大。夜晚，我们被安排住在四围大院东侧的三间大房里，夜半能听见男主人和另一群不认识的人在西面房间里继续唱歌跳舞的声音，他们很快乐。我们孤单地坐了一会，决定出去转转。我们推开木门，看见了屋檐上白色的大月亮。我们又推开一扇菜园的小门走，进入到一个荒凉的大园中。月光下我看见一座废弃的石磨，白骨一样惨白，被一些乱蓬蓬的绿藤攀附和掩映着。我忽然嗅到了酒味儿，顺着气味追寻，发现磨盘后面是一个大作坊，几株猩红的桃花点缀着。作坊里黑暗一片，我们并没有因黑暗而惊诧，我们向那里面走去，又嗅到了浓浓的膻味儿。作坊里空荡荡，也可能是我们看不清楚里面有什么。忽闻黑暗中有女人的笑声和男人的歌唱声，我们退了出去。一会，急促的女主人追上了我们。她责备我们怎么来到了这里，她请我们快些出去，并且哀求我们别告诉男主人她来过这里。我们离开幽静的园地，男主人的房间仍在狂欢中。有人给我们房间送来一份手抓羊肉，一坛老酒。我们边吃边喝。后来，男主人请我们去跳舞。房间里面是皮鼓声，黑暗的人在地毯上跳舞，我们跳了一会，在男主人和那些看不清面孔的男女中间。后来无聊，我们出来在大村中转，黑暗的无人的土街，空旷的平房，还有许多黑黝黝的篱笆。天空飘起雪花来，在我们穿着单衣的夏季。

为了去收割远处田野的水稻，我们全村人必须要通过一条多水草和柔软污泥的河床。就这样全村人都挤在了那条河床里，在温吞吞的水中缓缓游动。我看见这河床里有大人、小孩子和一些白发老人。沿着河水我们逆流游啊游，没有谁上岸，仿佛我们变成了水中的鱼。在大水中，我们游过了一片又一片田野，都是稻谷，我们没有上岸去收割，似乎总是到达不了自家的田野。中午时，全村人挤在沸腾的河水里，吵吵嚷嚷，没找到收割的稻田，连回村的路也找不到了。水在太阳的暴晒下越来越热。母亲很惊恐，我劝母亲上岸。"为什么不上岸？"人群里有清脆的童音传来，是一个扎小辫的女孩儿在说话。她用手画了一个"∞"字，它变成了一条流动的河流，在空中节能灯一样闪亮着。她说："我们都在这样的河流中游，我们怎么能游出去？"但没有人上岸，仿佛人群本来就生活在这片大水中。人群还在游，我和母亲落在了后方。有一个时刻，我潜入水底睁开眼睛，看见了黄浊的水底世界和一个模糊的村庄。人群还在游，我和母亲不知怎的又回到了村中。在梦中，我记不起来我和母亲上没上岸。

我躺在大学时代的寝室里无所事事，听大学同学宋云超说话。他在那儿鼓动大学同学聚会的事，他说这是多年后的聚会，对我们都很重要，一定要办好办得隆重。明明大学同学都在这儿学习呢，为何还要聚会？寝室里其他的同学没有人对此提出异议。于是，我们开始准备通知聚会的同学。宋云超说不用去班级通知，他有手机，一个个打给他们就可。要去哪里聚会呢？我突然产生了疑问。我决定不去想聚会的事儿，强烈地感到自己需要的只是洗一下脸，因为熬夜，我满脸疲倦。同学们让我留下等待聚会，我还是端着脸盆出去了。我去的居然是高中时代的洗漱房，本来是平房，突然变成了三楼。我经过黑暗的楼梯走上去，水房里一盏白炽灯在雾气中亮着，一只水龙头在流水，哗哗声格外响亮，经过时溅了我一身。我视而不见，并没有将它关上。后来，我似乎找不到出去的路口，我在无人的水房里转，用尽全部心思在找一扇门。我找到一扇伪装成墙一样关得紧紧的门，我断定它通向我大学的寝室。我反复徘徊，盘算着怎么打开它。那样的夜晚，我好像忘记了洗脸和聚会，就在水房的水声和雾气中，看着那扇紧闭的门。

我挪空了一间房子，决定用来养鸟。我用一个笼子养麻雀，用另一个笼子养喜鹊，又用一个更大的笼子养乌鸦。我并不是特别喜欢这些鸟儿，我也不知道为什么要养这样的鸟儿，但我还是围着它们转，精心地侍候着它们。它们食量大，我时刻要出去为它们买粮食。村里有那么多城市的商店，一些牛马在街道上慢悠悠地走，并不知道躲避城里的公交和出租车。在村里我找不到一家粮食店，却看见了很多狗肉店。我茫然地走着，迎面碰上两只黑狗，它们人一样站立，阻挡了我。"请让路，"我说，"我要去给我的鸟儿买粮食。""那是天空的鸟儿，你放了它们吧！"它们的眼光充满了恐吓。接下来它们去我的房子里，取走了鸟笼。我不甘心，追赶着它们。它们去了狗肉店，把鸟儿送给了开店的主人。它们用舌头舔着主人的手，表示着友好，而灶台上，又一只新杀的狗正在大锅里煮得香气四溢。

一个寒冷的冬天，漫天的大雪。我走在放学回家的路上，开阔的地面突然涌来了大水。白浪一层又一层地叠荡着，涌来的凉气直逼我的脸庞。我并没有感觉到这反常的恐惧，我选着坡地走，水开始向脚面蔓延。我身后不知何时跟了一群学生，我们几乎排成了队，走在纷扬的雪花和大水边上。在坡地上，我看见水面继续迅速上升，许多房子一点点淹没在大水中，最后沙堡似的消失。我走到舅舅家屋后，那房子孤立着，我过不去，周围全是冰凉的大水。我决定踩着那些漂浮的木板走过去，我就那样做了。落下第二脚时，我掉入大水里，身体发抖，且随着水流摇晃起来。在大水中，我看见了那么多人，那么多人在水里。他们游不出去，也回不到自己的家。显然，这是一条死路。后来，我和人群爬到一个小山坡上，水淋淋地站立。我继续坚持寻找能回到那个房子的路，走哇走，不知哪来的神奇力量，我涉过大水，回到了舅舅家里。舅舅在地下室贮藏秋菜，我告诉他外面发大水了，应当离开这儿。我的表妹们都回来了，她们并没有发现外面发大水的事儿，嬉笑着准备写作业。我说，发大水了，快点跑吧，并且指着身上的湿衣证明。于是，我和舅舅一家加入了更多的人群，开始向被水头追赶但尚未淹没的地方跑。那个方位大约是东方，我故乡的方向。人群在夜色里黑压压的一片，跑得慢的人被浪头卷进去了。雪越下越大，逃跑的人群突然大喊，天塌了。我看见白色的雾气往下降，一会儿我们被裹进了雾气中，周围的一切全看不清了。有一瞬间，因为嗅到那雾气的缘故，我感觉快乐致极，仿佛睡去了一样。再后来，我醒过来。我发现自己站在一个大而空旷的荒原上，身边有一个小女孩子，还有一个人好像是舅舅家的表妹。再后来，我看见了一幅巨大画面，像是镜子，映着我们三个人。我们像三个玩偶，在红色发光的一团星体中闪现。高空中不知是谁的声音巨雷一样扩散着，你们要自己寻找路，重新寻找路。于是，我们三个孤零零的，开始重新上路了。路在脚下，可我们仍旧要寻找路。但，周围似乎没有了大雪、大水和雾气。

我变老了，我不能再像以前一样自由地奔跑。我坐着一辆轮椅车，停在一块充满阳光的绿色田野上。田野里有劳作的一家布衣，经过了一场战乱，他们原本两家人合成了一家。一个是强壮的丈夫，一个是年轻的妇人，还有两个跑来跑去的孩子。阳光明朗地照在这一家身上，像舞台上打来的一束光。那光线里还有白色水鸟儿在飞，围绕他们发出好听的吟唱，田野里一片片黄花静静地开放着。我感动于眼前的景象，突然一阵眩晕，倒在了田野里。在潮湿的土地上躺着，我能清晰地听见人们的哭声，但我睁不开眼睛。我听见了两个童声的尖锐哭泣，听见了男子粗大的哭喊声，还有一个低低的细切哭泣。我知道他们就是我看见的那一家人，他们是我的儿孙们。我感动于他们的孝心，紧闭着眼睛，对生前的一切我满意而自足，无声地躺在绿色的田园里，作为一个死者也在陪他们哭泣。梦里醒来，枕边湿了。睡不着，黑暗里我怀疑自己曾是某个朝代的人。

　　一条空旷的城市柏油路突然变成了水泽，一些浅浅淡淡的青草从那里疯狂地长出来。又走了一会后，我脚下出现了一条分岔的土路，水泽的水分别漫向了两个方向。在一个木桥上我停下来，为下一步怎么走而忧愁起来。水泽在我右侧平稳地流淌，像融化的玻璃一样闪闪发亮，映着蓝色的天光，一洼洼地延展进了开阔的远方。我还看见黄色的睡莲、粉色的莲花，被碧绿多汁的大叶儿托着，像放在翡翠的盘子里一样幽幽绽放。我左侧的河流突然汹涌，混浊的水面出现一个个土褐色的漩涡，在河面上也有莲花，叶子已枯萎，花朵像揉皱的纸团，褪尽了颜色。没有人来这儿，这儿寂静着。我沉思着路途时，伸手去接触那些莲花，但我怎么也够不到它们。我要去哪儿？

　　我和一些人在黑暗中行走。那些人看不见我，我能听到他们的说话声，却听不清他们在说什么。我们只是前前后后地在走路，我身边没人，我就夹在他们的间隔里。后来，我发现我身边好像也有一个人在走。天太黑了，黑得伸手不见五指，我们能听见对方喘息的声音，彼此却并不说话。我们只是走，因为默契或者也可能因为陌生。黑夜里有风，风迎面吹在脸上，滑腻如水，我们是在逆风而行。旷野里，我不感到冷，因为风并不太大。黑暗如同死掉了，没有一点儿光亮。我们机械地向前移动着，脚很辛苦地跋涉，和我们一样，它也并不清楚要把我们带到哪儿。黑暗里，我们彼此依赖，不再孤单和恐惧。后来，我发现身边的伙伴没了，因为我已听不见他的细碎的脚步声和轻微的喘息。我停下来喊叫，但我喊不出来，我的耳边没有自己的声音，我喊得累极了。在喊叫中，我看见了一点光亮，且越来越亮，它是那么熟悉，是一扇半敞开的门泻出的白炽光，另一半的光由门玻璃一格格透出，那里有个人影在晃。我醒了，发现自己的眼睛是睁着的，而眼睛正好看着的就是厨房那扇门。厨房的灯未关，那里面的灯光跑进我的梦里来了，并且是在我睁着眼睛做梦的时刻，在我媳妇推门从那里走出来的时刻。

黑暗中的电影院不知道有多大。我最熟悉不过的一位书记在台上表演，奇怪的是他在巨幅的银幕里面对我们说话。观众的密度让礼堂内热烘烘的并且有着如水沸腾般的嘈杂。我分不清这是在开会还是在看电影。但这不影响那位书记的威力和演技，他滔滔不绝，手势威武。不少人因为这电影看过或者这会开过，开始打瞌睡，彼此小声交谈，痴痴地笑。一会，有几个黑暗的影子立起来，像一排移动的栅栏，唰唰地离开了座位。我听见椅子咣当咣当的碰撞声，黑剪影一阵阵遮住了讲话的书记。这样的状态一直出现，银幕上的书记似乎愤怒和绝望，他用一只手横在脖子前，抹了几下，那是用刀的意思，不知道他是要自杀还是要威胁观众。剩下一半要走的观众迟疑地坐下来了，继续看他在银幕上照样光彩照人地讲话和表演。

诗人叶赛宁来我家访问。我家在乡间，我们在一间小屋子里坐着。在漆黑的氛围里我们谈诗，烛光如豆，只照亮了他那忧郁而俊美的脸。我们彼此没有语言障碍，他谈到诗歌的比喻和想象，谈到俄罗斯的革命和大地的广袤无边。谈完诗，我们陷在黑暗中无语，唯有窗外的秋风晃着李树叶哗响。后来，坚硬的狗叫声传来，黑暗中扎耳。他似乎很无聊，表示要离开这里了。我起身送他，我们穿过更黑的庭院，走在乡间寂静的土路上。我们来到了一条通向田野的大道，两排杨树伫立，落叶纷纷，砸在我们的身上。在那儿我们分手，我听见了秋夜乌鸦的孤叫。我突然很孤单，我对着黑暗的田野里喊他。那已是凌晨时刻，东方开始微微泛白，我看见了微微的白雾气在田野里升腾。我听见了他的回答，他在黑暗中回答。"我去哈尔滨，然后再去美国。"他说，"美国就在有霞光的地方，并且隔着一个浩瀚的大洋。"我看着田野上日出的方向，那里突然烛光灿烂，漫天的燃烧，我听见了天空中的枪声，但我还是没有找到他。

我提着大包裹在蓝色的深夜里走。那是寒冷的冬天，两旁沉睡中的房屋，浓墨一样坚固。我听见了狗吠，是从黑暗中挤出来的，冲向无限的天际中，经久不息。我拐过那么多的巷子，一条又一条，偶尔遇见一两粒醒着的灯火，昏黄的，远而不可及。我平时走这路，从没有感觉过这么悠长。这次却不同，我似乎进入了迷宫，身边到处是一排排的平房，夹成一条长长的路。我焦急地走，大包被冻僵了，铁块一样碰撞我的腿。我终于走到了火车站。

我看见一列火车停在那儿，被一盏孤单的水银路灯照着。我招手想上车，那火车突然无声地发动了，蛇一样滑行，铿锵远去。站台上没有人，只剩下我在寒风涌动的空地上站着，我还是没有赶上这趟火车。我醒来。多年来，这列火车总是在我即将到达时开走，把我甩在身后。

我骑在马上，置身于一个巨大的谷地中，身边有密集的铁骑，显然是一支军队。没有风，军队的各种彩色大旗低垂着。我能感觉到胯下的马双肋是湿漉漉的，盔甲箍得我全身也是黏糊糊的。与我并排骑马的是我父亲，我们立在一块高大的坡地上。背后的士兵目光透过枪丛盯着我们看，等待我们的指挥。有一瞬间，我回头看士兵，突然感觉他们都是我童年的伙伴，密密麻麻的一个挨着一个。我父亲说：

"就在此山谷地屯军，埋锅造饭。"我劝父亲说："此处四下高山，又有莽林，且居下地，不宜屯军，如此易遭敌军伏击。"父亲不听，由于热，他解开了头盔，发丝苍白。这时，丛林中探出两颗人头，红头巾，他们对准我们拉弓放箭。我大叫一声不好，拽着父亲一起跌落马下。箭飞过去后，那两人提刀冲出来。我也提刀冲上去，与他们两人战作一团。身后的士兵们静静地看着，并没有摇旗给我助威。四下里又有喊声荡来，无数的红头巾队伍冲下来，双方大乱地战成一团。后来，我摆脱了那两个红头巾的纠缠，开始在乱军中寻找我父亲。我可耻地哭着，挥着大刀，冲入红头巾的队列，我能感觉到那刀砍在人身体上的锋利，我能听见巨大的喊叫和爆裂声。我勇猛地用刀推开了一道又一道肉墙，拼命地寻找着父亲。我的军队也跟着我冲杀出来，我们开始向开阔地带转移。队伍扬起了漫天的灰尘，我还是没有找到父亲。

我回到了我大学时代的师范学院，回到了自己的班级里。此前，我不知道自己用了多长时间，用来穿过那条没有尽头的灰暗长廊。那是一条墙体斑驳的幽长廊道，门玻璃上透出冬日灰蒙蒙的光线来。我走啊走，紧张地寻找着我的班级，玻璃和墙变换的明暗调子不时地涂在我身上。我发现胳膊下居然夹着教案，我是去教课而不是去学习。似乎用尽了一生的时间，我终于走进了我的班级。班级里等候我的都是儿时的伙伴，他们流着鼻涕，七扭八歪地在那儿打闹说笑。我开始上课，就在这个大学的班级里。我让一个儿时伙伴到黑板前写字，他几乎用光了一节课的时间，写出了一个"人"字。我一直耐心地看着，不说话也不打扰他，直到最后听见下课铃声。我喘了口气，站到讲台上，他也放下粉笔，回过头来时，喘了口气。我瞧见，他居然是儿时的我。

我搬进了一个新的大平房。平房的棚是用报纸糊的，此外满眼都是些黄泥土墙。房间空空荡荡，我决定布置一下房间。我弯下腰，一趟趟出门，不知从哪里运来了巨大的美人蕉。美人蕉像跳动不安的蜡烛，被我放置在土炕上。它们太高了，宽大的绿叶触到了棚顶。我感觉到不妥，又将它们运到厨房地上。厨房墙壁里有一个洞，我又将一条粗大的蛇放入黑洞中。它缠绕，弯曲，经常穿梭于这间土房子的里里外外。我不喜欢它幽微的腥气，也不想将它置于屋内。但外面是冬天，我担心它会冻僵，就容忍了它。美人蕉在疯长，大蛇在盘旋。我心中常存恐惧，共居一室，时时刻刻感觉到了来自它们的威胁。

雨后到处是水洼的一条乡村土路，泥泞得要命。我看见地上到处是猪、狗、牛、马和人的脚印，像是图章，零乱地盖在湿泥上。一位儿时的女同学走在我前面，小蓝布书包晃荡着。她的脚印，就夹杂在那些图章中。她的脚印是她自己走的路，和那些动物不一样，是一条很直的路线，她的小脚印也很精巧，只有我能看出来。好像是放学归来，我们刚刚进行了一场考试。她脚步轻松地走在我前面，我低着头无聊地走。她是个学习很好的女生，也很骄傲，这场考试，可能她又要考第一了。我想，这场考试如果我复习过，一定会超过她。但我追赶上她，竟然表达了另一种意思。我激动地说："考试没有用，别看重考试，关键是培养自己的能力，我长大了肯定比你强。"她突然扔掉书包中所有的作业本，变成了我的小学老师。但她仍旧耐心地听着，并没有诧异。在一个分岔的路口，她走了。她的家在河边，一瞬间我就看不见她了。

两岸绿色的芦苇汹涌地夹着一条大河。我站在那儿发呆，身后跟着一群我不认识的人。他们在劝我做一件事情。我刚才捉住了一只白色的大鸟，它似乎并不感到威胁，在我的怀抱里舒适地蜷伏着。他们正是要我做与这只鸟儿有关的事，劝我将它放生。事实上，这鸟不是我捉的，是它自己飞到我怀里的。他们像黑色的影子一样，我从来就看不清他们的面目。放生大鸟是一件事情，可不知道我为什么还要放生一条裤子？这丝毫没有任何的道理。后来，我还是听了那群阴影人的劝告。在一个宽阔的蓝色水面，我蹲下来，小心地将我心爱的裤子放入水中，蓝色裤子一点点地沉着，像一个不愿意离去的人。然后，我又放那白鸟儿。尽管舍不得，我还是放了。白鸟和蓝色裤子一起游着，在不远处，那裤子突然变成了一只蓝色鸟。它们在河水中并排游弋一会儿，像在谈话，又一起振翅高高地飞走了。

诗人们聚会。我和很多诗人一起去了诗人马永波家里，我们坐在大炕上聊天。这房子是朝鲜族的建筑风格，大炕对面有两扇拉门，紧紧关闭着。阳光从不太大的南窗照射进来，我们坐的炕上，有一小方被阳光点亮着。我看见一位长发的青年诗人，他在翻一本远人的诗集《都市游走》。我记住了那本诗集，是因为我们曾讨论过其中的一首诗。我们的理解不同，甚至争论起来。诗人们的意见也不统一，抽烟的抽烟，相互指名骂娘。我突然发现马永波家的房子还有一半墙壁是半截的，是一座未完工的住宅。透过那墙壁，另一侧露出一个小屋，像是这个房子的耳朵。马永波说小房子租出去了。一会儿，从那房子后墙处走出一位女子，染着金黄的头发，大眼睛，微胖的身材，一身白色的休闲服。诗人杨拓认识她，介绍说是自己鲁院的同学。那女子并不和我们搭话，叫那个翻看远人诗集的男青年起来。于是，他们手挽手走了。我问："他们去做什么？"马永波说："骗啊，骗钱哪，要不诗人怎么活着！"我看着窗外，城市是上海，高楼林立。奇怪的是，我并未感觉自己置身上海，却仿佛仍在自己的乡村。

我在空旷的大野中飞行，我离地可能就十米左右，像跑一样，在空气中滑动着双腿。因为速度加快，我的飞翔也就越来越高。我在上升，我的头顶是蓝色的，除了蓝，什么也没有。而脚下，是铁一样坚硬的旷野。因为速度加快，我感到了脸上不断加强的风力。我不想着陆，我就这样飞着。人却不知道要去哪里，我只沉浸在飞的愉悦中。直到我落下来，像跌倒一样，我被我自己吓醒。

秋天的稻田，金黄的稻浪顺着秋风的方向滚滚而逝，像是一场黄浊的洪水，漫延在村庄的周围。有一大排人，手握铁镰，队列拉成了一条悠长的弧线。开镰了！我看见一排浪一排浪的稻子跌进了波谷，且向前推涌着，像渐渐平息的洪水。唯有远处的稻浪还在翻腾，接近着天际。后来，我真的发现那些割稻人就在大水中挣扎。没有船，每人都握着断桨，一把不锋利的大铁镰，他们划啊划，在丰收的田野里，总是上不了岸。

我在一个古树参天的深山碰见了马俊。这位穿长衫有胡子的马俊，在中共党史上赫赫有名。我们面对面站着交谈，树荫的凉意让我们神清气爽，隐隐有雾气流淌在我们的脚下。马俊用一只手拢成喇叭状贴接我耳朵，小声说，他自己没有死，也没老，多年来自己就这个长相。他可能感到了我的惊讶，又四下望望说："这样的乱世道，你不要与外人说我在这里，也不要说我还活着。"也许是怕微风带走他的话语，他用我几乎听不见的声音强调："看到周恩来你也不要说。"马俊为人谦逊，并不谈自己的同学周恩来及自己那可歌可泣的事业。我们谈的更多是长寿秘诀。他做了一个缩脖子喝风的动作，两手平展，伸向凉凉的松涛中。"就这样，我活着，活得干净而年轻。"他面有自得的神色向我解释。我仍旧不死心地问及他和周恩来同过学的事儿，他摆手不语。当我们告别时，他在一株老松前又很认真地告诉我："你所做过的和正想做的都微不足道，一切都是浮云，我亦是浮云，你亦是浮云。"我点点头，看着他清亮莫测的眼神，陷入了群峰间的雾气里。

一条大河在村口的平地上分岔，喇叭状的两条河道，波光粼粼的大水就从那儿流入大海。我就住在这个面朝大海的村庄，蓝色的波光跳跃在我的视线里。早晨大海是平静的，像一面玻璃镶在我的窗口。中午时，大海里的水在一尺尺升高，一会儿海水就漫过金色的沙滩，缓缓流进我院子。海水涌上来时，我在小屋里做午饭，午餐就在蓝色海水涌荡中做好了。我的桌子漂在海水上，饭就在桌上热气腾腾，我坐在那儿就餐，丝毫没有恐惧的感觉。一些陌生的鱼就在我身边游来游去，我不孤单也不清寂。当我吃完午餐，海水退却了，满院子都是海星星和小银鱼儿，阳光下灿烂得耀眼。晚间，星光下，这些来自大海的客人，会站起来走，悄悄地回到大海中。只是，因我的睡梦，我一次也没有看到它们的离开。

我骑着自行车，沿一条泥泞的乡间小道扭扭歪歪地行进。我车子后座驮了一位胖子。胖子很重，加之泥路的颠簸，我不时地停下来喘息。雨后的空气很清新，满眼新绿。突然在前面河道的草丛中窜出来一队绿头鸭，它们摇摆在泥路的水洼中，引颈高歌，叫声一派嘈杂，像一个乡间的合唱队。我停下车子来，吃惊地躲避着。它们也因为惊吓而停止了合唱，并且四下飞窜。它们飞进了大河和野草中，我听得见扑通扑通的入水声。有一只野鸭却并不着急，它歪着头，嘎嘎地叫，黑豆一样的眼睛盯着我们看。后来，它径直沿着土道飞奔起来。我看见它双翅轻微地扇动，身体离开大地和草丛，像一架低空徘徊的飞机。它似乎在激怒我们，回头向我们示威性地鸣叫。"一定要抓住它。"胖子边说边拼命地追赶它，我也跟着追赶它。它径直向村子中飞翔，向一个大菜园的方向行进。园中人家正在摘菜，那野鸭飞进另一群家鸭中，很有心计地伪装成家鸭，闲适地勾头进食。胖子看着它，无奈地咽着口水。野鸭用胜利的眼神在说话说："你们从来就没有抓到过我。"隔着篱笆，彼此心思各异地对望一阵后。我和胖子咽着吐沫离开了，去寻找我们的自行车。

我驾驶着一辆破车，行进在一条荒凉的大路上。我要去一个陌生的城市，见我的姥爷和爷爷，他们在一个建筑工地上，然而我并不知道他们在那儿做什么。现实中我不会开车，但在梦里我把破车开得飞快。我放着歌曲给自己解除旅途上的孤独，那是一首我记不住名字的歌曲，反复播放着。荒凉的大路上没有人烟，偶尔有一些奇怪的飞行物和汽车飞奔，两旁是空荡荡的山峦相伴。车靠近了那座城市，那是座酒旗飞扬的城市，几乎没有高楼，多的是一些青砖瓦房。我没有进入市区，只是在它的边缘驱车奔驰，没有警察监管，我将车开得飞快。又不知过了多时，我终于寻到了那片工地。工地很空阔，也是一些青砖建筑。我没有看见工人，却只看见一对老头，握着酒瓶子，坐在一大堆木头上喝酒。他们正是我的爷爷和姥爷。我的姥爷穿一身黑大绒衣裤，戴一顶前进帽，消瘦，但气色却很清朗。他马上就认出了我。我的爷爷眼神有些呆滞，显然还有脑偏瘫症状。他费了些气力看我，然后认出了我。他们对我很亲切，询问我怎么有时间来看望他们，然后请我喝酒。我摇头，我给他们递烟，听他们说话。他们说，一起在这儿看工地，活儿不累，没事就在这儿坐着晒太阳。我问这里冷不冷，他们说："不冷，这儿的太阳亮，白天的时间多，黑天的时间少。""怎么不见工人呢？"我问。"他们白天睡觉，晚上干活。"我的姥爷说。"我要回去一趟，等这片房子盖完后。"我爷爷说。我看着他们，再没有说话，他们也沉默着，碰瓶喝酒。为这两个老人的衰老，我强忍着一阵阵的心酸。

　　我来到了火车站。乘车后，我穿过一节节长长的火车厢，然后停在一个长条的大餐桌边。我是来参加大学同学聚会的。在昏黄的灯下，同学们开会一样直直地坐着，并没有热烈的氛围。偶尔有几个同学低低地说话，互相咬着耳朵。我突然想起自己忘记了带相机，我便离开他们回去。聚会的同学还要换乘一趟火车，我回头时他们全部消失了。我找到了相机，走在黑暗的巷子和星点的灯火里，拐入一个地下通道。我想那一端应该是火车站，我要去那里为我的同学们送别。通道空旷，脚步声空空地响，仿佛有一个老人在这儿咳嗽。我又碰见了几个孩童，他们飞奔着相互追打，我们的身体撞到一起。他们并不让路，也不害怕我，围绕在我周围绞成了一团风。我只得躲着，快步地走，有一种说不出的威胁让我害怕停留在那里。穿过通道后，我发觉走错了路，横在我面前的是一个大平原，暗蓝一片没有人迹。我急忙回返，那条通道没有了，唯有空旷的平原伴随着我。我四下焦虑地寻着出路，瞧到有一处地平线上泛起了微微的红光。我断定那儿是东方，就向那儿走。果然，在黑暗中我找到了车站。车站的白炽灯明晃晃，人群中浮动的脸，僵硬的表情像涂了厚厚的白粉，更像日本的浮世绘人物。我没有找到我的同学们，也没能给他们拍上照片。或许，他们根本就不需要我拍照，也不想让我来送他们。一会儿，车站里的人全消失了，只剩下一个穿黑大衣的人。他背对着我，仰头看一个挂表上的时间。那钟表走得奇怪，我看了好久，才发现表针是倒着走的。我问："去火车站怎么走？"他说："你找到铁轨就会看见火车站。"他并不回头，也丝毫不奇怪我就置身在火车站内问他火车站在哪里。我走进另一个廊道，回头时，看见那个黑衣人在摘大挂表。我终于看见了铁轨，两道锃亮的铁轨担架一样伸展向无边的晦暗。上边卧着一辆大蛇一样的火车，好像被冻僵了，没有一点儿气息。我没有赶上这列车，当我犹豫时，它突然游动而去。

一个秋风大作的夜晚，我的大学女同学也就是我的初恋女友突然来访。她坐在我的书房椅子上，随便地翻看我写的诗歌。她拎来一个黑色大旅行包，还沾着一枚黄色的白杨落叶。她的来访，让我有些尴尬，不知如何应付。毕业后一直未谋面，看上去她还是那样狡黠可爱，但脸色苍白，像冬天的雪片。她对我说，要搬到我们这个小城来住。她说这话时表情忧伤，不像是在跟我开玩笑。我盯着她看，不说话。"我要先在这里建个小屋。"她说完又拿出来一张图纸，指给我她的建筑设计方案。我低头看下去，她要建的小房子，大概只是在地下挖个方形地穴，在周围有树的地方，不用占地面，且风水好。她很得意地问我好不好，并且补充说准备立刻施工。我抓着头皮，仍旧那样笨拙，因为我觉得这方案不好，但又说不出来坏在哪里。后来我灵机一动，告诉她："还是别建房，我居住的学校那儿有空房子，是楼房，我跟校长说一声，你可搬过来住。"她欣然答应了，我发现她苍白的脸色突然又红润起来。

没有点灯的大饭厅，我和一群朋友围坐在那儿饮酒。这群朋友是我的同学，来自不同读书时代的同学，隔着黑暗我也能认出他们。奇怪的是他们之间也互相认识，彼此轻松地交耳说话。酒宴中来了一个穿着时髦的胖子，他说是我们的同学，但我的印象中从没有过这个同学。他给每个人倒酒，表示要和同学们喝一杯。他松开手后，白色的瓷酒瓶旋转起来，转圈逐一在每人的胸前停下，倾出白色的液体来。

那瓶子不断地旋转着，像一枚伪装的手榴弹。在我杯前停下时，它倒出来的液体居然是黑色的。酒倒毕，我们在黑暗中举杯，齐刷刷地听那个人的客套辞令。他说了很长的时间，终于才听说到"干杯"二字，大家仰脖一饮而尽。我没有喝，那人看见了，说："你心不诚。"我说："我不想喝这种颜色的酒。"他说："你必须喝掉它，你的酒与他们的都一样。"别的同学说："同学敬酒，你应该喝掉，大家都是一样的颜色。"我说："你们不能颠倒黑白，我的酒是黑色的，我不能喝。"同学们将头探过来看我酒杯，都笑着说这酒是白色。我申辩说："酒是黑色的，你们怎么看的？"他们似乎结成了一个同盟，都坚持说是白色，坚决逼着我喝掉这杯酒。在愤怒中，我摔掉手中的杯子，转身走向黑暗的大堂外。他们仍在黑暗中喝酒，大笑。我一个人站着，不知道自己何去何从。

我和妹妹走在一条马路上，我在帮助她找丢失的孩子。此前我们三人一起走，突然孩子就不见了。在路上，我碰见了一个民国时期装束的老太太，她拄着拐杖站在一个十字路口，不停地咳嗽。风吹着她的白发，镶着绿宝石的小黑帽并未能压住垂老的碎发。她穿着一身黑锦缎，紧缩的裤管里伸出一双小脚。她在瞭望着什么？我问她是否见过一个孩子，她只是摇头。我们走进了她身后的村子。那是个奇怪的村落，青砖青瓦，到处喧嚣着鼓声，咚咚的鼓点儿颇急促，声音低落处，含混不清的唱词隐约传来。这村子的人聚集一起在跳大神，一种很奇怪的仪式。我挤进人群，很轻松地就站在了前头。空地上有一男一女两人在闭眼哼唱，旁边有童子在打着类似手鼓的东西。打手鼓的童子身材短小，一身红红绿绿的衣服，低头不语，只是专心地击打着鼓皮。我发现他长得像我妹妹的孩子，也就是我外甥。我喊他，并且上前去拽他，周围的人群突然把我们挤出了圈外。我看不见我的外甥了，只有那黑衣小脚老太对我笑，吸着长长的烟管，我眼前一阵阵的烟雾弥漫。

我推开一间大门，廊道里面昏暗一片。廊道里有更多的小门开着，展示着乱糟糟的一个个小房间。大学同学都在忙，他们在整理出行物品和行李。我走进女生宿舍，并不奇怪其中还有带着孩子的女同学，仿佛她们上学时就带着孩子。我没有多停留，只是礼貌性地问："需要帮助吗？"她们摇头，我就退出去了。长廊里所有的宿舍都是这样的忙乱，这是大学毕业的前夜，我似乎在寻找大学同学宋云超。我在宋云超的打包处停了下来，也不奇怪于他居然在大学里开公司。公司是一个刷着蓝色墙围子有许多数不清套间的大平房，拥挤的大学生们正在那里托运着行李。又有一门通向食堂，机器震颤得空气嗡嗡响，在那些宽大餐桌上，宋云超雇用了许多学生为他打工，踩缝纫机制作大行李袋。我说："不错，你的生意挺火。"他笑了，并不着急毕业回家的样子。于是我们就在混乱的校园中乱窜，散发打包处可打包的消息。校园在黑暗中并不安静，灯火下处处是忙碌的影子，纷飞的蝙蝠一般不真实。我们谈着毕业后各自的经历，走到一处四下有高大杨树围着的场地。场地上有一个大平台，台子上是大合唱队，大学生们在看演出，好像是毕业演出。停下来细看，演出的人居然是一群老年人，是多年后我居住的城市里的老年人。他们合唱，欢乐的表情洋溢在他们的脸上。唱完歌，老年人们扭秧歌。演出台边不知何时又聚集了一群牛，瞪大了清亮的眼睛看。一只大鸟儿也来凑热闹，像人一样伸长脖子看台上，胸脯挺得高高的，器宇轩昂。细看是只鸵鸟儿，它从它们的队伍中刚刚走出来，两只翅膀像人胳膊一样悠闲地交叉着。我们从大学生的队列里挤出去，又去了一个黑暗的平房区，那儿还是宿舍。男女生们的行李和书本，堆得屋子里几无空隙，居然还有蒙被子睡觉的。宋云超宣布打包处的事儿。同学们问在哪里，宋云超就大肆描述一番。"太远了，在另一座城市，不通车，我们怎么去呀？"一个戴眼镜的大学生说。"不可能呀，我们刚刚从那儿走过来，不远。"我向他们解释。他们还是摇头，坚持着自己的看法。后来，在一株槐树下我们遇见了大学最美的校花白莉。皎洁的月光下，她正在喂一个小女孩樱桃。一株樱桃树，红红的宝石般的果实缀满枝头。白莉指给我们一扇木栅门，让我们去她家里坐。我们问她打不打包回家，并解释说我们有个打包的公司。她说："这里生活很安静，今后哪都不去了。"那孩子躲在她的身后，黑眼睛警惕地看着我们。白莉用铁镊子从树上夹下一枚樱桃，小女孩张开嘴，噙住了它。我忍着口水，看见射出鲜汁液的红果子进入了小小的嘴中。狗叫声中我们继续走，生意无所收获。后来，一条高堤坝的大河挡住了我们，我们走上去，河水切开了地平线，迎着天光阴森地亮着。我看见白色的鱼群在汤汤大河中游动，流水的方向居然是蓝天。我决定游泳，我跳下去了，凉水覆盖了我的全身，我向着那有光亮的蓝天处游去，忘记了生意和毕业的事儿。

我不认识那个女人，但好像我们又彼此很熟悉。在一座繁华的城市，我们不期而遇，确切地说，在我梦中我见到了她。她有一双大而黑亮的眼睛，与我目光相碰时，总闪烁着热辣辣的带有情欲色彩的目光，像燃烧着的一团火。我接受了她这样的目光，彼此心照不宣地一起走着。但我真的不知道她是谁。我们在阳光灿烂的城里走，急于寻找一个独特的空间。我们走了许多的地方，到处是车辆，到处是楼房，到处是人，没有一块地方能容下我们的二人世界。我们之间有着初恋似的害羞，又有懂得情欲的热烈，我们就这样在寻找中远游似的走着，忘乎所以地走着，只为寻找一个二人的空间。我们好像是走遍了世界，跋山涉水，彼此相互搀扶。我们渴望亲吻，甚至渴望着彼此的肉体，但直到我们苍老，我们仍在寻找，流浪，穿过一座城市又一座城市。直到在梦中我醒来，我感觉到了双足疼痛。我清楚地记着她的长相，但现实中我从没见过这个女人。

一伙人请我去吃饭，地点是一个我并不熟悉的黑色餐厅。落座时，我发现那些人我一个也不认识，但我还是坚持坐在了那里。我们彼此说着无关紧要的话，脑海里我还是没有记起他们都是谁。一会上菜了，一个巨大的盘子，有枚鹅卵石一样的白色巨蛋卧在里面。我表示了疑问和拒绝。他们说是鸵鸟蛋，其中一人准备用锤子砸开它，邀请大家来吃。我突然站起身，将那蛋捧到了自己的胸前。那东西沉甸甸的，我弓着腰身用尽气力保护着。他们怒目看我，示意我把它放下来。"这不能吃，这不能吃！"我很激动地大声吵嚷，同他们争辩。他们准备了刀叉，眼睛放出绿光来，似乎要将我和那枚蛋一起吃掉。我们对峙着，突然我手中的东西爆炸开来，一只黑色的怪物从那里跳出来。它落到了桌子上，果真是一只大鸟，它啄向我的手，因为我手中还有石灰似的蛋壳儿。我并没有感觉到疼痛，却嗅到了更加诱人的香味，无疑香味就来自于那鸟儿。那些人将刀叉伸向了鸟儿，但那鸟儿一振翅，就没有了踪迹。

我必须要穿过那座菜园子，才能进入那所空房子。而那座菜园子居然满地都是长长的黑蛇，好像是泥土里长出来的。它们扭结，蠕动，懒洋洋地翻身，又爬上杏树，挡住了我的去路。我不清楚我为什么要进入那所空房子，但我必须要进去。在一个明亮的下午，我徘徊了好久，恐慌中还是没敢穿过那片有蛇的菜园。后来，我决定从邻居家的后院绕过去。事实上从邻居家绕，最终也得经过这座菜园，因为空房被菜园包围着。我碰见了童年的伙伴赵小柱，他在大院里读书，我说明了情况，他并不感觉到害怕。他说自己要考一所大学，要改变自己的命运。"你看，大学就在那里。"他用手指向那处空房子。我没有耐心听他絮叨，因为我看见他家炕上蜷着一只猫，正凶巴巴地看着我。大猫的目光里有一种我熟悉的东西，它居然像某人的眼睛。我装作讨好它的态度，对赵小柱夸奖它的毛皮，它的可爱，悄悄地向大院外跑。大猫起立躬身，越来越凶狠地看着我。我跑出了赵小柱家的院子，从篱笆处看向有空房子的菜园。蓝天下，阳光强烈得如同着火，那满园的蛇有的晒成了枯木，有的残喘，爬向了阴凉的地带。奇怪的是，那只大猫也蹲伏于其中，两眼灼灼放光。我还是不敢进入那所空房子。天要黑了，没人来拯救我，我在菜园处，焦头烂额地转圈子，等待着这个问题的解决。

我和一个矮个子建设局局长谈话，起码我认为他是局长。他在劳动，他置身于空荡荡的大房间里，房间说不清有多少个小屋，迷宫一样。房间的墙是青灰色砖砌的，光线暗淡，这使得他的影子更黑。他站在一把椅子上，一手托着水泥板，一手用瓦刀挖出一点泥来，努力地伸直胳膊举过头顶，直到够着天棚的某斑驳不平处。他的身体也拉成了长条，这显得他比平时高大了许多。由于腰部用力过多，露出一截粗粗的肉来。他用瓦刀将水泥抹到了棚上，然后一点点地压成一个平面，又反复地抹来抹去，直到那平面光滑如镜。然后，他又用瓦刀从泥板上挖出水泥，如此反复地不知疲倦地劳作。他穿着土布衫，脚上是一双沾满石灰看不出原色的解放鞋。我问："你怎么来劳动了？你不在办公吗？"他说："你是谁？"我说："我们是同事。"他说："你认错人了，我从没当过局长。"我看着他，他的气质还是像极了局长。我说："你不是姓纪吗？你在政府大楼里上班。""我真的不是，我打了一辈子工了，真的没当过局长。"他摇头否认。说完话他不再理我，继续熟练地工作，吹着口哨，很快乐的样子。我不死心，我注意观察他胳膊上的那块伤痕，果然和局长的一样。他本人就是局长，我奇怪，他为什么不承认？

我去一家图书馆求职。图书馆建在乡村，叫我百思不得其解。图书馆是一座平房，油漆斑驳的蓝色大门开着，进去是黑暗的长廊，墙壁一排排小窗户上透出一块块光斑来。我趴在一扇小门上往里看，隐约看见一个人在里面枯坐。他的坐处是唯一能看见光亮的地方，他周身壁立的书架，高耸地顶着天棚。我敲门，没有响应，无奈就径直进去了。那人竟然是我的一个诗友钢克，他何时变成了馆长？我不知道。我说明来意，他没有表态，仍静坐在那儿。一会儿，办公室又来了一个人，是我的小学女同学。她还是小学生的模样，一双清亮的大眼睛，她并没有认出我。钢克让我明天再来，因为他马上要和这位女同学谈话。我退了出去，廊道里听见他们低低的说话声，像是蚊子和苍蝇在鸣叫。第二天，我又去。那个有书架的屋门开着，钢克走出来对我说："你的小学女同学来上班了，这里没有你的工作岗位。"我无声地站着。小学女同学抱着一摞书出来了，对我解释，自己还在读小学，也不知怎么就被选中来上班了。钢克走后，她递给我一张纸条。我记住了纸条上的署名，小雯。小雯是谁？我小学同学中没有叫这个名字的，我不知道那个叫小雯的是谁。可能钢克也不会知道，因为钢克在我梦里更像是盲人博尔赫斯的化身。

我跟随着他们跋涉在泥泞的大野里，暗夜里陆陆续续的人群比黑暗更黑。我不知道我和他们为什么要走，去哪里？我们在黑暗中走着，默无声息像一株株移动的枯木。我感觉到我的父亲也在我身边走，前面的黑暗的队伍中也有我母亲。也许，我是为了寻找母亲才加入到这个队伍来的，因为我追随着她那个方向走。我们停在了泥泞的稻田前，稻田里有浅水在微微地晃动。还没到插秧的时节，稻田空旷而无边。我们随队伍踩着软软的稀泥继续走，脚下滑腻，几乎就要陷进去。忽然，我感觉到污泥涌动起来，哗哗作响，瞬间它分开黑色的巨浪，我看见一张扇形一开一合的黑嘴，它在向我和父亲这里游。那巨嘴连着一条黑黝黝的身体，不停地晃动，是泥浆中的一条大鱼，像一条船儿般大小。我放弃了捕捉它的念头，因为它向我们扑来，被它分开的泥浆一路翻滚。我和父亲飞快地跑起来，人群也飞快地跑起来。大鱼疯狂地在我们身后追赶。我们踩在泥浆里，像踩在棉花上。我绝望地担心着母亲，在这样到处流动的大野，在黑暗中我们能去哪里？后来，我绝望地停下来，那大鱼也停下来。惊恐中我发现它居然是条船，它在越来越大的水中，似乎等待我上船。我喊那些逃跑的人，喊我的父亲，喊我的母亲。黑暗中，我不知道有谁听见我的尖叫。

我和妹妹们似乎是在向前埋头行走。我们置身一个寒冷的冬天，荒原上到处是白色刺眼的冰层。北风很大，吹到了我们的骨头里。我们不知为何向前走，黄色枯萎的芦苇不停地挡住去路，我们不得不忙碌地分开风中呼啸的芦苇。前方在诱惑着我们行走，因为身后的大地更让我们恐惧。就这样，直到我们看见父亲，才知道我们在寻找着离婚后的父亲。一条冰冻的大河，我们的父亲，走在前面在大冰块上，黑色的身影在白冰上摇晃着，像一只直立行走的熊。我们在后面呼喊着他，父亲好像喝醉一样，不断地摔着跟头走。冰层浮荡起来，父亲踏上了一块暴怒的冰。我们被冰层间的汹涌大水隔开。我们担心着冰层的破裂，担心着父亲的意外。冰层浮动着，父亲置身在那上面，像在一小座孤岛上。我们更加大声地尖叫和呼喊，父亲仍不理我们。那冰层载着他远远地冲下去，后来，父亲被幸运地冲到一个有土的小岛边。那岛上也有芦苇，父亲在冰层上抓住了它们试图往岛上跳。但我们发出了更大的尖叫，因为那芦苇燃烧起来，黄色颤动的火苗，落在了冰层上。冰层加快了融化的速度，我们不知道父亲怎么样能摆脱这样的困境。

他请我去他家吃饭，我跟着他在废墟一样的楼房里转来转去。我时刻小心着脚下，因为仿佛被拆毁的大楼里到处是障碍物，破木板、破箱子、水缸、废钢材，有时是八卦图一样的蜘蛛网。更多是屎，黑色的、褐色的，一堆堆地在楼廊里密布。我皱着眉走，理解不了他为什么住在这里。楼好像是一座破败的大工厂，窗口荒凉地洞开，玻璃碎裂。我们从楼道走上大平台，走向开阔无边的长廊，又从破窗口穿过一个个搬空的屋子。正是这些地方，密集了各种来路不明的屎一样的秽物。我们在阴暗的斑驳中走向了一个更高处的平台，那里有两间平房一样的建筑物。平房前面是一块空地，应该是楼顶，奇怪的是那里长着一株大树，是枯木，骨头一样惨白。他的媳妇出来迎接，从黑暗的门厅里出来，笑意盈盈。她说备好了饭，一会儿菜不够，可以煮一些大骨头。我跟他进入了室内，里面光线昏暗，方厅里有黑色的方桌，上面是一些我不认识的饭菜。我后悔来到了这里，参加他们的宴席。我想走，我对主人说："我出去转转。"在他们的房前，我发现这里只住他们一家，同围破败，没有人迹。女主人在砍树，我问她为什么要砍，她说要煮骨头。"用它烧火吗？"我问。她看我，又笑，她说："你看这大骨头多好，一会宴请你就用它。"我急忙寻找着回处的路径，因为我来时拐来拐去，我忘记了归路。女主人还在砍树，我四下搜寻着，并为了如何离开而焦虑不安。

我掀开了一道厚厚的棉布门帘，走进了一座老旧的电影院。那是一座散场后空空荡荡的电影院，影片还在上演，音箱造成的巨大轰鸣，敲打着我耳鼓。那道光束是从一个厚厚的小方孔中射出来的，向远处的黑暗里散射成长方体的光柱。光柱是不稳定的，一阵阵变幻，就像是流动的河水。没有人的空椅子，黑压压地沉浸在寂静中。我在一排排椅子中走，好像是在寻找人。但开阔的大厅里除却黑暗，并没有人，唯有宽大的银幕上变幻着影像。电影是黑白的，有时银幕上黑色浓稠时，我就像掉进了深渊，而白光闪烁时，我就像浮在水面上。我将那些椅子弄得咣当当地响，我在合上那些椅面，让它们掩在椅背上。我就这样一排排地走着，终于在一个椅子下面发现了一个人，对，我就是要找他。他歪坐在地上，上半身斜靠在椅子腿上，穿着厚厚的大棉衣。我不知道他喝没喝酒。他满脸的憔悴，面部还有伤口，他晚年居然成了酒鬼和乞丐。我推醒他，问他怎么躺在这儿。他说："没人管我了，我没有家了，不躺在这儿怎么办？"我说："谁不管你了，我们走吧。"于是我搀他起来，我们穿过那束变动的光柱。他在光柱中看着我的脸，"你是我儿子吧？"他问我。我说："你说是就是吧，反正我是管你后半辈子的人。"我们的脸又在黑暗中了，巨大的音响淹没了我们的脚步声。出大门时，我们碰见了售票员，他双手拢在袖口里，木木地站着。手里是一堆颜色各异的电影票，它们已经检过，被撕出了一个又一个缺口。

绿色的草滩上我涉水而走，为了寻找我的裤子。我参加的同学聚会好像是散了，因为在水边我看不到他们。我低头看着空悠悠的河水，看着一朵朵白云在水里游弋，就是那时我发现自己只是穿着裤头，露着两条麻秆式的双腿。为了寻找裤子，我漫无边际地快走。暗绿的有水洼的草地死寂，我看到的只是空旷和无边。后来我走进一个草棚，发现了一条牛仔裤，想穿时却发现不是自己的。我又焦虑地继续寻找，其实我也记不起自己的裤子是什么颜色。后来我遇见了散会后的同学，他们也在这草地上走，他们并不说话，只是呆呆地走。我问他们是否看见了我的裤子，他们木头一样无反应。我反复地表达着我找裤子的想法，或许是听不到我的问话，他们无动于衷，没有一丝聚会时那种和睦友爱的态度。我突然明白了为什么要坚决找我的裤子，因为那里面有我的手机，手机上有和我这个世界的种种联系方式。我离开他们，像风一样又继续跑。在梦中，我能感觉到两脚踩在水中的冰冷。后来我又遇到一些聚会的同学，我向他们询问看到我的裤子和手机没有，他们仍旧走路，仍旧不回答。我拽住了其中一位同学，他不说话，不认识我一般地挣脱。我看见他手中握着一个小数码相机。我想起来了，我是为了下水给他们照相，才脱掉了我的裤子。可是，我的相机又哪去了？我看着自己，周身上下，只剩下了小小的裤头。我又开始狂奔起来，在无边的绿草滩上，我在寻找相机，在寻找手机，在寻找裤子。

黑暗的大教室，我努力看着黑板。金老师正在用白粉笔写语文考试题，他只留给我一个后脑勺。我艰难地辨认出一行字迹："秋天像病毒，可以一千次侵入我们的身体。"这是一道是语法题。同学们飞快地抄写着题目，我却许久才写出第一行，因为看不清黑板。我同桌居然是我表妹，我的初中同学，她在飞快地答题。我想看她的卷子，却又惭愧地收回目光，自尊心不许我看别人的卷子。这场考试一开始我就面对了一个语法难题，难以下笔。在黑压压的氛围中我无比煎熬，因为写错，我不断地撕下了一张又一张纸，直至发现没有空白纸张才罢手。不知怎的我离开了考场，去宿舍取稿纸。外面是冰凉的洪水，涌荡在深蓝的夜色里无边无际。我游在水中，进入一个像工厂似的三层楼房。水漫过楼道在流动，就我一个人在黑暗的水上行走。我走上二楼，进入有水的寝室。我四下里寻找纸张，大水汩汩作响，我全身湿透，不住地哆嗦。终于取得纸张，跑回考场。我挪到最前座看考题，飞快地写下黑板上的句子，我发现纸上却无字迹。我拼命甩动钢笔，原来没有墨水了。四下借不到钢笔也借不到墨水，我叹口气，不得不又向宿舍回转。又是无际的大水和静死了的空旷大楼。水在大楼里面涌动，我孤独一人洇水。我把钢笔水瓶带回教室，坐下大口喘气，变老了的金老师催促我快些答题。我这回面对的是一道作文题目，我愁眉不展。因为黑板上白花花一片字迹，都是题，我还都没有作答，作文一时写不出来。我不知是先答别的题还是先写作文。我瞪大眼睛看黑板，突然发现自己根本看不清那些字迹，我的眼睛近视了。周围静死了，同学们只是埋头唰唰地写。我憋出一身的冷汗，又向宿舍奔跑，这回是取眼镜。我安慰自己，找到眼镜就会解决一切问题。奇怪的是宿舍里点了昏黄的灯泡，我的大学室友们住在那里。大水退了，室内湿淋淋的。他们考完试刚回来，卧在有蚊帐的上下铺里，隔着白色纱帘小声地谈论着试题。一位同学问我："你考完了吗？"我说："还没有。"他说："我把你的被褥都带过来了，你的床在那儿。"我看到是一个有积水的墙角，我的床位还没来得及整理，乱七八糟地堆积着，仿佛是我放假刚刚归来。我说："不急，我回来取眼镜，还要回去考试。"他们都从白色蚊帐里探出头，惊异地看我。我心焦火燎地四下找眼镜，又忙碌地四下寻手表。我找到了一块电子表，数字明示出的时间，正是考试结束的时间。而我的眼镜居然没找到，考试也没考成。

我和赵仁智在上学的路上转了一个弯，拐进了一个生产队。我们管它叫作马号，养马和牛的地方。那是个明亮的大正午，太阳喷射着它的火焰，烤得村庄变成了火炉。村里到处都是明晃晃的，我们有点儿睁不开眼睛，除非看着比黑暗更黑的树影。地面发烫，我们只听见脚下胶鞋摩擦砂石粒响亮的声音。我们周围的狗也不吠，鸡也不叫，热烘烘的中午好像是睡着了。我们是高三学生，但我们有着儿童的长相，前途鼓舞着我们学习的自觉性。虽然在梦外赵仁智同学并没有上过高三，但至少我们俩去生产队时是如此。我们开了一个小差，在上学的路上转了一个弯就溜到了马号。马号大院有两扇破木门半掩着，宛若一个老人缺牙的嘴。我们挤进去，立刻一股浓烈的稻草香味和化肥味儿就扑鼻而来。院落却空荡荡的，地上到处是干牛粪和破烂的物件，这里好久没有人迹。我看见有一堵墙塌掉了，一辆牛车少了一个轮子，一把生锈的铁犁歪躺在墙角，此外就是我俩的影子。我们走进一个更大的马棚子，里面的黑暗让眼睛几乎瞎掉了。我们摸索着，一阵阵清凉从黑暗中微微漾来，我打了一个寒战。原来这是一个豆腐房，湿淋淋的仿佛是一个大澡堂。我看见一口巨大的铁锅支在灶沿上，里面注满了水和豆子，大锅后面连着一面宽大的炕，整个屋中几乎都被那面炕所占据。炕上有盆、碗、筷子、坛坛罐罐这类的东西，胡乱地堆着。还有一些物什在黑暗里看不清。屋内还有两口大缸，里面泡着豆子，发出酸臭味儿。缸里的黄豆泡成了胖子，刚降生的婴儿一样挤成一堆。另一边是水泥搭的台子，上面有两块扁木盘，里面的豆腐用白麻布包裹着，上面又压了木板和石头。木盘冒着蒸气，下面滴着黄豆色泽的水，豆腐在盘子里开始成形了。水泥地上更多的脏水外泄，弄得地上湿漉漉。石台上，一把切豆腐的刀子在黑暗中放出寒光，铲子则很迟钝。另一旁有一绳子从天棚垂下来，拴着一个油腻腻的木十字架，十字架拴着个布包，它是用来过滤豆渣的。没有人，我们就抓了一块叮了苍蝇的干豆腐吃，我们很快乐地吃，嘴吧唧吧唧地响。有一人从明亮的入口处进来了，在身影的移动中我们看出他有点儿跛足。是我们儿时的伙伴——朱汉国，但现在他近四十的样子。他看见我们就像小时一样亲切。他说他父亲不做豆腐了，现在他来做。他说全村子人都来买他的豆腐，自己买下了马号，就住在这儿，日子过得还可以。他问我们在哪儿上班，我们说还在上学。他没有对我们年龄上突然出现的差异表示奇怪。他说他现在有手机了，有电脑，他一件件地向我们炫耀。我们说我们准备考大学，考上了大学，将来有的东西比这还好，没什么了不起的。他突然不见了，我们不能再沟通。我们没心没肺地走出来，发现院子里更荒芜了，长满被日光晒焉的野草。我们喊他，无人应答。有几只麻雀胖乎乎地蹲在烂屋檐上觑我们，小眼睛射来逼人的光束。后来我听到了见木檐的断裂声，像一个人梦中咬牙。我俩手拉手跑出来，回头时后面的大院不见了，只有一个红砖房立在菜地里。后来就是我自己，是成人，回家一样，在村子里闲逛。

纸世界

速写簿

女歌手

位于市中心的一家商业大楼，今天又一次开业了。被电风机鼓起的虹桥在寒风中摇晃，像一个醉汉，而它的阴影下是齐刷刷的八门朝天小钢炮。旁边一个合唱班子，一些穿着古怪留长发的人忙碌着，调音响的调音响，试麦克的试麦克。停下来的过路人，成了这儿的观众，抄着手，不紧不慢地等待着将要发生的事情。

这儿刚有一家商场倒闭，是卖电器的。今天开业的则是卖服装生意的。一些巨幅美女时装模特广告挂在高楼上，神采飞扬的眼睛比观众的头还大。这家商场还推出一幅大广告彩带，挂在高悬的氢气球上，上写"六小龄童登场献艺"。

六小龄童还未出现，一位化浓妆的女歌手吸引了我的目光。她很漂亮，大眼睛，瓜子脸，颧骨略显，有点像韦唯。她突起红唇，亲吻一般，对着麦克"喂喂"不停。她似乎感觉到了四下目光注视的压力，她拢了一下前额的长发，让一张脸满月一样露出来，面部开始有了微笑，那是诱惑而自信的，一派灿烂。

我曾在另一个开业的商场门前，听过她唱韦唯的《亚洲雄风》，闭眼听还真是有点儿难分彼此。后来在全市的文艺演出上，我也听过她唱《女人不是月亮》，又有点像那英。每次演出，观众总是不吝啬自己的掌声。

后来，她选了一个橱窗前，立在那儿抽烟，微闭着眼，一脸倦怠的样子等待演出开始。那儿几乎没有人，远离围观的人群，她一只胳膊围绕胸前抱着另一只擎着烟的手臂。后来她干脆舒服地依靠在橱窗上。我注意到，她许久都未动一下，几乎就成了她身后橱窗里那些冷冰冰的塑料模特。

健身中心

从几扇敞开的门里传来的音乐和吆喝在热烘烘的大厅扩散着，空气被震动得嗡嗡发响，但还是显出了某种严肃的安静。一个高高的长方形柜台，里面好像没有人，却传来吃吃的笑声。一会果然露出两个脑袋来，头型发式上可以看出是一男一女，二十左右的样子。他们低头，视线埋在柜台下面，可能是在看一本杂志，或者共同读一封信。有人进来他们也不抬头。有时，那女人的右臂会不自觉地倚靠在那男人的肩上，他们就这样在嘈杂声中沉浸在一件共同的事物中。

拐弯廊道的玻璃门开着，音乐声就从那漫过来。那里也是一个宽敞的大厅，白炽灯下，一袭黑衣的女教师，戴着耳麦跳操，身体前后进进退退，嘴中喊着号令。灵巧的脚步有时让她在门的可见视域内消失，只是一会，黑色的身形又出现了。从墙壁镶着的大玻璃镜子里映出了她带领的队伍，十几个胖女人组成的方队，皆黑衣。由于移动，地上的影子明明暗暗的，镜中也恍恍惚惚。她们看来身手略显笨拙，却很卖力气。

大厅另一斜角又隐约显出一道门，门半开，玻璃门上显出一队白衣。其实只是露出几个，但整齐的排列，可以判定是一队。他们都是少年，腰间系着黄、白、绿等带子。他们不时抬脚伸腿、斜踹，胳臂有力地挥动，嘴中喊出号子，门上可见一字，"跆"。一会儿，一个高个子从门玻璃上出现，他双手在纠正一个少年的姿势，显然他是教练。透过那么多的镜子，也看不清他的脸，他离镜子远，脸色暗淡。

大厅里很安静，使得从这两处传来的声音足够响亮。大厅中其实还有一个孩子。他跪在地上，上身伏在一个黄色小凳上，手在一个白纸本上运行着一支笔。有时他抓抓头发，东张西望一会，没有发现兴奋点，就又埋头写。他的上方是两个圣诞老人像。红帽子，雪白大胡子围成一张笑眯眯的脸，还饰着一些彩条。这是今天挂上去的。对，我想起今天是圣诞节。

外面夜色正浓，灯火辉煌一片。亮晶晶的雪花在灯光中舞着，银白的面粉一样。附近的高楼万家灯火。再远一点，黑暗围合在城市四周。再高一点，山峦如铁，箍着一个雪花纷乱的边城，像一个被谁搅拌的白石灰桶。

穿白色风衣的长发女人

在封闭严实的长途轿车里，我被下午的秋光所浸润，周身暖洋洋，身体就靠在座位那片明亮区域里一动不动。耳朵中一片寂静，因为听不见外面秋风和柳叶的嘈杂声。车窗外是火车站广场，没有班车来，今天少有行人和车辆，显得空旷而荒凉。

我看见一个穿白色风衣的长发女人向这边走来。她身体修长，一双长筒红靴，肩上斜挎着一个小小红皮包。秋阳下，她的一道淡影子斜在满地的落叶中。她的黑发张扬着，像跳动的火焰一样，伸展向高蓝的碧空。有时那不规则的火焰遮蔽了她的视线，她就用一只手穿过发际，试图向后抚平它们。显然外面的秋风很大，她满头的长发总是不安地跳跃着，纷纷地披散在她白净的面庞上。她那长风衣也随秋风不安地动荡着，像裹了一身白色的波浪，她在海上御风而行。

后来，她停在我车窗前，浆果一样的红唇紧紧抿着。她用我车窗上的水银面玻璃做镜子，就像在自己的小镜子面前一样。她扬头，双手一起插入长发中制止那些黑火焰。在秋风中颇费了些气力后，她终于把满头的长发收拢在手中。她用右手取出一只月白色的发卡来，她侧着身，以便让自己更清楚地看见头发。她的双手灵活地配合着，终于将那发卡卡在了长发间，于是那黑瀑温顺地披在她脑后了，她的面庞完整而清晰起来。

她丝毫没有感觉到车中我的存在。她离我是那样近，我甚至看见了她耳朵上一颗星星一样的小痣。结束掉这一项工作，她又飞快地从红色包中取出一只唇膏来，将面庞更近地递向了车窗，红唇努起来，仿佛接吻一样。我屏住呼吸，一动不动。我看见唇膏在她的上下唇移动着，闪烁出明亮的光彩。她那样投入地做着这一切。当停下来时，她在秋风中松了一口气，更加美丽自如了。

然后，她转身走了，长风衣随秋风动荡着消失在车站中。我松了口气，为刚才的一幕轻轻地闭上了眼睛。

流浪狗

广场空地上的雪被踩得结结实实，几乎就变成了黑色的冰。一个脏兮兮的垃圾箱，吸引了一只小小的流浪狗，是一只白色的长毛狗。它好久没有洗澡了，身上的毛打了黏糊糊的绺子，倒像一只黑狗。在那些移动的脚下，它有些旁若无人。它用灵活的黑鼻头拱着一只鼓胀的塑料袋，用爪子弄破，那里面的东西吸引着它。小狗饶有兴致且熟练地一一挑选着，它清理出废纸，清理出小块的馒头和果皮，让它们散开在雪地上，后来它幸运地找到了小骨头。于是它机警地叼起来，四下里望一会儿，又安静地趴在垃圾箱旁啃起来。它皱着鼻子，表情很惬意，又有点儿贪婪，看样子许久没有吃到这样的美味了。一只黑色的大狗突然蹿过来，它的皮毛闪亮，肌肉匀称健硕，威武得像保安，是条狼狗。它注意小狗好久了。它从容地颠着四肢跑到小狗身前，停下来，耐心地看着小狗。小狗对大狼狗威胁性地龇了一下牙，叼着骨头想跑，但却浑身筛糠，缩成可怜的一团且略带抵抗地呜咽着。后来，它让出了那块骨头。大狗优雅地站在那儿，嗅嗅那块骨头，用鼻子拱了一下。它可能是不感兴趣，或者是良心发现，凝视了一会儿骨头，就沉思着离开了。它前面是它的主人，一个黑皮衣大胖子，大狼狗几步就跑到胖子的前面，继续为自己的主人开道。

刷墙的妇女

广场僵硬的空地上，几个戴大绿头巾的妇女坐在那儿甩扑克。她们围成一圈，像在烤火取暖。她们的臀部压在一些报纸上，那副脏兮兮的扑克牌也压在一张报纸上。报纸上是刘德华的彩色大照片，她们的手就在这位明星的脸上摸来摸去。摸完那副牌时，刘德华的脸就全露出来了，很酷的表情。她们每个人神情严肃地捧着一摞牌，开始往下用力地甩，这时刘德华的脸上像下雪，一会儿就被埋没了。后来因为对家出错，她们争吵起来，声音高亢得刺耳，惹得许多人停下来观看她们。她们就这样吵闹着一路玩下去，扑克牌的散乱让刘德华的脸贴了许多膏药，后来这张酷脸上出现了越来越多的皱纹。她们身边横着几个带白灰痕迹的破包，包上压着一些长把的大滚刷，包里是刷墙穿的衣服。她们把这儿当成了劳务市场，她们在打扑克等生意。今天冬阳很暖，她们黝黑的脸上似乎有了光泽，但许久却没有活计。近中午，终于走来一个雇主，她们丢掉扑克牌，围上去，吵架一样讨价还价起来。地上的报纸和揉皱的有点老的刘德华，却给一阵寒风刮跑了，没有人理会，那块空地也清静了下来。

乌 鸦

在新疆最北端的禾木村，图瓦人生活的地方，除了像瑞士一样的景观，我还记得那些大乌鸦。那乌鸦出奇的大，它们在坡地牧场的上空飞旋，张开短粗的翅膀，东一头，西一头地飞，像一团团被风吹得翻涌的乌云，这让我难以容忍。因为天堂射来的齐整阳光，被它们搅得明明灭灭，我眼前一阵阵昏花。还有那绿缎子的草地，除了它们的白屎，就是那些舞动的阴影。更让我难以容忍的是它们肆无忌惮的呱呱声，难听而响亮。我不知道它们是否用了麦克风，它们在对谁讲话，它们在讲谁的坏话，传播什么样的小道消息。它们彼此就像一群黑袍长舌妇，在不高的半空里得意扬扬地飞。我没有猎枪，没办法，只得忍受。它们那大嗓门，它们那空中不太高的话语权，它们那比墨水还黑的黑话，我只得听下去，像没听见一样地听下去。后来它们终于累了，落下来，但落进腐尸堆里。臭烘烘的死羊尸体旁，是它们的领地。那里虫蝇乱舞，它们就在那儿开宴会，纷纷垂下翅膀，这时它们的全身黑透了。看得出它们营养充足得很，大袍一律闪出暗蓝缎子的光泽。它们像一些黑手党，黑黑的光头，闪烁的小眼睛，彼此缺乏礼貌，急躁地蹦跳着，你争我抢。草场上全都是它们的声音，那声音又碰到两面的白桦林和崖壁，反弹得到处是。就这样，天地一刻也没安宁过，我躲不开它们，我撵不走它们。我曾试着丢几块石头，它们不屑一顾，世界好像是它们的，好像它们也是唯一真实的、幸福的、存在的。这是些从《圣经》挪亚方舟里飞出来的乌鸦，它们没有给主人报告洪水消退的消息，它们背叛了主人。它们说尽了别人的坏话，说惯了谎言，不敢再飞进天堂。它们不敢再面对真正的白色，它们太黑了，心也是黑的。还好，温良的鸽子传递了大水的退去与和平，而不是它们。如果它们长在城市和房檐下，如果它们有了那样的待遇，这世界真不知道是什么样子。起码我受不了。

《弥撒》

灯火阑珊的夜色中，我突然听见熟悉的《弥撒》。那音乐是在我转进大湖时传来的。它就在湖滨公园，隔着厚厚的冰湖。它开始有点缥缈，我以为是耳中出现的幻听。我停下来，侧着耳朵顺着寒风寻找，于是那音乐在一个偏北的方向上清晰起来。的确是《弥撒》，我喜欢的音乐。那乐曲的旋律有一种坚定的力量，节奏铿锵有力，让人振奋，在流淌中它仿佛洞开了一个光明世界。我停下来，在寒风中，静静地聆听这音乐，心跳动得厉害。后来，黑暗中亮起两束灯光，汽车马达的轰鸣声让音乐弱下来了。我看见一辆车推动着两束光柱消失在远处的公路上，那音乐随之也消失在更深的夜色里。现在，真的空下来了，但我还是站在那，好像音乐还在耳边。许久，才发觉耳畔只剩下急速滑动的寒风。《弥撒》是在鲁迅文学院时从同学玄武那听到的，后来我弄到我的电脑里。我写作时，它总是如期地响起来，像一位来去自如的熟人。但我相信，今晚不是幻听。

生日晚宴

　　一个开阔的大餐厅里，到处坐着头部散发乳白色蒸气的食客，他们的脸油光光的，嘴一律拱到餐桌上，确切地说是扎在了食碟里。他们进食的哗响很大，混在一曲拜寿的歌声中，这使得宽大的餐厅轰鸣得像一座广场，浮在酒气、腥气和各种气味的流水中，一时有点儿虚幻。很晚的夜色中，他们中间仍没有人起身。在大厅的尽头，有一个鲜红的"寿"字。一位红衣小老头在那儿眯眼歪坐，喧哗中搂着一根拐杖，他睡着了，似乎周围的一切都不属于他。大厅里，来回走动的是一些美丽小侍，穿着红旗袍，她们端着餐具灵巧地移动在扎堆的食客中，表情轻松自如得就像是生产队的饲养员。

打牌的人

　　那两人咬着烟，仿佛等待着神圣的晚餐，静坐在一张紫色老板桌两旁。其中一个人飞快地洗牌，手法很快，看上去像有一群蝴蝶在他手中跳跃。他将手中的牌向靠近对方的桌面上扔去，又扔给自己这面一张，然后又给那面发牌。那牌发出轻微打嘴巴般的响声，落下，等待被另一张牌压住。

　　现在，两面都是三张牌，两人并不着急看牌。其中一位扔下十元钱在桌上做筹码，另一个人也微笑着跟上十元。然后两人互相看着对方的表情，下雪似的往上掷钱。有时遇到一百的面值，就用手指点多少，嘴上报着数提醒对方，直到将一百元全部投进去。

两人牌中间的钱堆成小小的山丘时，其中一人开始冷静和小心下来。他悄悄地摸起一张牌，猛地举到自己的眼前，松一口气放下，又看第二张，但他并不看第三张，吐一口烟，就又往那儿押钱。另一个人笑眯眯地看他，观察他的表情，但对方的表情铸成了坚固的长城，总是老练神秘地微笑。

两人又较劲地投赌注，这样持续一会儿，到了他们能最大的承受程度。没看牌的那位开始表示可以看，于是另一位得意地飞快打开两张，是一对10，并不翻开第三张，说："你输了。"另一只手配合着将那堆钱搂向自己的跟前。

"停！"对方突然叫停的口气并不确切和硬气，但还是较了劲儿，交警一样认真。他将自己的牌打开第一张，看珍宝似的，是个K，于是又期待第二张，手犹豫一会，翻出Q，脸上立刻放了光彩。另一方眼神有点惊奇，头埋下去认真地等待第三张牌。这一方也看出了希望，又小心地翻第三张，居然是A。于是那手换了他的，探过去搂钱，那钱就在他最近的地方鼓成了堆。

彼此仍不说话，两只手又接着在桌面上忙碌，你来我往。烟雾漫在他们中间，有时他们甚至就隐身在那烟雾中。窗外还是秋风和明亮而不热烈的阳光，大办公室里很静，他们两人仿佛像一个赌徒刚刚开始做的梦。

俄式餐馆

风雪连天的夜晚，马克西姆餐厅里照常回响着俄罗斯的现代音乐，是一个男低音的抒情歌曲，有点儿压抑地回旋。餐厅里一桌桌蓝眼睛白皮肤的俄罗斯人小声而礼貌地交谈着。他们小桌上有色拉、鱼子、熏鱼、苏巴汤和一小瓶伏特加。他们用刀子切肉，用叉子往嘴中送熏鱼，餐刀放在餐碟上居然没有一点儿声响。后来音乐声调大了，是摇滚音乐，节奏的强烈让一位穿黑紧身衣的年轻女士在座位上轻摇起来。再后来她干脆走进舞池里，快乐而投入地扭摆。她金色的长发上下甩动着，腰肢如蛇般弯曲着。一些男士也起来了，众星捧月般在她周围扭动，快乐成一团。而那些没跳舞的，则端着酒杯，彼此礼貌地碰一下，将那白白红红的液体微微仰头喝光。在这些俄罗斯人中间，中国的戴领结的年轻小侍们举着托盘，小心而灵活地无声穿梭着。

俄罗斯女客商

国际候车室的大厅里堆满彩色大包裹。一些准备回国的俄罗斯客商进进出出，多是一些中年女性，她们肥胖的身体健硕有力，像鲁本斯画中的女人。她们两手拎着沉重的大条纹编织袋，不时地往大厅里蚁运。因为有的太重了，她们就在雪地上拖动，于是国际候车室门前雪地上就滑出了一道光亮的冰带来。把大包裹运进候车室后，她们走出来，三三两两站在门厅外吸烟。她们要等待过关检查，然后从这儿乘火车返回乌苏里斯克或者符拉迪沃斯托克，然后从那里再去更远的地方，然后再卖掉这些中国货。吸完烟，她们自觉地在大厅中排队，在包裹中间小声说话，喝矿泉水和拉罐啤酒。再过一会儿，她们开始出示护照，接受中国边检海关等部门的检查。这一切做完，她们又拖动着沉重的大包过天桥，进入车站。那儿有一辆她们自己国家的绿色列车，安静而悠闲地停着。在那儿，她们将稍稍放松，捶腰，擦汗，等待着回国时刻。

我儿子书桌上的一组静物

一小盏喇叭似的台灯，没有调亮，静静地俯视着零乱的小桌。那里一些卷边的小学课本胡乱地堆着。语文课本散了页，露出一张涂鸦的内页，一个张牙舞爪的小人，挥着大刀，站在杜牧的《清明》诗上。旁边是一个田字格本，没有封皮，打开的一页撕掉了半张，蓝钢笔水的小湖泊涨在上面，几行歪歪扭扭的字，斜出了框子。大16开的音乐书和图画书，像一些褶皱的扇面，变得更加单薄，散了架似的，几乎就要从小桌子上坠下来，好在有几张折叠得不方不正的考试卷，轻轻地压在它们的身上。掉漆的文具盒匆匆忙忙地半开着，一块被啃得没了形的脏橡皮，没头没脑地探出来，一把塑料尺浑身布满小刀子的伤痕，直线和刻度几乎辨不出来。文具盒里的铅笔也没了黑芯，另一端的圆柱形被牙齿咬得扁成了薄片。钢笔也没戴帽子，帽子刚刚滚落到地板上，不被人注意地孤立着。一些漫画书却得到了炫耀，安逸地压在旁边空掉的书包上，它们一册册用红线串在一起，倒是保养得还好，像是穿了一身新衣服。还有一些动漫，《阿衰》《乌龙院》《七龙珠》，七上八下捉迷藏似的隐匿在散乱的物件中。没有人来，突然一颗彩色的玻璃弹子滚动起来，吱吱咯咯地从小桌子的边缘和书本旁，小逃课者一样，落到地板上，于是红地板上又一声更大的尖叫，回荡在空空的房子中。

丧家犬

　　热闹的大广场上，在一群移动变换的皮鞋中间，一只小狗在茫然地四下张望。它不断地跑到一双双移动变换的皮鞋前，它保持着礼貌式的警觉，小心地嗅那儿的气味，然后它努力地仰起头，几乎是变得有些惊恐、可怜。它更加忙碌地张望和奔跑在那些移动的鞋子中，我打了个呼哨，这让它暂时停止了搜寻，抬起头悲哀地看我，黑眼睛略带疑惑，后来它表情突然就充满了失望，决然地一扭头，又颠颠地跑开了。它仍在那流水一样的鞋子中，焦头烂额地搜索着不知在哪里的主人。

冰湖面上的脚印

湖畔在夜色中亮起了零星的路灯，像一串冻僵的橘子，挑在干巴巴的枝干上。现在是冬天，湖面已成坚冰，又被一场新近的大雪所覆盖，一片寒冷的寂静。

这儿没有春夏的热闹，没有游人，更没有管理员。湖边一角有一只铁船，像遗弃的鞋子一样，凝固在冰层里。风劲吹，它满载了厚厚的雪，不安分地试图划动。空广场上，一些冷冰冰涂蓝漆的铁椅子浮动在雪上。岸上的柳树荒凉地伫立，枝条兀自在晦风中摇。公园除了雪，还是雪。雪在暗蓝的夜色中闪出凄美的灰白色。

在空荡荡布满积雪的大湖面上我看见一串足印。它是从湖的一个开口处出现的，越过堤岸，拐下了湖中。这在夏日是不可能有的事，但现在它成了事实。我仿佛看见一个人，沉思而孤单，他（她）走了下去，或者是为了取近路，或者是为了好玩儿。在湖面上，脚印先是笔直地，后来成了"之"字形，曲曲折折地像压缩的弹簧，后来脚印又变了，变成曲线，在雪上画了个巨大的问号。

再后来，我发现那脚印在写字，湖中间白纸一样的雪面上出现了大小不一的三个字，"我爱你"。那三个字在灯光中由一些黑暗细碎的小坑组成，仿佛滴在雪上的墨迹，扭曲而难看。后来那串脚印看不清了。我环湖岸而行，继续寻找脚印的去向。在冰湖另一端，接续的是一串不规则的痕迹，可能是奔跑形成的。这些冲破鞋底的轮廓，像小彗星拖着尾巴。快近岸时，它陷得更深了，形成神秘的洞穴，又像是空洞的瞎眼睛，可能是长时间停留在那儿所致。不过犹豫了半天，那脚印还是移到了岸上。

最后，脚印顺着公园的另一个黑暗的空门和一盏孤灯的方向，一匹小兽一样地消失了。

阳　台

　　暴雨前我在阳台努力地探出更多的身体，像跳楼一样的姿势，我接触到了更多的风。我对面的阳台也探出一颗头来，黑黑的长发被凉风扬起，一缕缕像飘动的丝绸，打在爬山虎上。那是一个抽烟的女人。女人看见了我，我们无意义地对视着。她很漂亮，只是脸上有无限的倦意。后来我们又各自避开了目光，她看楼下，我看天。她可能忘记了我。

　　天空的一角摊开了一片黑云，泼溅的墨水一般洇在蓝天的白纸上。后来更多的黑云涌来，不安分地滚动。风更大了，黑云变成了又踢又咬的马群。天空暗下来，爬山虎更加剧烈地颤抖，开始打闪，有人在马群中挥鞭子，是金色的鞭子。

　　鞭子的炸响声中，马群更加惊悚，狂乱地奔腾，铁蹄又践踏起连续的轰鸣。那女人的脸在发暗的天光中显得苍白，但雷声丝毫没有能引起她的恐慌，她仍看向楼下，看那些因要下雨而奔跑的人群。这样我俩不谋而合，我们都在等待一场久违的大雨。

　　雨真的来了，开始星星点点，后来越来越密。我饶有兴致地看着，嗅到了尘土被淋湿后泌出的腥味儿。我看见那女人伸出了白色藤条一样的胳膊，她在接雨点。雨更大了，雨水变成了倾斜的线条，从高空连续不断地悬挂下来，于是我对面镶嵌在爬山虎中的女人就成了一幅流动的印象画儿，更像是躲在白色的珠帘后。

空　山

　　现在，我在前几天落下的一场大雪中走，带着相机，我要去山中随便拍些东西。我的周围是白色的雪雾。冬山空寂，向山顶延伸的小径覆了一层白雪，人走在上面，就暴露出一串浅浅的踪迹。雪后的山林沉静，积雪在幽暗的丛林中耀出苍白的光芒。踏着雪，我脚下吱吱咯咯地响。我来到小径边一棵老树下，看见许多枯黄的叶子，堆砌在黝黑的老根周围，被雪半掩，像一只只搁浅的船，绵软无声。我注意到树根上还有苔藓，它们像细细的毛发一样团成一丛丛，拥在树皮上。在这个萧条的时节，它们绿意逼人。这是一大片松林，走进后有更深的冷意，那里松针满地，蕨类倒伏。空地中堆有许多坟茔，静静的土包，经风和小兽的践踏，在时间里渐渐磨平和散乱。站了一会，不知从何处，寒风一阵阵吹来。我突然又听见微弱孤单的鸟鸣，来自某处的草丛和灌木，寻不到。抬眼望天地，仍是苍茫一色，除了雪和树，什么都看不见。在林中徘徊了一阵子，感觉到一阵阵的寒气袭身，遂出来，一脚的雪泥。

发卡似的彩虹

早上秋雨刚停，西山上空就横了一道发卡似的彩虹。没人注意到它，它鲜亮而寂寞地凌空悬起，又像一条飞舞的筒裙。小城一切都是忙碌的，车辆在湿漉漉的柏油路上急驰，轮胎不时溅起水花，行人都收了伞，踩着皱巴的落叶低头匆匆地走。除了我，没有人抬头一遍遍看彩虹。

一对男女在甬路上走来，我以为是训练的士兵，他们穿着迷彩服，在明亮的阳光下闪烁。他们是迎面向我走来的，肩上扛着大滚刷子，衣服上是斑斑点点的白色涂料，显然他们是这个城市的民工，最底层的劳动者。

他们的头靠得很近，可能是一对夫妻，他们背着彩虹向东面走。东面是城市，繁华的城市。他们脚步轻快而充满活力。我注意到有分岔的白色细线从他们耳边垂下来，女的手中是红宝石色的小物件，是MP3。他们共同分享着，沉浸在那小物件发出的声音里。

沉入隐秘的快乐中，他们的表情是愉悦的。那小东西发出来的声音没有人听到，那声音从小东西中流出，沿着那根细线，叮叮咚咚泉水一样流入他们耳鼓中，只有他们能感到那快乐的源泉所在。

那男民工由于快乐还扭动了几下腰肢，一只空下来的胳臂枝条一样摆动，像通了电一样。他用跳舞来表达快乐。女人打了他一拳，指了一下耳朵，可能是强调耳塞要掉下来。那男的笑了一下，两人又相偎着走，旁若无人。

他们背后的彩虹越来越模糊了，渐渐隐身，只是一瞬地存在过。而我碰见他们也只是一瞬，碰见他们的快乐也只是一瞬。漫长的一天，他们将忘记彩虹，在高楼里面刷墙，淹没在艰苦的劳作中。

女设计员

她一只略胖的手娴熟地移动着鼠标，我注意到她手上有一枚蓝色纹饰，好像是一朵花儿，又不像，随着她手的移动，那朵花儿有点让我发晕。屏幕上的画面开始变幻，一会儿变大，一会儿变小，并且改变着位置。我指点着屏幕上的背景色彩，反复挑剔着毛病。那只手并没有失去耐心，而是在她黑眼睛投入的注视下不厌其烦地改。屏幕上出现了各种试验性的色彩。许久，那只手停下来，那蓝色纹饰似乎有些许的汗印，好看地闪烁着。电脑屏幕上的画面也静止下来，这表明设计完工了。

她周围很安静，窗外正是炎热夏日，绿色的树木茂密幽深。室内开阔，因而让电脑中的音乐更响地传来，是从相邻的电脑下载来的。此前她说："听一听那个《冰河时代》吧！"于是那边就响起了有点儿像舞曲的音乐。音乐响起时，她的头部不时地配合着节奏点动。我没听过这样的曲子，可能是迪士科音乐，有些悠扬，又有些忧伤。她的心境显然适应这样的音乐，音乐好像催化剂，她看上去很愉悦。

因她的技术和认真，我放心下来。我转移了注意力，看到她耳朵上有准备扎耳环的小孔，半卷的短发微红，看得出曾经染过。一双大眼睛，很诚实的目光，但我说不出来，我感觉到那眼神中还藏着一股火焰，有些灼人。她才二十多岁，但好像又不是那样的年龄，她的平静中掩藏着隐隐的风雷。我想，在迪厅她肯定会跳疯狂而又优美的舞蹈，略带少女的叛逆与忧伤。我猜想她曾是或者就是一个生活前卫的女孩，经历了人世沧桑，如今开始按部就班的生活，并且习惯了规范的一切。她的话很少，我们的合作就在沉默中进行。那曲子反复几遍后，我渐渐地熟悉了那乐曲和她，感觉认识了很久。

儿童室

散落在地板上的玩具手枪、儿童画报、玻璃球儿、毛毛熊，在窗外倾进的阳光中静默着。它们刚刚安静下来，离开了一个孩子的手。孩子的书包在这块乐园中不见了，它被带到一个大教室里，此时此刻在书桌中鼓鼓囊囊地塞着，它要回来，还要在八个小时以后。现在，这些玩具们谁也不愿意活动，都懒散而无聊地躺着，等待着它们的小主人。地板在阳光的照射中颜色变浅了，原来是深棕色，现在是淡黄，有的地方被外力划出深痕，更多处因承受了一双小蹄子八年的踢踏，显得有点忧伤和疲惫。靠墙是一张小床，稳稳地停在地板上。还有一张小书桌，上面是一些胡乱涂抹的蜡笔画儿。它们好好的，谁都没掉落在地板上。阳光更亮了，空气中，看得见细细的灰尘，簌簌地飘落。时间长了，它们将像落雪一样，覆盖一切。但它们还要在一个快乐成长的小人儿的周围反复地飘升和降落。

为俄罗斯人拍照

冬天的冰湖边。一个俄罗斯男人向我扬了扬手中的相机，又将相机向自己的身上挥动，同时他又习惯性地说着俄语。我知道他在请求我给他拍照。他穿裘皮大衣的妻子随之也从摆姿势的紧张中放松下来。

在此前，他一直给他的妻子拍照。她金发的妻子倚靠在翡翠一样的冰雕边，用双手灿烂地搂着飘动的长发，微微仰头，蓝眼睛自信地对着镜头。那冰雕是吹箫的中国古装女子。金发的妻子身旁还有更多的冰雕，是亭台楼阁，这儿将要举办中国传统的元宵冰灯展。她的两个穿红羽绒服的女儿似乎对照相本身不感兴趣，那些用冻结的水做出的透明造型，吸引着她们抚摸和奔跑在其间。她们仰头看啊看，忽隐忽现像两只小火狐。

我看见那女人回转身体，目光搜寻在冰雕间。"尼娜，娜达莎。"她向那两个快活移动的身影喊着。那两个红色的小人儿彼此追逐着，围在一个亭子下捉迷藏。呼唤对她们没有起作用，女人耸耸肩，向她们那儿走去。俄罗斯男人将相机递到了我跟前，用手在一个按钮上指点着。接着他又躬身将相机镜头对准冰雕像，旋转着镜头。一会儿，他把相机递给我，指指他站的地方，我们的交流就这样用手势和身体语言完成了。我对他点着头，同时用俄语说："我明白。"他笑了，也用汉语说："明白。"我们都笑了。

我等待着为他们全家合影。那边的事情好像进展不顺利，两个女儿和母亲捉起了迷藏，她们在冰雕群中快活地躲闪，咯咯地大声笑。她母亲追其中一个，另一个跑出来，又跑过去。母亲还是两手空空。俄罗斯男人悠然地看着这一幕。后来，他觉得有必要出面了，便大声地喊那两个宝贝女儿的名字："尼娜，娜达莎。"声音中听得出一种佯装的威严。那两个小女孩子显然被震慑住了，乖乖地回到母亲身边，于是女人一手拉一个，回到这座冰雕前了。

在镜头里，我看见，俄罗斯男人挨着女人，他们身前左右各一位小女儿。我注意到那双女儿是孪生的，我分不出她们长相上有什么区别。他们快乐地对着镜头。我迟疑了一会，用俄语数到三时，果断地按下相机快门，为他们一家，在中国，在这个冬日边境小城。

滑　冰

小区空地上的积雪被碾压得结结实实，几个孩子用脚，把它们打磨得镜子一样光滑。那是孩子们小小的游乐场。从高楼上看下去，那条光滑地带呈一个大写的"一"字形，长长地顺着稍斜的地势延伸开去，又像是滑动的电梯。那些孩子就在那儿滑冰。他们一个接一个，每人都坐在一块木板上，从高坡上开始，然后笑着加速度往下滑。他们两条腿不时地控制着方向，一直滑到冰带的最底下，他们才结束快乐的尖叫。然后他们再拿起木板，沿坡走上来，又接着滑下去，不厌其烦。从早晨到天黑他们一直这样做，直到无边无际的暗蓝色笼罩着他们，仍还在那条诱人的履带上反反复复地打滑。像一些小神，他们不知道寒冷和黑暗，他们在夜色中的空地上，不时地发出阵阵快乐的笑声。

中学操场

中学操场，现在是一大片平坦的雪地，夹在高大的楼群中，更像是矮楼房的平顶。快要落山的苍黄太阳照着它，它的一半处于光亮中，另一半被高楼涂了墨水，处于冷冰冰的蓝色阴影中。

操场上的雪被踩得结结实实，穿羽绒服的学生们在上面奔跑和嬉闹着，像热气腾腾的一群小兽。一会儿，操场某处响起了哨音，那些四散的小兽立刻就聚成一堆，变成一个方阵。大嗓门的男体育教师走过来喊过一阵子立正稍息，就开始进行总结式的训话，最后他说："同学们再见。"那队伍就立刻蒸发了。操场重新变得空荡荡，学生们跑进了教室。

两个穿红羽绒服的女中学生背着书包，守在大铁门前静静地交谈。看来快要放学了。她们用脚尖在雪上划划点点，彼此的头有时离得很近，好像在谈论班级哪个男孩子，并且痴痴地笑。后来一个女生从衣袋里掏出一个手机来，接听了一个电话。我听见她说："真烦人，我家大人今晚又不回来吃饭了，让我自己去买饭。"一会儿，她们身后跑来更多背书包的学生，大门前变成了热闹的市场。"快打铃啊！"有个男孩子扯直了脖子吼，他的双手扒着钢铁大门，有点像在监狱中。

一会儿，铃声响了，是钢琴音乐，理查德·克莱德曼的，而不是上课时的军号声。学生们闪出一条道来，看校门的老头拎着一大串哗啦啦响的钥匙走过来，扭开大门上的锁。立刻，那些中学生就潮水一样泻了出去。他们后面是一条条汹涌河流，各式各样的头巾、棉大衣，都奔这儿涌来。他们要穿过这道闸门，涌向街道，涌向各处。

总是这样，只是面孔每天每年不同。操场上空下来了，大片的阴影淹没着被踩硬的雪地，反射出幽蓝的光。四下里僵直的树木，吹来了风声，在操场上漂浮。

通往乡村的班车

斑驳破旧的大客车行驶在卧有残雪的乡村公路上，车窗覆盖着厚厚的白霜，乘客黯淡在灰蒙蒙的光线里，谁也不说话。男人们一律蓝棉袄，手中夹着纸烟，不停地吸，女人们就在蓝色的呛人烟雾中咳嗽。除了人，车中到处是大包小裹，还有脏兮兮的纸箱，拥挤得很。这是农民们冬闲进城购物回来。

一个背书包的男孩在靠窗的座位上沉默着，对拥挤和辛辣的烟味熟视无睹，可能，他是在城里读书放假回家的学生。他用手在车窗上扣清霜，想抠出一块视野来。他这么做着，用指甲刮，然后由于冷不断地往手上哈热气，再去抠那厚厚的白霜。他终于成功了。现在，在无聊的长途中，在黑压压的人群里，他有了自己的小电影，他专注地看外面的世界，路两旁是光秃秃的大白杨树，是灰色积雪闪着石膏般坚硬的光芒的荒野，偶尔有一群牛马在那里闲逛觅食。

通往乡村的班车走走停停。售票员穿着军大衣，抄着袖，每到一站就大着嗓门吆喝站名，然后是一阵骚乱，人们往车下移动纸箱，点数自己的物品和随行的人。外面的冷气随着开动的门不停地钻入车中，但车上没有人喊冷。下车的人乘着底下早守候在那儿的小四轮车，拐向了分岔的土路，消失在更远处的村落中，那儿烟雾和卧雪混成苍茫一色。

停靠过的路段静下来，只有穿黑袍的大嘴鸦，打着旋儿，像纸灰一样飘落下来，它们在那儿可以吃到人遗弃的小食品。

车继续行驶。窗上的霜开始变黄，泛亮。少年看那小孔的窗外，太阳从灰云层中爬出来了，像一张喝醉的脸儿，在大气层中朦朦胧胧。但大地还是有了一丝暖色调，车里乘客中的空隙也被窗外的光亮所填充，又因被两旁高大的白杨树干一阵阵遮掩，明明暗暗着，像钢琴上的一排琴键，被时光无声地弹奏。

烤地瓜

在我家小区门口，脏兮兮的汽油桶就立在一个手推车边，里面冒出来白色蒸气。那白色蒸气是香甜的，飘出的是烤地瓜味。一切都表明，那脏兮兮的汽油桶就是一个简易的大烤箱。我被烤地瓜的香味所吸引，来到汽油桶的旁边。烤地瓜的人戴着大狗皮帽子，一件褪色军大衣，两只白线手套已经看不出颜色，油亮亮的黑，沾满了地瓜的油渍。现在那双手正灵巧地配合着，伸入到汽油桶的内部。我注意到那里炭火是红红的，烘烤的地瓜像一些越冬的蚕宝宝，安静地躺在架子上。那双手正摆弄着它们，调整它们烘烤的方位。后来那双戴手套的手自信地掏出一些来，放在了汽油桶上面。我看见地瓜已经收缩，烤焦的位置上泌出亮晶晶的糖汁来。两块五元一斤，我买了两斤。当我付钱时，我看清了烤地瓜人的脸。他的脸像西藏人一样黑瘦，两腮更是红紫，不过那眼睛黑亮，且为这笔生意溢出了笑容。

流浪汉

早晨他从城市开发区那残破的楼茬子中钻出来时，阳光立刻就照亮他周身，但我仍未能见到他的亮面孔。他乱蓬蓬的长发四下散开，藏人一样遮住脸，远远看去，整个人像一截枯木擎着一个移动的鸟窝。我总能感到他长发里有一道生硬的目光射出来。

白天里他抱着臂膀前行，在整个城市旁若无人地晃动。确切而言，是晃动在城市每一个垃圾箱旁。这样的姿势在夏天让他很悠闲，但冬天就显得寒冷和萎缩。从我见到他起，他就这样，几乎就是一个姿态，终日游荡在沿街的垃圾箱旁。

他经过我，经过威严的警察，经过那些宠物狗，经过金发碧眼的俄罗斯人，经过小巷花枝招展的少女，经过匆忙的商人，经过高贵的市政府，强烈的夏日阳光下他更像是一条影子，甚至于比一条影子还淡。没有人注意他的存在，他可能也不想认识谁，他只是终日四下寻觅。

我没有听见过他用说话来祈求食物。他只是徘徊在垃圾箱前，深勾着头伫立，收集散发着酸腐味儿的馒头和米饭。他还扒开每一个塑料袋，扒开那些苹果皮、安全套、拉罐盒、废纸屑，小心地收集着一些弃菜。这是天气暖和的时日，他的身影就在那儿呆呆的，我经过，就会嗅到垃圾箱里的酸腐气味。

没有人知道他从哪里来。他临时寄居的破楼荏子，白天也黑洞洞的，像是黑夜躲在那里面。那座破楼没有人想进去看看，几座广厦的掩蔽下，太阳的光芒也很少照顾到那儿。

电子大屏幕

商场的电子大屏幕在我下晚班时又闪亮起来。它播放的是昨天同一时间的节目，不过我今天没有在那儿停下脚步，我闭着眼睛也知道那屏幕上的画面。那屏幕里闪动着黄色的光晕，有点像一轮大月亮，有一个黑色的舞女在跳舞，因为逆光，几乎就是一个剪影。她超短裙，有两条活跃得像小鹿般的腿，一副扭摆的细腰肢，一头张扬的甩来甩去的黑发。音乐很响亮，似乎跟今天落雪的凄凉暮色不太协调。但那剪影在音乐中不知疲倦地跳着，像个小妖。这家商场刚开业不久，有几个人站得很近在那儿看屏幕，昨晚我路过时也在那儿看了一会儿，不过我没有进商场。不过，今天不一样，我几乎是毫不迟疑地就进去了，只是为了证明今天不是昨天。

情　侣

圣诞夜，天空飘着雪花，飞舞在灯火阑珊中像迷途的白蛾。在寂静中闪烁着小彩灯的新纪元宾馆门前，我看见两个纠缠在一起的身影。雪花间隙中传来他们清晰的喊叫声。"我真的没有。"是一个尖锐的急于解释的女音。"滚，你他妈的给我滚开。"男人显然很愤怒。那穿白色羽绒服的女人被推倒在街道上，混在白色的落雪中。"我真的没有。"那倒地的女人仍在坚持着申辩。男人身旁一辆白色小车停着，男人晃动身体时，阴影不时地涂在车身上。那男人转身，要开车门。女人敏捷地站了起来，拉住了男人，说话时变成了哭腔，但仍很顽强地重复着那句话。"滚，你他妈的给我滚开。"那男人又将女人推倒在雪中。传来汽车的引擎声，那辆白色小车钻进圣诞夜的雪幕里。我听见那女人的哭泣声，她躺在雪中哭泣。从宾馆门里出来几个俄罗斯人，兴致勃勃地唱着歌儿，他们是去酒吧的，他们没有停下来看这一幕。有几辆红尾灯的出租车在雪中驰过，没有看到这一幕。我孤单地停在远处，在黑暗中看着，直到后来那女人起身。她没有扑落身上的雪，只是站起来，无助地站在路灯和迷茫的雪花中。

卖瓜子的老者

在园丁小区铁大门前，我停下来，停在一个一身黑棉衣抄袖卖瓜子的小贩面前。他是个老头儿，六十岁的样子，他在不停地跺脚取暖，脚下刚落的雪被他踩得像白灰和水泥一般坚硬。

"今天要多少？"他习惯而熟识地问我。他戴着一顶老式棉帽子，厚厚地压住了整个额头，给我抓瓜子时他摘下厚厚的棉手套，露出了冻裂的手。他的双手小心地展开一个塑料袋，让寒风鼓开，饱满地形成一个空间，然后他用秤盘取瓜子，又熟练地将它们倾进口袋。平时他给别人总是用手抓，我说过一次"你不用手行不行"后，他就这样做了，一直做到现在。现在，他将口袋放入铁秤盘，将秤砣调到半斤准星上，不多不少，正好是我要的半斤。我付了一百元钱，他将钞票用手搓了搓，然后对着光线看水印。他那多皱的眼睛充当着验钞机的角色。确信后，他从破包里掏出一沓毛票，一张一张地数给我。突然他慌张起来，迅速收拾起秤盘，瓜子口袋，不待妥当，他抓起这一切就逃掉了，他消失在小区一个单元的门洞里，那么大的年纪，他动作很是迅速。

我回头看见戴大檐帽的城管。"看见这有卖瓜子的了吗?"他们问。"没看见。"我藏起手中的货物。"抓住狠罚。"他们嚷嚷着走了。我眼前剩下了一块磨得亮亮的绿色墙皮，有两个微微下陷的坑，平时，他不卖瓜子时就会倚靠在那儿，一动不动地闭眼养神，那种姿势看起来让他很清闲，其实不然，他更像一只为了生活而时刻害怕恐慌的麻雀。

冰雪大世界

冰封的湖畔全被白雪覆盖了，白白的一片，干净清冽。湖岸上有一辆造雪机轰鸣着，张嘴吐出白色的雪沫来，弧线形地喷溅，造出了一座雪山。造出的雪山在阳光下闪出刺眼的光来，一些穿红羽绒服的人就在雪山上雕磨雪块，造一个巨大的雪堡。湖畔下还有两个冰湖相连，一个湖面上有几个红袄小孩玩耍，在清理出的一块冰面上打滑。远远的，在低低的湖面，像是快活的小火狐在玻璃上往来。在另一处湖面上，又是一番景象。湖面上有不少工人在取冰块，他们用尖叫的电锯切割着冰湖面，然后用锹取。有几处已露出湖的肌体来，柔软的水，映出天光和远处的高楼，并且微微散发着热气。取下来的冰块很晶莹，方砖形的，一块块散放着。商家们准备用它们来制作冰灯，装点元宵节的气氛。我每天从这里走过都很安静，今天，内心却和冰封的湖一样抓狂起来。

阳台上的买卖

一个孩子在仰脖向高处看，我也停下来，这时我发现一个卖豆腐的也停在那儿。我看见从高楼上顺下一根绳子，它悠荡着，一点点像蛇一样坠下来。那绳子是棕色的，贴着破旧的楼墙，经过了一家又一家的阳台，向地面那个卖豆腐的坠去。"要一块就行。"我听见空中的声音，是一个女音。抬头时我看见一个头发乱蓬蓬的妇女，在阳台玻璃窗上努力地探出半个身体，里面同时窜出一股股白汽来，这使得她像是在云雾里探身，平添了一些神秘。那绳子落下来，卖豆腐的解下绳子的结儿，从那儿取出两元钱。他把钱放进一个大口袋中后，揉开一个塑料袋，然后揭开盖在小车上的塑料布，从豆腐盘中取出一块石膏样的白豆腐。他把豆腐装进塑料袋中。这样，我又看见那绳子上升了，一端系着装豆腐的塑料袋，缓缓地，贴着破旧的楼墙，重又经过一家又一家的阳台，直到那妇女收起绳子，那窗子砰地关上。白色的蒸汽消散了，那儿只有灰色的冻云在高空中伫立。

清明的纸火

夜晚还是有点寒冷，即使那纸火点了起来也不够温暖。在昏暗的夜色中，我看见他努力地倾着身体，避开风吹，用打火机点燃着那一堆纸东西，然后嘴中念念有词。这之前，他选择了一个十字路口的开阔地带，他左胳膊下夹着那堆草纸，穿过不太喧哗的大街，有几次几辆亮着红灯急驰的车将他遮挡在了我的视线外。现在那一点微弱的火着起来了，由一束火花开出一大朵火花，后来就是一大丛火花。他靠近着火堆，右手用一根木棍将那些黄纸和金箔纸的元宝压住，不断地拢火，小心地避免着那些黑暗中的风。后来他又从衣袋里掏出一瓶酒，扭开盖，将酒洒在火苗上。有蓝色的火苗突然跳跃起来，惊慌得像要逃脱一般。但火苗还是稳在了原地，映红了他的脸。他的脸很严肃，因火光的跳跃很不确切地显现，这使他像许多人，像许多人一样就立在一大堆红红黄黄的莲花丛中。

街　景

　　我太熟悉这人群和街景了。在八点，她永远是准时出现，如一部片子的序幕。她穿着棕色裘皮大衣，披肩发泛着酒红色光泽，两手斜插入大衣袋里。她穿过巨大的红色广告牌，穿过斑斓的玻璃橱窗，脸色略显苍白，偶尔对周围投去漫不经心的一瞥。她大约三十多岁，这么多年来她从来都不老。我曾经猜想过她的职业，那一方向只有学校、公司和商场，她最有可能是商场女店主。但也可能我错了，我永远说不清她的事，因为我不知道她从哪来、到哪里去、她是谁。虽然街头的河流总为我、为她、为身边的事物每天都在这一刻静止着，可八点过二分，我的视线就再也留不住她了，她一阵风一样飘过去了，从来就不曾存在过。接下来我视线里会是那对穿红色登山服的母女，在打滑的斜坡上小心翼翼地走；那个头发蓬乱衣衫褴褛的男乞丐，一溜小跑穿过交通岗；那个小毛驴车顽固地在钢铁洪流里吱扭扭慢走……我熟悉的一切今天还在继续，并且精确无误地继续着。生活薄得似乎永远是一天，它让我感到亲切、踏实，又时时茫然和绝望。

雪　人

　　雪后中心广场出现了一个可爱的大雪人。它足有二米高，有着一个锥形的身体，一个圆球形的脑袋，它的眼睛是两个黑卵石，鼻子是一个胡萝卜，它的头上扣着一个大大的红塑料桶帽子，样子非常顽皮。有几个俄罗斯人在那儿拍照，一个俄罗斯女人轻轻地扶着它，几乎是怕碰坏它，歪着身子和头与雪人合影。另一位俄罗斯男人后退后退，终于调好焦距，按动了快门。后来他们又快乐地一起合影，由另一位大胡子的俄罗斯人给他们拍照，俩人互相搂着腰，像是在童话里。他们离开前，那位俄罗斯女士把红围巾摘下来，跳着，把它挂在了雪人脖子上，然后对雪人竖起拇指。那雪人变成了一个更加漂亮可爱的娃娃，经过它的人，都回头对娃娃微笑，并且小心地走过。

黑裙女士

醉酒后，我忧伤地晃荡在黑暗的天桥下，我要经过那儿回家。在辉煌的灯火中，我突然看见一个女人朝我这儿走过来。她穿黑色纱裙、黑色的网格长筒丝袜，黑色的大眼睛又抹了黑色的眼影，这让她的面孔更加清晰白净，像个女巫。"喂！"她叫我，鲜红的嘴里无所谓地嚼着一块口香糖。我没有理她，我以为她在叫别人，我仍沉浸在自己的忧伤中。"喂，你好啊！帅哥。"她这回又大着声音强调是在对我说话，我看见她的圆脸上竭力装出的妩媚来。"需要我陪你吗？"她问我，又摇起那个精巧的小包来，那是个还没鼓起来的小黑包。我仍在自己的忧伤中摇头，没有回答她的话。她的眼睛不再有笑意，好像失去了耐心。"很便宜的哟，去我那儿或者你那儿都行啦。"她的尾音很重，听得出是南方人。但我还是在自己的忧伤中摇头，她终于失去了耐心："神经。"她说着走向更黑的桥下，和更黑的阴影与车辆混在了一起。

农民工

一群穿军大衣和黑棉袄的农民工站在街道边的空地上，有抄袖的，有双手揣在衣袋中的，还有抱着双臂在雪地上小跑的。他们大声吵嚷、说笑，乱成一团。一条开阔的街道横在他们前方，车辆和人流川流不息。他们身后是一个被称作劳动大厦的高楼，玻璃上反射着寒冷的亮光。一个拎着大铁锹三十岁左右的民工走向了磁卡电话亭，他钻进去，像戴上一个橙色安全帽，看不见他的脸。他摘下黑色电话机，向机身插入了一张小小的卡片，然后大声地说着什么。有一辆蓝色大卡车停下来，下来一个白脸大胖子，叼着烟，来到民工中。像是磁铁，他瞬间就吸引了这群民工，这胖子就淹没在其中。他们一直都在讨价还价，乱成一团，像一群搅在一起的鱼。一会儿民工们开始扒车，向上爬，由于挤而乱纷纷地相互责骂。那车厢快站满时，车缓缓地开动了。那打电话的民工发觉后开始狂追，他的速度很快，飞跑的姿态像刘翔。他越过几辆车，追了三十多米就追上了。他的双手攀住车厢板，胳膊用力擎着身体，他悠荡起来，双腿离地好一会儿，上身终于攀上了车厢板，然后他努力地将一条腿跨上去。他的衣服被风吹起，露出一截结实的腰。后来，上面有一个民工拉了他一把，他的整个身体就全进去了。那辆蓝色卡车载着他们，在热闹的街道上消失了。

蜘　蛛

不知何时，小窗外来了个蜘蛛，它在日夜开着的小窗上织起一张网。它织出的网手绢大小，格子绣得密密的，我从来不碰它。它整天安睡在那里，心安理得地等待着狩猎的时机。有倒霉的蚊蝇飞进来，就会撞在上面，蚊蝇们扯起细腿挣扎着，它快速地从网的中心点爬过来，然后吐丝，八条腿缠绷带一样忙碌地捆绑小虫，然后给小虫注射，把它们麻醉，最后将它们制作成一块块面包。白天多数时候，它会沿一缕颤悠悠的丝线爬到屋内斑驳的墙角，收拢起八只脚，缩起头，安静成一枚鼓凸的图钉。

有时，我会投递小纸片逗它。它在角落里感到了网的颤抖，就快活地冲出来，一阵忙乱。当它感觉上当后，又悻悻地爬开，显得茫然无奈，躲在阴影里搓手。不过，更多时我是扔蚊子、苍蝇喂它。它蒙面侠一样地冲上来，利索地完成捕杀过程。这间屋子里我们是朋友。但显然，它选错了栖息之地。

　　我希望它消失，去另一个适宜它生存的地方。我开始威胁起它来，轻轻地弄断几根它的网。起初它显得安静，不温不火地织网，查漏补缺。后来我增加了破坏力，它终于沉不住气了。有一天，那网空了。再过几天，那网还是空的。我的心空荡了几天，随即抹掉了那网，半关了小窗。阳光照常亮着，好像什么也没发生一样。